U0163770

金 學 叢 書
第一輯 8

吳 敢
胡衍南 霍現俊
主編

《金瓶梅詞話》之詩詞研究

傅想容 著

臺灣 學生書局 印行

傅想容

國立成功大學中國文學系碩士,現為國立成功大學中國文學系博士候選人。研究領域為明清小說,碩士論文為《金瓶梅詞話之詩詞研究》,曾發表〈《金瓶梅詞話》徵引詩詞考辨〉、〈《續金瓶梅》的家國書寫——「李師師」的形象衍義及隱喻〉等單篇論文。

本書簡介

在《金瓶梅》的研究史上,有「集體創作」和「個人獨創」等成書過程之辯,針對作者身分又有「大名士」及「下層文人」等疑義。種種論辯莫衷一是,也讓這本奇書始終蒙著一層神秘色彩。其中詞話本《金瓶梅》蘊含豐富的詩詞,這些詩詞構成小說的骨幹之一,是認識《金瓶梅》成書過程的珍貴材料。經由考察發現,《金瓶梅詞話》中為數不少的徵引詩詞,展現作者在構思《金瓶梅》時,無論在情節或思想上都借鏡了這些現成材料。而分飾另一角色的原創詩詞,則在某種程度上呈現出作者的價值判斷及美學表現。整體而言,這些詩詞的運用雖然分雜,卻也別具一格,透過分析和認識,對於《金瓶梅詞話》的成書過程亦能提供另一種研究角度。

金學叢書第一輯序

　　2012 年 8 月下旬，「2012 臺灣《金瓶梅》國際學術研討會」在臺北、嘉義、臺南三個場地隆重召開，大會同時紀念辭世七年、在海峽兩岸備受推崇的「金學」先驅魏子雲先生。

　　會議落幕之後，臺灣學生書局基於「辨彰學術，考鏡源流」的信念，認為很有必要出版一套「金學叢書」，將 1980 年以後逐漸豐饒起來的《金瓶梅》成果一次性展現出來，於是找了胡衍南商議此事。經過協商，臺灣學生書局接受胡衍南的兩點提議：一，此一事業理當結合海峽兩岸金學專家共同合作；二，為了紀念魏子雲先生，擬將先生在臺灣學生書局的版權書，搭配臺灣近來年輕研究者的金學著作，先以「金學叢書」第一輯的名義出版，藉此向先生獻上敬禮。因此，2013 年 5 月「第九屆（五蓮）國際《金瓶梅》學術研討會」期間，霍現俊答應共襄盛舉；同年 7 月，胡衍南代表書局親赴徐州邀請吳敢加入主編行列，確定此套叢書由吳敢、胡衍南、霍現俊共同主編。在此同時，胡衍南開始蒐集「金學叢書」第一輯的書稿，吳敢、霍現俊逐步展開「金學叢書」第二輯的規劃。

　　不同於「金學叢書」第二輯，主要為中國大陸 20 世紀 80 年代以來學人的《金瓶梅》研究精選集；「金學叢書」第一輯由魏子雲領軍，麾下俱是臺灣年輕學者專書性質的金學著作。

　　第一輯共收十六本書，魏子雲在臺灣學生書局的三本版權書《小說金瓶梅》、《金瓶梅原貌探索》、《金瓶梅的幽隱探照》，足以反映魏先生治學精神及金學見解；且因魏先生後人及學生刻正籌劃全集出版，本套叢書也就不另外爭取先生其他專著。至於其他青年學者專書，如果把金學事業分成文獻研究、文本研究、文化研究，文獻研究明顯最為匱乏，事實上臺灣除魏子雲外興趣多不在作者、成書、版本等考證方面。叢書中具綜述性質的李梁淑《金瓶梅詮評史研究》權屈於此。

　　文本研究稍好，其中又以借鑒西方敘事學理論者較有成績，鄭媛元《金瓶梅敘事藝術》可視為全面性初探，林偉淑《金瓶梅的時間敘事與空間隱喻》意在時空設計的隱喻性格，李志宏《金瓶梅演義——儒學視野下的寓言闡釋》則從敘事特色探討「奇書體」小說之政治寄託。此外，關於《金瓶梅》詩詞的研究也頗見特色，傅想容《金瓶梅詞話

之詩詞研究》、林玉惠《崇禎本金瓶梅回首詩詞功能研究》，一從詞話本、一據崇禎本，前者宏大、後者聚焦，都是考慮詩詞在小說中的美學任務。另外值得一提的是曾鈺婷《說圖——崇禎本金瓶梅繡像研究》，近年頗時興圖像與文字的辯證研究，此書透過對小說插圖的考察，從側面支持了崇禎本《金瓶梅》的文人化、藝術化傾向。

　　至於文化研究，不可免地都集中在性／別文化研究，此係因為臺灣極易取得未經刪節的全本《金瓶梅》，加上20世紀90年代中期以來對性／別議題特別熱衷，故影響了《金瓶梅》文化研究的「挑食」傾向。收在叢書中的此類著作，有胡衍南《金瓶梅飲食男女》、李欣倫《金瓶梅之身體感知與性別辯證：一個漢字閱讀觀點的建構》、李曉萍《金瓶梅鞋腳情色與文化研究》、張金蘭《金瓶梅女性服飾文化研究》、沈心潔《金瓶梅詞話女性身體書寫析論——以西門慶妻妾為論述中心》等五部，其中胡衍南、張金蘭的著作都曾公開出版，此次收入叢書都作了程度不一的增添及修改。尤需一提的是，臺灣近年來對於小說的續書研究很感興趣，特別是從解構主義的後設立場重新反思續衍現象，嚴格來講也是一種文化批評，叢書中鄭淑梅《後設現象：金瓶梅續書書寫研究》即為個中佳作。

　　「金學叢書」第一輯集結近年臺灣青年學者《金瓶梅》研究專著，有意宣示「哲人日已遠，典型在宿昔」——魏子雲先生逝世十周年前夕，金學事業薪火相傳，生生不息。綜上所述，本輯作者胡衍南、李志宏的著述較為金學界所熟識，其他多數則嶄露頭角，正見其成長茁壯。相較之下，稍晚亦將問世之「金學叢書」第二輯，收入了徐朔方、甯宗一、劉輝、王汝梅、黃霖、吳敢、周中明、張遠芬、周鈞韜等三十一位名家之《金瓶梅》研究精選集，收錄純熟之作，代表當代金學最高成就，敬請拭目以待。

吳敢、胡衍南、霍現俊（胡衍南執筆）

2014 年元旦

《金瓶梅詞話》之詩詞研究

目　次

第一章 緒 論

第一節 研究動機

在明代中葉誕生了百回長篇巨作《金瓶梅》，以描寫世態炎涼、人情世故見長。魯迅給予此書極高的評價：「作者之於世情，蓋誠極洞答，凡所形容，或條暢，或曲折，或刻露而盡相，或幽伏而含譏，或一時並寫兩面，使之相形，變換之情，隨在顯見，同時說部，無以上之。」[1]這部書約成於嘉靖至萬曆年間，它的問世震驚世人，部分衛道人士直斥為傷風敗俗之作，因此它的流傳和發展也不斷受到打壓，使它的真面目蒙上一層神秘面紗。時至今日，《金瓶梅》的價值重新被審視，海內外也興起一股研究「金學」的熱潮，對於《金瓶梅》的解讀，也應該拋棄傳統的成見，與時俱進。

目前最早留下關於《金瓶梅》的文字記載者為晚明袁中道，但早於袁中道之前，董其昌就已經接觸過這部小說。[2]根據時人留下的資料，我們還可以知道，嘉靖、萬曆年間的文壇領袖王世貞，擁有抄本的時間可能更早。[3]《金瓶梅》的作者署名為「蘭陵笑笑生」，蘭陵笑笑生的真實身分在明代史料中竟不見任何人提及，因此成為歷史懸案。

《金瓶梅》的成書之謎可分為三點，分別為成書時間、作者問題和成書性質：

第一，成書時間：可分為嘉靖和萬曆兩說法。沈德符曾說《金瓶梅》的作者是嘉靖年間的大名士；[4]另一種意見則認為成書時間在萬曆十年之後，《金瓶梅詞話》刊刻的〈東吳弄珠客敘〉，寫明「序於萬曆丁巳（四十五）季冬」，時是西元一六一七年，魏子雲認

1　魯迅：《中國小說史略》，收錄於《魯迅小說史論文集》（臺北：里仁書局，1994 年），頁 161。

2　袁中道《遊居柿錄》卷之九：「往晤董太史思白，共說小說之佳者。思白曰：『近有一小說名金瓶梅，極佳。』予私識之。後從中郎真州，見此書之半。」見魏子雲主編：《金瓶梅研究資料彙編——序跋、論評、插圖》（臺北：天一出版社，1987 年 1 月），頁 89。

3　屠本畯《山林經濟籍》卷八云：「王大司寇鳳州先生家藏全書，今已失散」。謝肇淛《金瓶梅跋》稱：「此書向無鏤板，鈔寫流傳，參差散失。為弇州家藏者最為完好。」見魏子雲主編：《金瓶梅研究資料彙編——序跋、論評、插圖》（臺北：天一出版社，1987 年 1 月），頁 89、32。

4　沈德符：「聞此為嘉靖間大名士手筆。」見〔明〕沈德符：《萬曆野獲編》卷二十五，收錄於《筆記小說大觀》（臺北：新興書局，1978 年），冊十五，頁 652。

為這應當是萬曆本梓行的最大上限。[5]

第二，作者問題：目前作者的說法已逾五十餘種，包括：為陸炳誣奏者說、紹興老儒說、金吾戚里門客說、嘉靖間大名士說、蘭陵笑笑生說、世廟一巨公說、王世貞說、王世貞門人說、王世貞及其門人聯合創作說、李笠翁說、盧楠說、薛應旂說、趙南星說、某孝廉說、李卓吾說、徐渭說、藝人集體創作說、李開先說、李開先崇信者說、瞽者劉九說、馮惟敏說、吳儂說、沈德符父子及其他文人集體創作說、湯顯祖說、馮夢龍說、書會才人一類中下層文人說、賈三近說、屠隆說、王穉登說等，[6]然而不乏牽強附會者，其中以嘉靖大名士、蘭陵笑笑生、王世貞、李卓吾、李開先、馮夢龍、賈三近、屠隆等說較為人所注意。歸納起來，作者生活地域為北方或南方，地位為大名士或下層文人，是最被關注的議題。

第三，成書性質：有很長久的一段時間，《金瓶梅》被認為是小說史上第一部文人獨立創作的長篇小說，在此之前，《三國演義》、《水滸傳》、《西遊記》等長篇小說都是屬於世代累積型的集體創作，《金瓶梅》是第一部取材於市井生活的現實小說。不過近來有學者提出疑義，認為《金瓶梅》內部出現的大量抄襲、說唱痕跡、矛盾訛誤等現象，不像一個作家的個人創作。

《金瓶梅》上承《水滸傳》，下啟《紅樓夢》，在文學史上的重要性不言而喻，相較於廣受注目的《紅樓夢》，《金瓶梅》這部書的複雜程度有過之而無不及。上述所提及的三大謎團，至今仍是歷史懸案，儘管不少學者致力研究，至今仍是眾說紛紜，未有定案。

為了釐清三大謎團，在《金瓶梅》作品中尋找內證，是學者一直努力不懈的目標。《金瓶梅》有大量的方言俗語、素材資料、詩詞曲賦等，能夠從多方面提供學者研究《金瓶梅》。其中《金瓶梅》中的韻文數量之豐富前所未有，《紅樓夢》的詩詞表現也深受影響。然而《紅樓夢》詩詞的高度藝術成就，並由此產生的聚焦作用，使《金瓶梅》的詩詞黯然失色，《金瓶梅》的詩詞經常被視為「劣作」，被認為無藝術價值、無研究價值可言。

近來有幾位學者致力於研究《金瓶梅》詩詞，包括《金瓶梅》詩詞的賞析與出處。《金瓶梅》詩詞的獨特性在於它擁有大量的襲用詩詞，這是古典小說經常出現的現象，對

5　魏子雲：《深耕《金瓶梅》逾卅年》（臺北：文史哲出版社，2003 年 12 月），頁 142。

6　參見劉輝、楊揚：《金瓶梅之謎》（北京：書目文獻出版社，1989 年 6 月），頁 46-52；陳東有：《金瓶梅——中國文化發展的一個斷面》（廣州：花城出版社，1990 年 4 月），頁 32-33；孫遜、詹丹：《金瓶梅概說》（上海：上海古籍出版社，1994 年 3 月），頁 138；陳大康：《明代小說史》（上海：上海文藝出版社，2000 年 10 月），頁 444。

《金瓶梅》一書而言，這個現象有著特別的意義：一、從詩詞的原始出處可明白它前有所承；二、由詩詞的選錄標準及更動狀況可窺探作者對詩詞的熟諳程度。《金瓶梅》的詩詞本身有許多謎團極待解開，它的價值不能從和《紅樓夢》的互見高下來定位。《紅樓夢》的詩詞以原創為主，是曹雪芹高深才學的展現；《水滸傳》的詩詞有不少抄襲痕跡，而它本身是一部世代累積型作品，由施耐庵、羅貫中加工而成；作者、成書皆眾說紛紜的《金瓶梅》，它的詩詞能夠呈現的特色和價值，都值得我們客觀和公允地評論。

再者，《金瓶梅》的詩詞並非只有抄襲之作，其中還有作者大量的創作結晶，如果以正統詩詞嚴苛的審美標準來檢視，它們勢必得不到良好的評價。《金瓶梅》名之為長篇小說，這些詩詞當然是用來點綴小說，如果將之抽離而單獨審視，必然失去詩詞原本應具有的價值。在這一方面，《金瓶梅》詩詞有更多值得發揮和討論的空間。

第二節　文獻回顧

《金瓶梅》的研究書籍汗牛充棟，本節僅選擇對本書有直接影響及相關啟發性者加以羅列，並大致分類介紹：

一、《金瓶梅》素材來源、詩詞出處

美國學者韓南撰〈金瓶梅探原〉一文，最早注意到《金瓶梅》的素材來源，並且著力甚勤。他發現《金瓶梅》與《水滸傳》、白話短篇小說、公案小說《港口漁翁》、文言短篇小說《如意君傳》、宋史、戲曲、清曲、說唱文學等有著緊密關係，並尋找出部分情節和韻文的相承，認為作者在寫作過程中，仰賴這些文學資料的部分多於自己的觀察，其引文之廣泛，幾乎包括了明代文學的全部領域。[7]

黃霖《金瓶梅考論》一書，詳論《忠義水滸傳》與《金瓶梅詞話》的關係，他比勘兩書，發現兩者有更多的相承關係，論述要點包含人物形象、詩詞部分、情節橋段，以證明《金瓶梅詞話》寫定時參考、抄襲《水滸傳》這一事實，而且所抄的版本是萬曆十七年前後刊印的《忠義水滸傳》。[8]

周鈞韜的《金瓶梅素材來源》，整理、羅列各章回的素材來源，其所論以情節素材

---

[7]　韓南：〈金瓶梅探原〉（徐朔方譯自《大亞細亞》雜誌，新十卷第一輯，1963 年），收入《金瓶梅西方論文集》（上海：上海古籍出版社，1987 年 7 月），頁 1-48。

[8]　黃霖：《金瓶梅考論》（瀋陽：遼寧人民出版社，1989 年 10 月），頁 151-169。

為主，韻文相對來說比重不大。[9]

　　吳曉鈴〈《金瓶梅詞話》引用宋元平話的線索——《金瓶梅詞話》研究之一〉這篇文章，針對徵引的情節和韻文，依平話在《金瓶梅詞話》裡出現的次第分別盧列，搜尋範圍包含《宣和遺事》、《前漢書平話》、《續前漢書平話》、《五代史平話》、《六十家小說》、《京本通俗小說》、《古今小說》等書。[10]

　　陳益源《元明中篇傳奇小說研究》，於梅節先生的研究基礎上進而發現《金瓶梅詞話》有更多抄錄自《懷春雅集》的詩詞，此外也證實了《嬌紅記》、《賈雲華還魂記》、《鍾情麗集》等皆為《金瓶梅詞話》的素材來源。[11]

　　這些研究資料可以幫助我們瞭解《金瓶梅》的內容前有所承，它的素材來源包括情節的借用和詩詞的抄襲，而且借用的範圍龐及各文類。

二、《金瓶梅》韻文出處、註釋及解析

　　蔡敦勇《金瓶梅劇曲品探》是目前對《金瓶梅》劇曲研究最詳贍的專書，除了對劇目詳加考述，還特論「步戲」、第六十五回「十節目」，及《西廂記》對《金瓶梅》的影響。另對詞曲作了箋校，也附有部分詩詞的出處，但在詩詞這方面的資料不如劇曲豐富。[12]

　　有三本以《金瓶梅》詩詞為主要論述題材的專書，可補《金瓶梅劇曲品探》之不足，它們是舟揮帆《譯注評析金瓶梅詩選》、[13]孟昭連《金瓶梅詩詞解析》、[14]陳東有《金瓶梅詩詞文化鑒析》，[15]而以孟昭連的研究最為完整，他不但考出大部分的韻文出處，收錄的韻文數量也最多，其中有關性描寫及作者認為價值不高者則不予收錄，在詩詞的解析上，分為釋詞、說明和解析三部分，大部分的徵引詩詞僅註明出處，未比對和原作的差異，偶爾論及更動技巧。舟揮帆擇錄詞話本和崇禎本約一百二十首詩，在體例上做到原詩、譯詩、註釋、提示、評析互為對照，至於徵引的現象則鮮少涉及討論。陳東有選錄《金瓶梅詞話》中一百三十六首含有豐富文化內涵的詩詞，進行註釋鑒析，其餘則作為附錄，鑒析的部分若知曉出處，會於文後附上原詩，以利進行對照，但不討論徵引

9　周鈞韜：《金瓶梅素材來源》（鄭州：中州古籍出版社，1991年2月）。

10　吳曉鈴：〈《金瓶梅詞話》引用宋元平話的線索——《金瓶梅詞話》研究之一〉，收入中國金瓶梅學會編：《金瓶梅研究》第二輯（南京：江蘇古籍出版社，1991年7月），頁1-24。

11　陳益源：《元明中篇傳奇小說研究》（香港：學峰文化事業公司，1997年12月）。

12　蔡敦勇：《金瓶梅劇曲品探》（南京：江蘇文藝出版社，1989年6月）。

13　舟揮帆：《譯注評析金瓶梅詩選》（長沙：湖南文藝出版社，1992年3月）。

14　孟昭連：《金瓶梅詩詞解析》（長春：吉林文史出版社，1991年4月）。

15　陳東有：《金瓶梅詩詞文化鑒析》（成都：巴蜀書社，1994年2月）。

詩詞在字句更動上的好壞之差。

在期刊論文方面，有方綱〈金瓶梅詩詞漫評〉，[16]略述《金瓶梅》詩詞在運用上的雜亂現象，並概論《金瓶梅詞話》徵引《水滸傳》詩詞為抄用、改用、套用、拆用等手法。

上述這些資料，可提供我們瞭解《金瓶梅》韻文的出處，及其在文本中的解析意涵。由於各書所收錄的詩詞不一，必須相互參照才能互補其缺。

三、《金瓶梅》詩詞運用探析

有三篇單篇論文由詩詞運用來看《金瓶梅》作者，分別是張家英〈由《金瓶梅》回前詩看其作者〉、[17]梅節〈從套用竄改《懷春雅集》詩文看《金瓶梅詞話》的作者〉、[18]潘慎：〈《金瓶梅》的詩詞創作和它的作者〉。[19]張家英分別從詞話本和崇禎本的回前詩入手，指出崇禎本抄詩的情況比詞話本高明，然而兩者共同存在許多謬誤，以此針對沈德符的「嘉靖大名士」之說提出疑義。梅節選擇以《金瓶梅詞話》套用《懷春雅集》的詩文為研究素材，發現這些詩詞存在著若干缺點，這種三教九流的詩篇，不似大名士所為，同時他也認為在回首詩的運用上，崇禎本確實較令人滿意。潘慎選擇《金瓶梅詞話》的詩詞為研究對象，將這些詩詞的毛病總括為二，一是引用前人名作上出現謬誤及情節不符等現象，二是在創作上犯了混韻、重韻、失律、重字、串調等問題，尤以後者著墨最多，並以此提出《金瓶梅》作者是無名的民間藝人，《金瓶梅》則是說書藝人的腳本之說。

另外，有王年双的〈從詩歌在《金瓶梅詞話》中的運用看小說的發展〉一文，討論的地方包括詩詞曲，乃至其他韻文，這些詩歌在運用上呈現許多特點，很多地方表現了作者的用心，同時也顯示作者來自生活的體驗較少，而沒有體制約束的戲劇則表現的較詩詞、散曲為佳。[20]

國內研究《金瓶梅》韻文的碩士論文有二，其一為駱吉萍：《《金瓶梅詞話》中的

16　方綱：〈金瓶梅詩詞漫評〉，《內蒙古民族師院學報（哲社版）》，1996 年第 1 期，頁 51-53。

17　張家英：〈由《金瓶梅詞話》回前詩看其作者〉，《學習與探索》，1991 年第 3 期，頁 115-120。

18　梅節：〈從套用竄改《懷春雅集》詩文看《金瓶梅詞話》的作者〉收錄於梅節：《瓶梅閒筆硯——梅節金學文存》（北京：北京圖書館出版社，2008 年 2 月），頁 60-74。

19　潘慎：〈《金瓶梅》的詩詞創作和它的作者〉，《太原大學學報》，第 3 卷第 1 期，2002 年 3 月，頁 13-20。

20　王年双：〈從詩歌在《金瓶梅詞話》中的運用看小說的發展〉，收錄於《中國詩學會議論文集》（彰化師大國文系出版，1992 年 9 月），頁 1-49。

韻文研究》[21]，此書討論《金瓶梅詞話》中的所有韻文（詩、詞、曲、對句、駢文、酒令、寶卷等凡韻文之屬），討論面向包含形式、運用方式及修辭技巧，但並未針對徵引詩詞的部分作任何論述、說明。其二為林玉惠《崇禎本《金瓶梅》回首詩詞功能研究》，此書以崇禎本的回首詩為論述對象，特別提到了回首詩代女性發聲，此部分迥異於詞話本《金瓶梅》的回首詩，兩書的比較亦值得關注。[22]

這部分的資料提供《金瓶梅》詩詞的運用狀況及功能，唯各家所偏重的研究素材不同，所著眼的地方也不太一樣。

第三節　研究方法

本文選定韻文數量最為豐富的《金瓶梅詞話》為研究對象，並限定以詩詞（曲、賦等韻文不計入）為研究素材。[23]在中國古典文學裡，「詩」有廣義和狹義之分，廣義的詩包括詩經、楚辭、五言詩、七言詩、詞、曲；狹義的詩一般指五、七言詩。[24]《金瓶梅詞話》中有大量的五言詩、七言詩，少部分的六言詩、雜言詩和詞，限於篇幅，本文僅選定這幾類為研究對象，至於書中豐富的小令、套曲、寶卷、祭文、對句、賦等韻文，則暫不予討論。

《金瓶梅》的詩詞研究之困難性，有三大難處，其一為詩詞運用的雜且亂，其二為少有名詩名詞，其三難在不標示作品出處和作者，上述為方綱對《金瓶梅》詩詞的研究看法，[25]允為確鑿。

《金瓶梅》的詩詞如何用的雜且亂？首先在於它的詩不像詩、詞不像詞。詩有古體和近體之分，無論是在句式、平仄和轉韻上，近體詩都有嚴格的限制，但《金瓶梅詞話》的詩詞中絕大部分都不合格律，讀起來就如同字數相同的白話文。其實詩歌在定位上，往往存在著一些模糊的地帶，以五、七言詩為例：

21　駱吉萍：《《金瓶梅詞話》中的韻文研究》（高雄：國立中山大學中國文學研究所碩士論文，1995年6月）。

22　林玉惠：《崇禎本《金瓶梅》回首詩詞功能研究》（臺北：國立臺灣師範大學國文學系碩士專班論文，2012年6月）。

23　在《金瓶梅詞話》的回目前，附有「詞曰」四則，以及論酒、色、財、氣的「四貪詞」，這八首詞本文不列入討論。相關研究資料可參考魏子雲：《金瓶梅原貌探索》（臺北：臺灣學生書局，1985年3月），頁17-23。

24　呂正惠：《詩詞曲格律淺說》（臺北：大安出版社，1995年11月），頁3。

25　方綱：〈金瓶梅詩詞漫評〉，《內蒙古民族師院學報（哲社版）》，1996年第1期，頁51。

如果一首八句不轉韻的詩（不論七言、或五言），平仄不合律詩的格式，雖然句數對了，也絕不會列入律詩，一定歸屬古體詩。那麼，一首四句不轉韻的五言詩，平仄不合規定，為什麼還是列入五言絕句之中呢？可以說，這是習慣問題，沒有道理可講。嚴格的說，凡是不合近體平仄格式的都要算古體，但古人的習慣既已把這種詩列入五絕，大家也就按照習慣接受了。只是我們要知道，五絕有兩種：一種是不合近體平仄式的古體絕句，一種是符合格律要求的近體絕句。從數量上來說，唐代五言古體絕句並不比近體絕句少。當時最擅長寫五絕的大詩人是王維和李白，他們在這方面的許多傑作往往是古絕，而不是近體絕句。[26]

如上所述，近體詩雖然有其判斷的標準，但在歷代作品中不乏名詩人不遵守格律規範，詞作亦然。儘管如此，這些作品還是可以依照其他標準來歸類為何種詩體，這是一個簡易的判斷標準，但是如果拿這個方式來檢視《金瓶梅詞話》中的詩詞，則不甚可行，原因為這些詩詞既不押韻，也不管平仄，沒有對仗，也無煉字煉句，它們的書寫方式就像散文一樣，差別在於為整齊的五、七言組合，充其量只能說是「順口溜」，許多人不覺得這是詩。此外，《金瓶梅》的作者還經常詩、詞不分，他指詩為詞，或認詞為詩，小說中難得註明了詞牌，拿來檢驗卻發現完全不符格律要求，這種使用錯亂的情形，使《金瓶梅》的詩詞在定位上呈現一定的困難度。

　　《金瓶梅》在版本上本身也存在著複雜度，其一為詞話本與繡像本之分，其二為「陋儒補刻」的問題。繡像本被認為是以詞話本為底本進行刊刻，必然有相承相異之處，就詩詞上來說，這兩者有何異同，何以本文選擇以詞話本為研究對象，有必要加以說明。再者，《金瓶梅》第五十三回至第五十七回，有「陋儒補刻」之說，然補刻的這五回出現在詞話本或繡像本，兩者皆有學者提出看法，目前尚未有定論，在這種情況下，本文所依據的《金瓶梅詞話》必然也有疑慮，如此這五回須另立章回討論，乃因視其有補刻之可能性，若這五回非出於原作者之手，又將之納入《金瓶梅詞話》一書的詩詞特色來進行討論，則不甚恰當。

　　扣除有爭議的五回，《金瓶梅詞話》還有九十五回，這九十五回的詩詞是不是可以視為一體討論？則又不然。《金瓶梅詞話》的詩詞有一大部分前有所承，非為作者自創，必然要與書中的原創詩詞分開討論，才有意義。這些前有所承的詩詞，本文以「徵引詩詞」名之，它們幾乎不標示作品出處，也未標明原始作者，又其並非為名詩名詞，查詢不易，因此搜尋詩詞的出處是一項龐大、瑣碎的工程。幸賴前輩多位學者的努力，已尋

26　呂正惠：《詩詞曲格律淺說》，頁55。

找出大半數的詩詞出處，但仍舊有許多詩詞未有著落，因此本文必須進行搜尋工作，以確定在能力所及的範圍內不會遺漏任一首詩詞的原始出處。確定徵引詩詞的數量及來源，方能討論這些詩詞在小說中的運用狀況。本文的討論方式為優先還原詩詞出處的原始意義，再著重分析《金瓶梅詞話》使用、更改這些詩詞後，是否能有效地成為書中的有機成分，並與小說中的情節相得益彰，反之，如果這些詩詞運用不當，它們犯了什麼錯誤？則必須指出說明。

相對於徵引詩詞，《金瓶梅詞話》中還有許多原創詩詞。扣掉已經確定為徵引詩詞的部分，其餘的詩詞包含尚未發現出處的徵引作品、作者的原創作品兩類，如何判斷哪些為原創詩詞，是本章優先要處理的部分。其次，原創詩詞在運用上有何特色？和徵引詩詞有無異同？也是必須釐清的重點。以徵引詩詞而言，受限於來源素材的緣故，必須還原原詩本義及用法，才能瞭解作者的安排和更動方式，原創詩詞既然沒有這些限制，那麼在使用上和徵引詩詞有何相異點，其本身在創作上又能把握住哪些特色，都值得深入探討。最後，無論是徵引詩詞或原創詩詞，在情節的使用及藝術技巧的表現方面，皆呈現一些共同的特色，這些特色構成《金瓶梅詞話》一書的詩詞風貌，代表作者選詩、用詩的習慣和喜好。

由上述分類與分析，本文希冀以內證為主，經由資料、事實的呈現，歸納出《金瓶梅詞話》在選詩、用詩上的特色，這些特色的整體水平能夠幫助我們瞭解作者在詩詞上的訓練與素養，並由此針對「世代累積」和「獨立創作」、「大名士」及「下層人文」等作者說，提出思考和見解。

第二章　繡像本對詞話本之更易

前　言

　　《金瓶梅》的版本有三，分別為「詞話本」、「繡像本」和「竹坡本」。「詞話本」又稱「萬曆本」、「十卷本」，有〈欣欣子序〉、〈東吳弄珠客序〉及〈廿公跋〉，十回一卷，百回十卷；「繡像本」又稱「說散本」、「崇禎本」、「廿卷本」，僅有〈東吳弄珠客序〉和〈廿公跋〉，五回一卷，百回廿卷，雖存有繡像插圖兩百幅，卻刪去詞話本中大量的詞曲；「竹坡本」為《張竹坡批評第一奇書金瓶梅》，又稱「張評本」，乃清康熙年間的張竹坡批評本，由於以「繡像本」為底本，故可併入繡像本的系統。因此，《金瓶梅》的內容實論起來只有兩種差異，即萬曆系統——《金瓶梅詞話》與崇禎系統——《新刻繡像批評金瓶梅》，近代研究學者咸認為《新刻繡像批評金瓶梅》是根據《金瓶梅詞話》刪定而成。[1]

　　《金瓶梅詞話》與《新刻繡像批評金瓶梅》兩者內容雖有不同，但嚴格說來差異不大，不過十分之一、二而已。這十分之一、二，論者咸認為在「第一回」、「第五十三回」、「第五十四回」及大量詞曲被「繡像本」所刪改。[2]又《金瓶梅》第五十三至第五十七回

1　如日本學者鳥居久靖云：「明代小說本（繡像本）是修改詞話本而成。」鳥居久靖：〈《金瓶梅》版本考〉，黃霖、王國安：《日本研究金瓶梅論文集》（濟南：齊魯書社，1989年），頁22。黃霖：「我認為崇禎本當以已刊詞話本（所謂『原本』為底本），又參照了另一『元本』修改加評而成。」黃霖：〈關於《金瓶梅》崇禎本的若干問題〉，中國金瓶梅學會編：《金瓶梅研究》第一輯（南京：江蘇古籍出版社，1990年9月），頁82。

2　《金瓶梅詞話》與《新刻繡像批評金瓶梅》的差異，細論起來包括：(一)崇禎本改寫第一回及不收「欣欣子序」；(二)改寫第五十三回、第五十四回；(三)崇禎本均避崇禎帝朱由檢諱，詞話本不避；(四)崇禎本在版刻上保留了詞話本的殘存因素；(五)崇禎本刪去八十四回吳月娘為宋江所救一段文字，並改動詞話本部分情節；(六)崇禎本刪減或改動詞話本中的方言詞語；(七)崇禎本刪去詞話本中的大量詞曲，改換了詞話本的回首詩詞；(八)崇禎本的回目對仗較詞話本工整。相關資料詳見齊煙、汝梅校點：《新刻繡像批評金瓶梅》（臺北：曉園出版社，1990年9月），頁8-11。由於本文的討論重點為詩詞，故其他差異暫不論及。

有「陋儒補以入刻」之說，截至目前為止學界仍眾說紛紜，成為「有爭議的五回」。「詞話本」與「繡像本」之詩詞異同，有必要進行細部比較，而「第五十三至第五十七回」由於狀況特殊，實有必要獨立論說。

本章分為兩小節：一、針對《金瓶梅詞話》與《新刻繡像批評金瓶梅》兩版本的詩詞進行比較與討論，討論的重點主要為詩詞形式上的更動和刪改，不論及內容的比較。二、細部比較詞話本《金瓶梅》與繡像本《金瓶梅》第五十三至第五十七回的詩詞刪修情況，並與前一小節所歸納出來的特色相互比較。

第一節　就簡與雅化

在中國古典長篇小說中，《金瓶梅詞話》所擁有的詩詞材料頗為豐富，這些在《新刻繡像批評金瓶梅》中都出現龐大的異動，呈現了刪繁就簡的取向，尤以更新和刪除為主要變更方式。《新刻繡像批評金瓶梅》大量更新《金瓶梅詞話》中的詩詞，並將不影響小說內容的詩詞予以刪除，因此，原本存於《金瓶梅詞話》中的四百首詩詞，[3]《新刻繡像批評金瓶梅》則僅存三百首，兩者差異如下表：

回目／版本	《金瓶梅詞話》	小計	《新刻繡像批評金瓶梅》	小計
第一回	詩 11 首，詞 3 首	14	詩 7 首	7
第二回	詩 5 首	5	詩 5 首，詞 2 首	7
第三回	詩 6 首	6	詩 4 首	4
第四回	詩 4 首，詞 1 首	5	詩 3 首，詞 1 首	4
第五回	詩 3 首	3	詩 3 首	3
第六回	詩 2 首，詞 2 首	4	詩 2 首，詞 3 首	5
第七回	詩 4 首	4	詩 4 首	4
第八回	詩 3 首	3	詩 1 首，詞 1 首	2

3　本文統計《金瓶梅詞話》詩詞共有 392 首，包含詩 365 首、詞 27 首，統計原則為散體駢文不計，經咒、經偈、酒令、寶卷中詩詞，只要不是對句，皆算在內。王年双也做過統計，所得總數為 389 首，包含詩 360 首、詞 29 首，然經咒、經偈、酒令、寶卷中這類缺少藝術性的詩詞，都加以排除，見王年双：〈從詩歌在《金瓶梅詞話》中的運用看小說的發展〉，收錄於《中國詩學會議論文集》（彰化師大國文系出版，1992 年 9 月），頁 4-5。駱吉萍在《《金瓶梅詞話》中的韻文研究》中，統計所得為 383 首，包含詩 358 首、詞 25 首，見駱吉萍：《《金瓶梅詞話》中的韻文研究》（高雄：國立中山大學中國文學研究所碩士論文，1995 年 6 月），頁 11、64。潘慎：〈《金瓶梅》的詩詞創作和它的作者〉一文，統計所得為 362 首，包含詩 342 首，詞 20 首，見潘慎：〈《金瓶梅》的詩詞創作和它的作者〉，《太原大學學報》，第 3 卷第 1 期，2002 年 3 月。

第九回	詩 3 首，詞 1 首	4	詩 3 首	3
第十回	詩 4 首，詞 1 首	5	詩 4 首，詞 2 首	6
第十一回	詩 4 首	4	詩 2 首	2
第十二回	詩 6 首	6	詩 3 首	3
第十三回	詩 3 首，詞 2 首	5	詩 2 首，詞 3 首	5
第十四回	詩 3 首	3	詩 3 首	3
第十五回	詩 2 首	2	詩 2 首	2
第十六回	詩 2 首，詞 1 首	3	詩 2 首，詞 1 首	3
第十七回	詩 1 首，詞 2 首	3	詩 2 首，詞 1 首	3
第十八回	詩 4 首，詞 2 首	6	詩 2 首，詞 3 首	5
第十九回	詩 2 首	2	詩 3 首	3
第二十回	詩 5 首，詞 1 首	6	詩 1 首，詞 2 首	3
第二十一回	詩 4 首	4	詩 4 首，詞 1 首	5
第二十二回	詩 4 首	4	詩 3 首，詞 1 首	4
第二十三回	詩 2 首	2	詞 1 首	1
第二十四回	詩 3 首	3	詩 3 首	3
第二十五回	詩 4 首	4	詩 1 首，詞 1 首	2
第二十六回	詩 2 首	2	詩 2 首	2
第二十七回	詩 6 首	6	詩 2 首，詞 1 首	3
第二十八回	詩 2 首，詞 1 首	3	詩 3 首	3
第二十九回	詩 12 首	12	詩 10 首，詞 1 首	11
第三十回	詩 2 首	2	詞 1 首	1
第三十一回	詩 3 首	3	詩 3 首	3
第三十二回	詩 1 首	1	詩 1 首	1
第三十三回	詩 1 首	1	詞 1 首	1
第三十四回	詩 1 首	1	詞 1 首	1
第三十五回	詩 1 首	1	詩 1 首	1
第三十六回	詩 1 首	1	詩 1 首	1
第三十七回	詩 2 首	2	詩 1 首，詞 1 首	2
第三十八回	詩 5 首	5	詩 2 首，詞 1 首	3
第三十九回	詩 3 首	3	詩 3 首	3
第四十回	詩 3 首	3	詩 1 首，詞 1 首	2
第四十一回	詩 2 首	2	詩 1 首，詞 1 首	2
第四十二回	詩 4 首	4	詩 2 首	2
第四十三回	詩 1 首	1	詞 1 首	1
第四十四回	詩 2 首	2	詞 1 首	1
第四十五回	詩 2 首	2	詞 1 首	1

第四十六回	詩 1 首，詞 1 首	2	詩 1 首，詞 1 首	2
第四十七回	詩 3 首	3	詩 3 首	3
第四十八回	詩 3 首	3	詩 2 首，詞 1 首	3
第四十九回	詩 7 首	7	詩 6 首	6
第五十回	詩 1 首	1	詞 1 首	1
第五十一回	詩 3 首	3	詩 3 首	3
第五十二回	詩 2 首	2	詩 2 首	2
第五十三回	詩 3 首	3	詞 1 首	1
第五十四回	詩 2 首	2	詩 2 首，詞 1 首	3
第五十五回	詩 1 首，詞 4 首	5	詞 1 首	1
第五十六回	詩 3 首	3	詩 1 首	1
第五十七回	詩 4 首	4	詩 2 首	2
第五十八回	詩 4 首	4	詩 2 首，詞 1 首	3
第五十九回	詩 5 首	5	詩 3 首	3
第六十回	詩 7 首	7	詩 2 首，詞 1 首	3
第六十一回	詩 4 首	4	詞 1 首	1
第六十二回	詩 1 首	1	詩 1 首	1
第六十三回	詩 1 首	1	詩 1 首	1
第六十四回	詩 2 首	2	詩 2 首	2
第六十五回	詩 5 首	5	詩 2 首	2
第六十六回	詩 2 首	2	詩 2 首，詞 1 首	3
第六十七回	詩 2 首	2	詩 1 首，詞 1 首	2
第六十八回	詩 4 首，詞 1 首	5	詩 3 首，詞 1 首	4
第六十九回	詩 4 首	4	詩 1 首，詞 1 首	2
第七十回	詩 2 首	2	詩 2 首	2
第七十一回	詩 6 首	6	詩 5 首，詞 1 首	6
第七十二回	詩 6 首	6	詩 3 首，詞 1 首	4
第七十三回	詩 6 首	6	詞 1 首	1
第七十四回	詩 8 首	8	詩 2 首	2
第七十五回	詩 1 首	1	詩 1 首	1
第七十六回	詩 5 首	5	詩 5 首	5
第七十七回	詩 5 首	5	詩 3 首，詞 1 首	4
第七十八回	詩 7 首	7	詩 4 首，詞 1 首	5
第七十九回	詩 9 首	9	詩 6 首，詞 1 首	7
第八十回	詩 6 首	6	詩 4 首	4
第八十一回	詩 2 首	2	詩 1 首	1
第八十二回	詩 2 首，詞 1 首	3	詩 2 首，詞 1 首	3

第八十三回	詩 2 首，詞 1 首	3	詩 2 首	2
第八十四回	詩 4 首	4	詩 2 首	2
第八十五回	詩 2 首，詞 1 首	3	詩 1 首，詞 1 首	2
第八十六回	詩 2 首	2	詩 2 首，詞 1 首	3
第八十七回	詩 3 首	3	詩 3 首	3
第八十八回	詩 3 首	3	詩 3 首	3
第八十九回	詩 3 首	3	詩 1 首，詞 1 首	2
第九十回	詩 5 首	5	詩 5 首	5
第九十一回	詩 4 首	4	詩 4 首	4
第九十二回	詩 5 首	5	詩 5 首	5
第九十三回	詩 3 首	3	詩 3 首	3
第九十四回	詩 3 首	3	詩 3 首	3
第九十五回	詩 2 首	2	詩 2 首	2
第九十六回	詩 3 首	3	詩 2 首，詞 1 首	3
第九十七回	詩 7 首	7	詩 4 首，詞 1 首	5
第九十八回	詩 5 首	5	詩 6 首	6
第九十九回	詩 9 首	9	詩 5 首，詞 1 首	6
第一百回	詩 11 首，詞 1 首	12	詩 5 首	5
合計	《金瓶梅詞話》詩詞合計 392 首		《新刻繡像批評金瓶梅》詩詞合計 301 首	

由上表的統計數字可得知，《新刻繡像批評金瓶梅》的詩詞，比《金瓶梅詞話》足足少了近百首，這是數量上的差異。如果細細比對各回的詩詞，會發現這些數量的差異，主要集中在回中詩和回末詩，至於回首詩，《新刻繡像批評金瓶梅》各回雖予以保留，但也幾乎做了全面的更新。

一、回首詩

　　《新刻繡像批評金瓶梅》保留了各回以詩詞開場的形式，但是卻只有八回的回首詩和詞話本相同，[4]其餘則全部做了更新，更新的主要原則有三個大方向：改詩為詞、改七言為五言、改俗為雅。《新刻繡像批評金瓶梅》將大部分的詩更換為詞，《金瓶梅詞話》原有回首詩九十六首，回首詞四首，[5]明顯以詩為大宗，《新刻繡像批評金瓶梅》則為回

4　分別是第五回、第七回、第十四回、第十六回、第二十四回、第三十九回、第四十二回、第五十一回等八回。
5　這四首出現的回目為：一、十七、四十六、八十二。這四回中，繡像本第一回、第十七回又改為以詩開場。

首詩五十四首、[6]回首詞四十八首,[7]合計比《金瓶梅詞話》多出了四十四首詞。其次,《金瓶梅詞話》的回首詩中以七言詩的數量為最,計有八十四首,另有五言詩六首、[8]六言詩四首、[9]雜言詩兩首;[10]《新刻繡像批評金瓶梅》的七言詩數量則大大減少,僅餘三十一首,[11]五言詩則增為二十三首。[12]為了更清楚地呈現這些差異,以簡單的表格來表示:

文類／版本	詞話本		繡像本	
回首詩	96 首	七言 84 首	54 首	七言 31 首
		五言 6 首		五言 23 首
回首詞	4 首		48 首	

易言之,《金瓶梅詞話》的開場以七言詩為主,《新刻繡像批評金瓶梅》則詩、詞糅雜。若從風格上來討論,《金瓶梅詞話》多俗句俗語,《新刻繡像批評金瓶梅》則較為典雅。雖然詞貴婉約,而《新刻繡像批評金瓶梅》詞作為多,似是不能相提並論,但即便是詩,《金瓶梅詞話》仍較繡像本俚俗得多,例如以同一回中的回首詩相較:

> 風波境界立身難,處世規模要放寬。萬事盡從忙裡錯,此心須向靜中安。
> 路當平處行更穩,人有常情耐久看。直到始終無悔吝,纏生枝節便多端。
>
> (《金瓶梅詞話》第二十八回)
>
> 幾日深閨繡得成,看來便覺可人情。一灣嫩玉凌波小,兩瓣秋蓮落地輕。
> 南陌踏青春有跡,西廂立月夜無聲。看花又濕蒼苔露,晒向窗前趁晚晴。

6　其中第一回和第二十六回,都有兩首回首詩,其餘章回皆各一首。

7　這四十八首出現的回目為:二、六、八、十、十三、十八、二十、二十一、二十二、二十三、二十五、二十七、二十九、三十、三十三、三十四、三十七、三十八、四十、四十一、四十三、四十四、四十五、四十六、四十八、五十、五十三、五十四、五十五、五十八、六十、六十一、六十六、六十七、六十八、六十九、七十一、七十二、七十三、七十七、七十八、七十九、八十二、八十五、八十九、九十六、九十七、九十九。

8　這六首出現的回目為:十、四十、八十、九十五、九十八、九十九。

9　這四首出現的回目為:十一、十二、二十三、八十八。

10　這兩首出現的回目為:三十一、四十八。

11　這三十一首出現的回目為:一(兩首)、四、五、七、十一、十四、十六、二十四、二十六(兩首)、二十八、三十九、四十二、五十一、五十二、五十六、五十九、六十二、六十四、六十五、七十五、七十六、八十、八十三、八十四、八十六、九十一、九十四、九十八、一百。

12　這二十三首出現的回目為:三、九、十二、十五、十七、十九、三十一、三十二、三十五、三十六、四十七、四十九、五十七、六十三、七十、七十四、八十一、八十七、八十八、九十、九十二、九十三、九十五。

（《新刻繡像批評金瓶梅》第二十八回）

這是第二十八回的回首詩，兩者皆為七言律詩。《新刻繡像批評金瓶梅》不論是七言詩或五言詩，整體風格都較《金瓶梅詞話》的詩作典雅。《金瓶梅詞話》的俗字俗句多，不太講究詩詞煉字、煉句的技巧，如果單就這點來說，藝術價值並不如《新刻繡像批評金瓶梅》高。而就內容上看來，詞話本《金瓶梅》談的是人生處事的準則，有道德教化意味；繡像本《金瓶梅》描寫一個女子在月夜的活動，隱隱透露女子的情思，既深情又浪漫。兩書的差異不僅只於形式上的簡化，內容上更呈現了化俗為雅的傾向。

二、回中詩

　　《新刻繡像批評金瓶梅》相較於《金瓶梅詞話》，少了許多詩詞，而刪去的絕大部分詩詞集中在回中詩。《金瓶梅詞話》的回中詩總計二百三十首，《新刻繡像批評金瓶梅》只剩一百五十首，刪去八十首之多。《新刻繡像批評金瓶梅》的回中詩和《金瓶梅詞話》大同小異，一百五十首中，有一百三十五首和《金瓶梅詞話》相同，其中絕大部分的詩作完全一樣，少部分的詩作了一些修改，例如以更動字詞為主的詩有六首：

《金瓶梅詞話》	《新刻繡像批評金瓶梅》
武松儀表甚搊搜，阿嫂淫心不可收。 籠絡歸來家裡住，要同雲雨會風流。 （第一回）	武松儀表豈風流，嫂嫂淫心不可收。 籠絡歸來家裡住，相思常自看衾裯。 （第二回）
雲情雨意兩綢繆，戀色迷花不肯休。 畢竟世間有此事，武大身軀喪粉頭。 （第五回）	雲情雨意兩綢繆，戀色迷花不肯休。 畢竟人生如泡影，何須死下殺人謀？ （第五回）
寂靜蘭房簟枕涼，才子佳人至妙頑。 纔去倒澆紅臘燭，忽然又掉夜行船。 偷香粉蝶餐花蕚，戲水蜻蜓上下旋。 樂極情濃無限趣，靈龜口內吐清泉。 （第六回）	寂靜蘭房簟枕涼，佳人才子意何長。 方纔枕上澆紅燭，忽又偷來火隔墻。 粉蝶探香花蕚顫，蜻蜓戲水往來狂。 情濃樂極猶餘興，珍重檀郎莫背忘。 （第六回）
私出房櫳夜氣清，滿庭香霧月微明。 拜天盡訴衷腸事，那怕傍人隔院聽。 （第二十一回）	私出房櫳夜氣清，一庭香霧雪微明。 拜天訴盡衷腸事，無限徘徊獨自惺。 （第二十一回）
天仙執手整香羅，入午光寒雪一窩。 不獨桃源能問渡，卻來月窟伴嫦娥。 （第五十九回）	天仙機上整香羅，入手先拖雪一窩。 不獨桃源能問渡，卻來月窟伴嫦娥。 （第五十九回）

面膩雲濃眉又彎，蓮步輕移實匪凡。 醉後情深歸帳內，始知太太不尋常！ （第六十九回）	雲濃脂膩黛痕長，蓮步輕移蘭麝香。 醉後情深歸繡帳，始知太太不尋常！ （第六十九回）

這六首詩在兩書中原型相同，雖已更動過字句，還是看得出兩者的相承關係。另有以濃縮詩句為主的六首詩，這一類呈現的是刪繁就簡的取向：

《金瓶梅詞話》	《新刻繡像批評金瓶梅》
綠楊裊裊垂絲碧，海榴點點胭脂赤。 兩兩亂鶯啼，毿毿梧竹齊。 微微風動幔，颯颯涼侵扇； 處處過端陽，家家共舉觴。 （第六回）	綠楊裊裊垂絲碧，海榴點點胭脂赤。 微微風動幔，颯颯涼侵扇。 處處過端陽，家家共舉觴。 （第六回）
綠樹陰濃夏日長，樓臺倒影入池塘。 水晶簾動微風起，一架薔薇滿院香。 別院深沉夏簟青，石榴開遍透簾明， 槐陰滿地日卓午，時聽新蟬噪一聲。 （第二十一回）	綠樹陰濃夏日長，樓臺倒影入池塘。 水晶簾動微風起，一架薔薇滿院香。 （第二十一回）
蓮萼菱花共照臨，風吹影動碧沉沉。 一池秋水芙蓉現，好似嫦娥入月宮。 翠袖拂塵霜暈退，朱唇呵氣碧雲深， 從教粉蝶飛來撲，始信花香在畫中。 （第五十八回）	蓮萼菱花共照臨，風吹影動碧沉沉。 一池秋水芙蓉現，好似姮娥傍月陰。 （第五十八回）
芳姿麗質更妖嬈，秋水精神瑞雪標。 鳳目半彎藏琥珀，朱唇一顆點櫻桃。 露來玉筍纖纖細，行處金蓮步步嬌。 白玉生香花解語，千金良夜實難消。 （第六十八回）	芳姿麗質更妖嬈，秋水精神瑞雪標。 白玉生香花解語，千金良夜實難消。 （第六十八回）
星斗依稀禁漏殘，禁中環珮響珊珊。 花迎劍戟星初落，柳拂旌旗露未乾。 瑞靄光中瞻萬歲，祥烟影裡擁千官。 欲知今日天顏喜，遙觀蓬萊紫氣蟠。 （第七十一回）	星斗依稀禁漏殘，禁中環珮响珊珊。 欲知今日天顏喜，遙睹蓬萊紫氣旛。 （第七十一回）
花盛菓收奇異時，欣遇良君立鳳池； 嬌姿不失江梅態，三揭紅羅兩畫眉。 攜手相邀登玉殿，含羞獨步捧金卮。 會看馬首昇騰日，脫却寅皮任意移。 （第九十一回）	嬌姿不失江梅態，三揭紅羅兩画眉。 會看馬首昇騰日，脫却寅皮任意移。 （第九十一回）

由表中可看出，《新刻繡像批評金瓶梅》以簡省為主，它的詩大概僅餘《金瓶梅詞話》
的一半左右。

上述十二首詩可以看出兩者相承關係之緊密，因此將之歸納為相同的一類。整體而
言，以回中詩來作比較，兩個系統差異並不大，繡像本《金瓶梅》比詞話本《金瓶梅》
少了八十首詩，繡像本《金瓶梅》具有的詩詞中，只有十五首是獨有的，其他皆和詞話
本《金瓶梅》相同或相似。值得注意的是，兩個系統的詩詞以第一回的異動最大，因為
繡像本《金瓶梅》大幅改寫了第一回，《新刻繡像批評金瓶梅》的前序裡有清楚的說明：

> 崇禎本把第一回「景陽崗武松打虎」改為「西門慶熱結十弟兄」。從開首到「知
> 縣升堂，武松下馬進去」，是改寫者手筆，以「財色」論作引子，寫至十弟兄在
> 玉皇廟結拜。文句中有「打選衣帽光鮮」、「看飯來」、「哥子」、「千百觔水
> 牛般力氣」等江浙習慣用語。「武松下馬進去」後，文字大體與詞話本相同，刪
> 減了「看顧」、「扠兒難」等詞語。改寫後，西門慶先出場，然後是潘金蓮嫌夫
> 賣風月，把原武松為主、潘金蓮為賓，改成了西門慶、潘金蓮為主、武松為賓。[13]

這是《金瓶梅》兩大版本系統中內容差異最大的一回，呈現了作者觀點的不同，就第一
回回中詩來比較，[14]《新刻繡像批評金瓶梅》就比《金瓶梅詞話》少了七首，和《金瓶
梅詞話》相同的也只有兩首，其他三首為《新刻繡像批評金瓶梅》所獨具，是全書中詩
詞異動最大的一回。

三、回末詩

《新刻繡像批評金瓶梅》對於《金瓶梅詞話》回末詩的更動並不多，《金瓶梅詞話》
總計有六十一回擁有回末詩，[15]《新刻繡像批評金瓶梅》僅有四十八回，[16]比《金瓶梅

13　齊煙、汝梅校點：《新刻繡像批評金瓶梅》，頁8。

14　第一回的回中詩，詞話本有詩詞十二首，繡像本只有五首。

15　這六十一回為：一、二、三、七、八、九、十、十一、十二、十三、十六、十八、二十、二十二、
二十三、二十四、二十七、二十八、三十七、三十八、三十九、四十一、四十二、四十四、四十五、
四十六、四十七、四十八、四十九、五十四、五十七、五十八、五十九、六十、六十一、六十四、
六十五、六十六、六十八、六十九、七十、七十一、七十二、七十六、七十八、七十九、八十、八
十一、八十四、八十五、八十八、九十、九十一、九十二、九十四、九十五、九十六、九十七、九
十八、九十九、一百。

16　這四十八回為：二、三、五、七、八、九、十、十一、十二、十三、十六、十九、二十、二十一、
二十二、二十四、二十七、二十八、三十七、三十九、四十一、四十七、四十八、五十四、五十八、
五十九、六十、六十四、七十、七十一、七十二、七十六、七十八、七十九、八十、八十四、八十

詞話》少了十三回。此外,這兩個版本系統有四十二回的回末詩是相同的,[17]《新刻繡像批評金瓶梅》異於《金瓶梅詞話》的地方,只有三處:

1.   《金瓶梅詞話》有回末詩的章回中,《新刻繡像批評金瓶梅》刪除了十六回,這十六回為:一、十八、二十三、三十八、四十二、四十四、四十五、四十六、四十九、五十七、六十一、六十五、六十六、六十八、六十九、八十一等十六回。

2.   《新刻繡像批評金瓶梅》又新增三回《金瓶梅詞話》所缺少的回末詩,分別在第五回、[18]第十九回、[19]第二十一回,[20]這三回在詞話本中並無回末詩。

3.   《新刻繡像批評金瓶梅》第九回、第五十四回、第七十二回,和《金瓶梅詞話》一樣都有回末詩,但是詩作不同:

章回／版本	《金瓶梅詞話》	《新刻繡像批評金瓶梅》
第九回	英雄雪恨被刑纏,天公何事黑漫漫。 九泉乾死食毒客,深閨笑殺一金蓮。	李公吃了張公釀,鄭六生兒鄭九當。 世間幾許不平事,都付時人話短長。
第五十四回	西施時把翠蛾顰,幸有仙丹妙入神; 信是藥醫不死病,果然佛度有緣人。	神方得自蓬萊監,脈訣傳從少室君。 凡為採芝騎白鶴,時緣度世訪豪門。
第七十二回	順情說好話,幹直惹人嫌。 世事淡方好,人情耐久看。	酒深情不厭,知己話偏長。 莫負相欽重,明朝到草堂。

簡而言之,《新刻繡像批評金瓶梅》對《金瓶梅詞話》詩詞所做的更動,最基本的原則即是刪繁就簡,這尤其表現在回中詩和回末詩。相較於《金瓶梅詞話》,《新刻繡像批評金瓶梅》的詩詞已經經過篩選,整體來說較為簡鍊,《金瓶梅詞話》為數過多的詩詞則容易造成閱讀上的中斷,針對此現象,以下的說明值得參考:

> 崇禎本大量刪除了詞話本的許多曲調,體現了章回小說由仿口頭文學向案頭文學

五、八十八、九十、九十一、九十二、九十四、九十五、九十六、九十七、九十八、九十九、一百。

17   這四十二回為:二、三、七、八、十、十一、十二、十三、十六、二十、二十四、二十七、二十八、三十七、三十九、四十一、四十七、四十八、五十八、五十九、六十、六十四、七十、七十一、七十六、七十八、七十九、八十、八十四、八十五、八十八、九十、九十一、九十二、九十四、九十五、九十六、九十七、九十八、九十九、一百。其中第二十回,詞話本有三首回末詩,繡像本僅留第一首;第二十二回的回末詩,詞話本為「習教歌妓逞家豪,每日閑庭弄錦槽。不意李銘遭譴斥,春梅聲價競天高」,繡像本稍作修改為:「習教歌妓逞家豪,每日閑庭弄錦槽。不是朱顏容易變,何緣聲價競天高」。這兩回還是看的出兩系統的相承關係,故歸入相同的章回。

18   這首詩為:三光有影誰能待,萬事無根只自生。雪隱鷺鷥飛始見,柳藏鸚鵡語方聞。

19   這首詩為:碧玉破瓜時,郎為情顛倒。感君不羞報,回身就郎抱。

20   這首詩為:空庭高樓月,非復三五圓。何須照床裡,終是一人眠。

過渡的發展脈絡，也清楚說明這種雜有過多非情節因素的眾體兼備形式是章回小說在發展初期還不夠成熟的表現。[21]

又因為情節內容有些微的差異，因此繡像本《金瓶梅》會配合情節所須來替換、修改這些詩詞，有些詩詞成為繡像本《金瓶梅》所獨有。而在兩種版本的回首詩方面，荒木猛經過研究發現，詞話本的回首詩呈現了四大特徵，第一：教誨詩，人生哲理詩，格言詩比較多；第二：多引用自早先的話本，尤其是《水滸傳》；第三：再三使用不相同的類似詩詞；第四：回首詩和各回內容往往都不相干。[22]就後兩點看來，對於詞話本《金瓶梅》的詩詞評價並不高。以回首詩來看，荒木猛指出繡像本的回首詩詞已排除了教化詩，也盡可能將詞改成和章回內容相吻合，另外他也提出了詩詞數量的差別，並由繡像本中詞的數量增多和以詞吟詠閨房樂趣這兩點，[23]推測這可能是修訂者和原作者的愛好不同所致。針對荒木猛的說法，胡衍南也提出不同的看法，他認為要判斷回首詩和章回內容是否相互吻合，牽涉到了「從寬認定」和「從嚴認定」的問題：

> 所謂回首詩詞「盡可能」被改成與該回內容相吻合的詩句，恐怕是荒木猛一廂情願的看法。事實上他在文中業已承認：「有些詩詞和有關章回內容的關係是很難判斷的，即使有關係也牽強附會，這次我也把它算作有關係。」可見他在這方面的標準是很鬆的。試想《金瓶梅》主角多為女性，這些情詩又多是代女子發聲，因此只要從寬認定，允許牽強附會，當然可以說回首詩詞變得與內容相吻合了；但是反過來講，如果從嚴認定，拒絕穿鑿編派，也可以說回首詩詞與章回內容的距離更遠了。[24]

關於詩詞內容和章回內容是否有關係，其實存在著讀者主觀認定上的問題。不可否認的，不少學者咸認為繡像本的詩詞在使用上的確較詞話本為優，[25]除了詩詞內容和章回內容是否相互吻合，還牽涉到了繡像本《金瓶梅》汰蕪存菁的作法。過多的詩詞容易妨害讀

21　張業敏：《金瓶梅的藝術美》（北京：教育科學出版社，1992 年 10 月），頁 192。

22　荒木猛：〈關於崇禎本《金瓶梅》各回的篇頭詩詞〉，中國金瓶梅學會編：《金瓶梅研究》第四輯（南京：江蘇古籍出版社，1993 年 7 月），頁 206-210。

23　荒木猛：〈關於崇禎本《金瓶梅》各回的篇頭詩詞〉，頁 212-213。

24　胡衍南：《金瓶梅到紅樓夢——明清長篇世情小說研究》（臺北：里仁書局，2009 年 2 月），頁 161。

25　張家英：〈由《金瓶梅》回前詩看其作者〉，《學習與探索》，1991 年第 3 期，頁 115-120。梅節：〈從套用竄改《懷春雅集》詩文看《金瓶梅詞話》的作者〉，收錄於梅節：《瓶梅閒筆硯——梅節金學文存》（北京：北京圖書館出版社，2008 年 2 月），頁 60-74。

者閱讀，詞話本《金瓶梅》經常藉由以曲代言的方式讓人物說唱出自己的心聲，而小說中對於尼姑宣卷和戲班演唱的內容，也經常不厭其煩地騰錄出一整段，這些戲曲資料的大量引用能夠證明《金瓶梅詞話》受到說唱文學的影響，保留下來的大量戲曲資料也足供後學研究，但對於小說的必要性則有待商榷。如果將詞話本《金瓶梅》和繡像本《金瓶梅》作個比較，繡像本《金瓶梅》去蕪存菁之目的性也值得思考：

> 繡像本並未刪除全部的戲曲引文……既然有刪有存，有改有不改，那麼考索兩個版本的出入，一個可能的原則便隱約浮現出來：如果詞話本提到人物演唱套曲或戲曲時，曲詞戲文只是客觀抄錄，即內容無涉於情節的推展，那麼繡像本多半選擇大筆一刪；反之，如果曲詞戲文在主觀上具有點撥人物、提示命運、渲染氣氛的效果，那麼繡像本要不全錄，要不就是擇其精要刊出。[26]

繡像本《金瓶梅》對於詞話本《金瓶梅》的詩詞有刪有存，反映了繡像本作者在詩詞刪定上有了主觀的見解。而繡像本詩詞呈現的思想主旨，如關注女性議題，照應正文敘事等方面，[27]都有其獨特的創作意識和審美價值。但是就深受說唱文學影響較深的詞話本《金瓶梅》來說，其詩詞價值並不能因為繡像本的汰蕪存菁而遭到抹煞，我們必須站在歷史的進程上，對於詞話本《金瓶梅》的詩詞給予客觀地評論。

第二節　細論第五十三回至第五十七回

在《金瓶梅》的研究史上有一段非常重要的資料，出自沈德符的《萬曆野獲編》，論及《金瓶梅》第五十三至第五十七回的補刻問題，其云：

> 袁中郎〈觴政〉，以《金瓶梅》配《水滸》為外典，予恨未得見。丙午（即萬曆三十四年）遇中郎京邸，問曾有全帙否？曰第睹數卷，甚奇快。今惟麻城劉涎白承禧家有全本，蓋從其妻家徐文貞錄得者。又三年，小修上公車，已攜有其書，因與借抄挈歸。吳友馮猶龍見之驚喜，慫恿書坊以重價購刻。……然原本實少五十三回至五十七回，遍覓不得。有陋儒補以入刻，無論膚淺鄙俚，時作吳語，即前後

26　胡衍南：《金瓶梅到紅樓夢——明清長篇世情小說研究》，頁 165-166。
27　相關研究可參考林玉惠：《崇禎本《金瓶梅》回首詩詞功能研究》（臺北：國立臺灣師範大學國文學系碩士專班論文，2012 年 6 月）。

血脈，亦絕不貫串，一見知其贗作矣。[28]

「有陋儒補以入刻」一句，後世學者已從小說的故事情節、整體風格、方言用語、藝術水平、人物性格等多方面加以闡述論證，[29]這五回為陋儒補刻已被多數學者所認同。然偽作所屬是為詞話本（《金瓶梅詞話》）或崇禎本（《新刻繡像批評金瓶梅》），[30]各家說法則不一，至今仍眾說紛紜，莫衷一是，再加上這兩個版本所糾結出來的問題相當複雜而且龐大，[31]使這五回更是成為「有爭議的五回」。有鑑於此，本文將這五回排除於其他章回之外，獨立論說。

《金瓶梅詞話》所擁有的大量詩詞，到了《新刻繡像批評金瓶梅》，呈現了刪繁就簡的取向。以第五十三回至第五十七回的詩詞論之，《金瓶梅詞話》擁有詩十五首、詞四首，到了《新刻繡像批評金瓶梅》，則僅存詩五首、詞三首：

回目／版本	《金瓶梅詞話》	小計	《新刻繡像批評金梅》	小計
第五十三回	詩 3 首	3	詞 1 首	1
第五十四回	詩 2 首	2	詩 2 首，詞 1 首	3
第五十五回	詩 3 首，詞 4 首	7	詞 1 首	1
第五十六回	詩 3 首	3	詩 1 首	1
第五十七回	詩 4 首	4	詩 2 首	2
合計	《金瓶梅詞話》 這五回合計 19 首		《新刻繡像批評金瓶梅》 這五回合計 8 首	

---

28 〔明〕沈德符：《萬曆野獲編》，收錄於《筆記小說大觀》（臺北：新興書局，1978 年），冊十五，卷二十五，頁 652。

29 相關論述可參考韓南：〈金瓶梅的版本及其他〉，（《國立編譯館館刊》，1975 年 12 月），第 4 卷第 2 期，頁 193-228；魏子雲：《金瓶梅審探》（臺北：臺灣商務印書館，1982 年 6 月），頁 1-52；魏子雲：〈《金瓶梅》這五回〉，收錄於中國金瓶梅學會編：《金瓶梅研究》第一輯（南京：江蘇古籍出版社，1990 年 9 月）頁 98-140；潘承玉：《金瓶梅新證》（合肥：黃山書社，1999 年 1 月），頁 1-37；魏子雲：《金瓶梅餘穗》（臺北：里仁書局，2007 年 1 月），頁 141-150。

30 「詞話本」又稱「十卷本」、「萬曆本」，約成書於萬曆四十三年之後；「崇禎本」又稱「廿卷本」，有崇禎皇帝朱由檢的避諱，當刊刻於崇禎年間無疑。

31 「詞話本」和「崇禎本」有所謂的父子關係、兄弟關係之說。魏子雲認為「詞話本」刊刻在前，「崇禎本」刊刻在後，「崇禎本」的底本，是從《金瓶梅詞話》而來；梅節認為「詞話本」與「崇禎本」，是從兩個不同的底本傳抄而來，「崇禎本」刊刻在「詞話本」之前；王汝梅認為「崇禎本」是以《金瓶梅詞話》為底本進行改寫評點。相關資料可參見魏子雲：《金瓶梅的幽隱探照》（臺北：臺灣學生書局，1988 年 10 月），頁 37-40。梅節校注：《金瓶梅詞話》（臺北：里仁書局，2007 年 11 月），頁 2-3；王汝梅：《金瓶梅探索》（長春：吉林大學出版社，1990 年 9 月），頁 51-56。

如表中所示，這五回的詩詞數量，繡像本僅及詞話本的一半，若以詩詞保存最完整、最豐富的詞話本為依據，繡像本異於詞話本的地方大致為下列幾點：

(一)繡像本更新了詞話本的回首詩

中國古代章回小說的體制，在每一回開始前，常常會有一首回首詩或回首詞，用以概括這一回的章節大意。詞話本《金瓶梅》在這五回中，總計有五首回首詩，繡像本《金瓶梅》則將之全部更改，變為三首回首詞（第五十三至第五十五回）和兩首回首詩（第五十六、第五十七回）。

變更的原因其一是回目展現的主題根本就不同，例如第五十三回，詞話本的回目是「吳月娘承歡求子息，李瓶兒酬願保兒童」，回首詩描寫吳月娘的求子心切和李瓶兒的護子之心，兩人皆求助於宗教，心願雖不同，背後的根本原因則一，即「人生有子萬事足，身後無兒總是空」；[32]繡像本將第五十三回的回目更改為「潘金蓮驚散幽歡，吳月娘拜求子息」，回首詞〈應天長〉寫的是潘金蓮和陳經濟的偷情，呼應「潘金蓮驚散幽歡」這一部分。除了回首詩為了反映回目不同所做的更改以外，即使是回目相同的，繡像本亦將回首詩以其他相同主題的詩詞加以替換，例如第五十五回，詞話本的的回目是「西門慶東京慶壽旦，苗員外揚州送歌童」，以一首詩描寫蔡太師生辰的隆重；繡像本的回目為「西門慶兩番慶壽旦，苗員外一諾送歌童」，將詞話本的回首詩改為回首詞，但一樣是以祝壽為內容。整體而言，不論回目所欲表達的主題相不相同，繡像本都全面更新了詞話本的回首詩。

(二)繡像本刪去大量回中詩

詞話本《金瓶梅》在這五回中，有十二首回中詩（八首詩和四首詞），第五十三回有詩二首、第五十五回有詩二首及詞四首、第五十六回有詩二首、第五十七回有詩二首，到了繡像本《金瓶梅》，則僅存詩兩首，分別在五十四回和五十七回。刪去的情形，分述如下：

1.第五十三回

詞話本第五十三回「吳月娘承歡求子息，李瓶兒酬願保兒童」，寫李瓶兒的兒子官哥兒在花園被貓驚嚇了，吳月娘睡了一覺醒來，惦記著官哥兒，先是遣小玉去問，接著又自己親自去探望。從李瓶兒房間回來的路上，無意間聽到潘金蓮向孟玉樓挖苦她：「姊姊好沒正經！自家又沒得養，別人養的兒子，又去漁遭魂的搖相知、呵卵脬……」，氣

32　本文所引《金瓶梅詞話》，以梅節重校：《金瓶梅詞話》（香港：夢梅館，1993 年 3 月），梅節校注：《金瓶梅詞話》（臺北：里仁書局，2007 年 11 月）為主要參考書目，為了行文流暢，不一一詳註，僅視須要於括號後註明章回。

的吳月娘回來，拿出王姑子的頭胎衣胞，決定求天求地，也要求一個兒子來，這一回的回首詩即指涉此事。吳月娘拿出薛姑子的藥，看到小小的封筒上面，刻著「種子靈丹」并詩八句。詞話本這一回寫吳月娘服用保胎藥，即費了近五百字的筆墨，繡像本的這一段，不過兩百字之譜，並沒有細寫吳月娘如何細看薛姑子的藥，原本於詞話本中描述符藥神奇和珍貴的一首詩，則不見於繡像本，這是因為情節濃縮而將不必要的詩詞也一併刪除。另一處，在詞話本的下半回目，西門慶請了錢痰火來為官哥酬願，錢痰火唸了一段四言呪詩，同樣的位置，繡像本則請王姑子來，並商議起經之事，所以沒有這些精彩的宗教儀式。

仔細比較可以看出，在描寫民間宗教活動上，詞話本《金瓶梅》較為精彩些。薛姑子帶來的求子藥，在小小的封筒上面刻著八句詩：「姮娥喜竊月中砂，笑取斑龍頂上芽。漢帝桃花敫特降，梁王竹葉詣曾加。須臾餌驗人堪羨，衰老還童更可誇。莫作雪花風月趣，烏鬚種子在些些」，後面并附贊詞及藥方的使用方法。這些韻文是民間習俗的重要材料，對於小說中的角色吳月娘來說，這首韻文呈現藥方的神秘性，對於讀者來說則可看出民間療效的誇大。而後面錢痰火的四言呪詩，[33]雖然可以增進一些臨場感，但對於後續情節的接續則未有任何點撥或渲染的功用，因此繡像本《金瓶梅》刪除後對情節的延續並不會有任何影響。

2.第五十四回

詞話本的這一回是五回當中唯一沒有回中詩的，以「刪繁就簡」為原則的繡像本，卻反新增了一首回首詩。第五十四回的回目，詞話本是「應伯爵郊園會諸友，任醫官豪家看病症」，繡像本則為「應伯爵隔花戲金釧，任醫官垂帳診瓶兒」，這一回的兩個重點情節，分別是西門慶、應伯爵等兄弟在郊外聚會，以及西門慶請任太醫來為李瓶兒看病。論及兩版本的回目，不同的地方在於繡像本「應伯爵隔花戲金釧」是詞話本「應伯爵郊園會諸友」中的一個小情節，因此可謂大同而小異。

然而詞話本這一回的開頭銜接了第五十三回的結尾，第五十三回回末，寫應伯爵請西門慶明日一起到郊外相聚，第五十四回一開始，西門慶就派人送豬蹄羊肉到應伯爵家，接著便展開他們的兄弟聚會。而繡像本的這一回和詞話本大不相同，繡像本第五十四回接續上一回的結尾，從王姑子起經開始，西門慶聽完王姑子宣讀疏頭，才乘轎出門赴兄弟會。因此繡像本比起詞話本，兄弟聚會的情節敘寫少了一大半，卻多了一個王姑子起

33　呪詩云：「洞中玄虛，晃朗太元。八方威神，使我自然。靈寶符命，普告九天。乾羅答那，洞罡太玄。斬妖縛邪，殺鬼萬千。中山神呪，元始玉文。持誦一遍，卻病延年。按行五嶽，八海知聞。魔王束手，侍衛我軒。兇穢消散，道氣常存。」

經的情節，這一首回首詩就是出現在這裡，用以描寫西門慶求神求願的心情。[34]從這裡可以看出，「刪繁就簡」是繡像本改動詞話本的基本原則，但是繡像本若有迴異於詞話本的情節，則會視須要新增詩詞，以照應前後的正文敘述。

3.第五十五回

這是五回中，唯一擁有五言絕句的章回，這二首五言絕句出現的地方不太明顯，一首是描寫兩歌童前往山東西門慶家時,在路上看到的青山綠水，一首是兩歌童在酒店裡,看見牆壁上題了一首離別詩。[35]

詞話本和繡像本都是以苗員外送歌童為下半回的情節，此一部分繡像本比詞話本足足少了一千餘字，少的部分主要在繡像本刪去了歌童的歌唱文辭。揚州的苗員外送了兩個歌童給西門慶，西門慶大喜，與賓客燕飲時，歌童唱了一套〈新水令〉，接著又獻唱四首小詞，這四首詞分別以春、夏、秋、冬四景為序，詞牌為〈滿江紅〉，是詞話本《金瓶梅》中難得一見的典雅詞作，歌童唱完後，引來西門慶眾妻妾的喝采。而這四首詞所佔的篇幅極多，又無關乎人物點撥和情節渲染，這四首歌詞繡像本《金瓶梅》選擇刪除，有助於閱讀上的流暢。

4.第五十六回

五十六回的回中詩，繡像本《金瓶梅》刪去兩首，其一為「積玉堆金」云云，[36]另一首則為著名的〈別頭巾〉詩。詞話本這一回的回目是為「西門慶周濟常時節，應伯爵舉荐水秀才」，符合上下半回的情節；繡像本改為「西門慶捐金助朋友，常峙節得鈔傲妻兒」，等於是將上半回的故事寫成上下回目。西門慶擁有萬貫家財，他很懂得利用錢財，使自己左右逢源，此外對於他的兄弟，他也一向能夠慷慨解囊。兩版本在周濟常時節的部分差異不大，這首「積玉堆金」一詩，出現在應伯爵誇獎西門慶輕財好施，必能延福子孫處，此詩單道金銀的壞處，繡像本在這回的情節和對話都和詞話本相同，獨刪去此詩。在這一處西門慶發表了一番高論，針對金銀錢寶，他說：「一個人堆積，就有一個人缺少了。因此積下財寶，極有罪的」，這是他和常時節的對話，詞話本《金瓶梅》引用了一首詩證明西門慶話中這番道理，這首詩可視為作者在敘述故事過程中插入的議論，繡像本《金瓶梅》刪除後，確實能夠讓小說敘述更加流暢。

---

34 這一首詩是：「願心酬畢喜匆匆，感謝靈神保佑功。更願皈依蓮座下，卻教關煞永亨通。」齊煙、汝梅校點：《新刻繡像批評金瓶梅》，頁704。

35 這二首詩分別是：「青山環馬首，綠水繞行鞭，酒帘深樹裡，草舍落霞前」、「千里不為遠，十年遲未歸；總在乾坤內，何須嘆別離」。

36 詩云：「積玉堆金始稱懷，誰知財寶禍根荄。一文愛惜如膏血，仗義翻將笑作呆。親友人人同陌路，存形心死定堪哀。料他也有無常日，空手傳伶到夜臺。」

　　下半回應伯爵舉薦水秀才的部分，詞話本約費了兩千字的篇幅，繡像本則僅有一千兩百餘字，不但把上半回的故事寫成上下回目，又刪去了〈別頭巾〉一詩一文，此詩文出自明末笑話集《開卷一笑》，[37]作者署名為「一衲道人」，乃屠隆的筆名。這條線索成為一條研究《金瓶梅》作者的重要資料，有學者因此認為，繡像本更改回目和刪去〈別頭巾〉，實因政治諷諭因素，而〈別頭巾〉一詩一文，即暗喻著《金瓶梅》作者為屠隆。[38]這裡值得注意的是，這一詩一文所佔篇幅不短，而且是由應伯爵口中所唸出：

　　一戴頭巾心甚懽，豈知今日誤儒冠。別人戴你三五載，偏戀我頭三十年。
　　要戴烏紗求閣下，做篇詩句別尊前。此番非是吾情薄，白髮臨期太不堪！
　　今秋若不登高第，踹碎冤家學種田。
　　維歲在大比之期，時到揭曉之候。訴我心事，告汝頭巾：為你青雲利器望榮身，誰知今日白髮盈頭戀故人。嗟乎！憶我初戴頭巾，青青子襟；承汝枉顧，昂昂氣忻。既不許我少年早發，又不許我久屈待伸；上無公卿大夫之職，下非農工商賈之民。年年居白屋，日日走轅門。宗師案臨，膽怯心驚；上司迎接，東走西奔。思量為你，一世驚驚嚇嚇受了若干辛苦；一年四季零零碎碎被人賴了多少束修銀。告狀助貧分穀五斗，祭下領票支肉半斤。官府見了，不覺怒嗔；早快通稱，盡道廣文。東京路上，陪人幾次；兩齋學霸，惟吾獨尊。你看我兩隻皂靴穿到底，一領藍衫剩布筋。埋頭有年，說不盡艱難悽楚；出身何日，空歷過冷淡酸辛。賺盡英雄，一生不得文章力；未沾恩命，數載猶懷霄漢心。嗟乎哀哉，哀此頭巾！看他形狀，其實可衿；後直前橫，你是何物？七穿八洞，真是禍根。嗚呼！沖霄鳥兮未垂翅，化龍魚兮已失鱗。豈不聞久不飛兮一飛登雲；久不鳴兮一鳴驚人。早求你脫胎換骨，非是我棄舊憐新。斯文名器，想是通神。從茲長別，方感洪恩。短詞薄奠，庶其來歆。理極數窮，不勝其懇。就此拜別，早早請行！（第五十六回）

小說寫道：「伯爵道：『他做的詞賦也有在我處，只是不曾帶得來哥看。我還記的他一

[37] 《開卷一笑》有大陸的藏本兩部及臺灣大學的藏本一部，都是崇禎間的補刻本。關於《開卷一笑》的版本及編者問題，可參閱魏子雲：《小說金瓶梅》（臺北：臺灣學生書局，1988年2月），頁226-239。

[38] 《開卷一笑》卷一題「卓吾先生編次，笑笑先生增訂，哈哈道士校閱」，與〈欣欣子序〉的「笑笑生」只有一字之差；卷三題作「卓吾先生編次，一衲道人屠隆參閱」，一衲道人有可能就是笑笑先生，巧合的是《金瓶梅》中有不少浙江的方言和習俗，而屠隆正為浙江人。由於本文不涉及作者考證，故不詳述，相關論述可參考黃霖《金瓶梅考論》（瀋陽：遼寧人民出版社，1989年10月），頁199-288；魏子雲：《深耕《金瓶梅》逾卅年》（臺北：文史哲出版社，2003年12月），頁169-171；馬征：《金瓶梅中的懸案》（成都：四川人民出版社，1994年6月），頁291-300等書。

篇文字，做得甚好。就念與哥聽著』」，以應伯爵這位幫閒分子來看，能將這首〈別頭巾〉詩朗朗上口背誦出來，或許還不是太困難，但〈別頭巾〉文全文約四百字，文辭典雅精鍊，內容所寓志向不俗，寄懷亦深，應伯爵能夠如此輕而易舉地背出，似乎並不太合乎常理。而詞話本作者何以要將這一詩一文特地抄錄在小說中，確實頗堪玩味，其間或者寄寓了作者的創作苦心、或者透露出作者身分之謎，又或者如小說中其他照錄的曲文資料一樣無特別深意，都值得繼續推敲。這一詩一文被繡像本《金瓶梅》大筆一刪，確實也不影響情節發展。

5.第五十七回

　　詞話本《金瓶梅》和繡像本《金瓶梅》的前後文辭大致相同，詞話本的回目是「道長老募修永福寺，薛姑子勸捨陀羅經」，繡像本改為「開緣簿千金喜捨，戲雕欄一笑回嗔」，但從開頭到結尾的情節則是一樣的。這一回裡詞話本有兩首回中詩，繡像本僅存一首，這一首是描寫寺廟長老的打扮，兩個版本的文辭一模一樣，出現的位置也相同。[39]另一首詩「佛法無多止在心」，[40]單道施主的好處，寫在西門慶樂捐好施之後，是一首教化詩，繡像本將之刪除，原因是「刪繁就簡」，沒有涉及情節差異。

(三)繡像本刪去、更改回末詩

　　《金瓶梅》在一個章回結束後，常常會以一首詩作結，用以概括整回的大意或承接前述的情節，有時候也預示了往後的情節發展或抒發作者的評論。以詞話本《金瓶梅》來說，這五回只有兩回擁有回末詩，分別出現在第五十四回和第五十七回。繡像本《金瓶梅》只保留五十四回，但因為結尾不同，所以回末詩雖經保留，卻和詞話本不同。詞話本《金瓶梅》第五十四回的結尾為任醫官來為李瓶兒看病，詞話本寫了李瓶兒吃了藥後，隔日醒來疼痛就好了，因此以詩稱許任醫官醫術高明，並慶幸李瓶兒大難不死，乃「佛度有緣人」；同樣的地方，繡像本寫的卻是任醫官看完病，西門慶講了一個吃藥的笑話，大家笑了一會兒，才回到廳上去，至於任醫官的藥方有無效果，小說則未交代，故回末詩只稱許任醫官來自神方，因緣得以度訪豪門，詩云：「神方得自蓬萊監，脈訣傳從少室君。凡為採芝騎白鶴，時緣度世訪豪門。」此為因應情節差異所涉及的改動。

　　整體來說，繡像本《金瓶梅》和詞話本《金瓶梅》在這五回的詩詞變動，可照應第一節所敘及的大原則：刪繁就簡。刪繁就簡的原因，一是繡像本將無關人物、情節發展

39　詩云：「身上禪衣猩血染，雙環掛耳是黃金；手中錫杖光如鏡，百八胡珠耀日明。開覺明路現金繩，提起凡夫夢亦醒；龐眉紺髮銅鈴眼，道是西天老聖僧。」

40　詩云：「佛法無多止在心，種瓜種菓是根因。珠和玉珀寶和珍，誰人拿得見閻君？積善之人貧也好，豪家積業枉拋銀。若使年齡財可買，董卓還應活到今。」

的詩詞刪除，使小說在敘述表現上更加流暢。二為兩個版本在情節上的差異，迫使繡像本必須根據情節的異動刪除或修改詞話本的詩詞，使前後文的連貫更具合理性。另外，就情節而言，繡像本在第五十三回、第五十四回對詞話本所做的更動最大，對照兩版本的詩詞，可以發現第五十三回繡像本因濃縮情節而刪詩，第五十四回繡像本因增加情節而補詩。由此可知，繡像本對詞話本的詩詞更動，除了最簡單的原則——刪繁就簡——以增加敘述的流暢性外，還會根據情節不同視須要刪詩或補詩，這代表繡像本作者在以詞話本為底本的情況下，自有一套刪定的的標準。

小　結

《金瓶梅》的版本主要分為兩大系統，即詞話本與繡像本，這兩大版本的詩詞存有不少形式上差異。以詞話本為底本加以考察，可以窺探繡像本的詩詞異動有基本的規律可循。首先，繡像本因為刪繁就簡之故，詩詞數量較詞話本少了百首，這百首主要集中在回中詩和回末詩，除了刪除不影響情節的詩詞以外，繡像本也會斟酌情節的需要，增加或更換詞話本的詩詞，尤其以第一回的更動最為明顯。至於在回首詩方面，繡像本保留了這個形式，但是幾乎作了全面的更新：詞話本以詩開場為大宗，繡像本詩、詞並用；詞話本的開場詩以七言為主，繡像本則五、七言並用，因此繡像本的回首詩形式較詞話本豐富，以詞為多，故也較為典雅。

而《金瓶梅詞話》第五十三至第五十七回的詩詞，在繡像本呈現了刪繁就簡的取向，其中包括了單純的濃縮篇幅、因情節更動所做的刪改，及可能因政治因素所做的刪改（〈刷頭巾〉詩、文），這些因素促使詞話本的詩詞到了繡像本，僅餘一半不到。繡像本第一回、第五十三回、第五十四回和詞話本內容差異最大，但經由分析可以發現，繡像本對詞話本詩詞的刪修原則整體來說是一致的：以刪繁就簡促成情節流暢為大原則，並輔以情節差異增詩或刪詩，再將詞話本回首詩以典雅的詞體代替。繡像本第五十三回至第五十七回亦呈現這種取向，特殊的這五回在詩詞的刪修上和其他章回並無太大差異，全書對詩詞刪修的風格是較為統一的。

第三章　徵引詩詞
——移植、更易、嵌合

前　言

在古典小說中，情節、詩詞的相互移植和滲透是一種常見的現象。《金瓶梅》的寫作素材包羅萬象，若論及詩詞的原始出處，有源於《水滸傳》、宋元話本、元明中篇傳奇小說、元明戲曲和歷代詩詞等。這些詩詞在本章暫名之為「徵引詩詞」，用以代指那些從其他作品移植到《金瓶梅》文本中的詩詞。

浦安迪的研究曾提到：

> 在研究中，我們已經發現奇書文體有刻意改寫素材的慣例，在某些場合下甚至對素材作戲謔性的翻版處理，不再單純地複述原故事的底本，而注入一層富有反諷色彩的脫離感。這類慣例促使我們回到一個困擾已久的問題——奇書文體作為一個文化意義上的敘事整體，究竟要通過反諷和寓意曲折地表達什麼樣的潛在本質？[1]

這段話促使我們思考一些問題。在小說移植素材、改寫素材方面，作者到底經過了什麼樣的處理過程？而這種處理能夠表達小說何種思想內涵？在將素材移植全書脈絡後，能否和小說中的人物、情節貼合，並透顯小說的整體意涵？因此，對詩詞的來源加以考證，並分析詩詞與新文本間的貼合程度，則有助於我們增進對文本內涵的理解，並深化對小說藝術的鑑賞。《金瓶梅詞話》相較於其他長篇小說，在徵引詩詞上的數量尤其可觀。就詩詞的出處來看，可發現有百分之九十以上集中在《水滸傳》、宋元話本、元明中篇傳奇小說、元明戲曲及歷代詩詞，[2]為了論述上的方便，須先依照詩詞的出處給予分類（見

1　浦安迪：《中國敘事學》（北京：北京大學出版社，1998年），頁167。
2　這是本文為了研究上的方便所作的歸類，但並無法概括《金瓶梅詞話》中所有的徵引詩詞，例如第

附錄一）：

一、《水滸傳》：《金瓶梅》和《水滸傳》的關係最為密切，乃其為從《水滸傳》潘金蓮、西門慶偷情故事敷衍而出，故以重要性及影響性而言，將之列為首節。

二、宋元話本：《金瓶梅》素材的另一個大量來源就是宋元的短篇白話小說，其中還包括明代的擬話本。

三、元明中篇傳奇小說：除了宋元白話小說，《金瓶梅》也受到了元明中篇傳奇小說的影響。

四、元明戲曲：《金瓶梅》受到說唱文學的影響很深，這從書中大量的散曲、套曲可見一斑。除了散曲，《金瓶梅詞話》也有不少詩詞源自元明戲曲。

五、歷代詩詞：除了上述所提及的各類小說和說唱文學，《金瓶梅詞話》還有一些引用自歷代詩人的詩詞作品，由於這些作品不見於上述各類小說及說唱文學中，以致於無法確定《金瓶梅詞話》是直接引用這些詩詞，抑或輾轉引自上述通俗作品；此外，還有一些屬於當時流行傳唱的俗諺，這些俗諺能夠被時人所背誦，當然也包括《金瓶梅》的作者，不見得是要引自某書。上述這兩種類別，由於情況特殊，故總歸為歷代詩詞。

《金瓶梅詞話》中有同首詩出現於兩種或兩種以上的典籍中，針對此現象，本章的分類原則為：一、該詩若同時出現於《水滸傳》和另一典籍中，且兩部典籍的詩句並無差異，則來源歸為《水滸傳》，取其對《金瓶梅》影響至深；二、該詩若同時出現於《水滸傳》和其他典籍中，且兩部典籍的詩句有部分差異，則以和《金瓶梅詞話》的引詩最接近之典籍為其來源，未必歸為《水滸傳》；三、該詩若出現於非《水滸傳》的其他兩種典籍，且兩部典籍的詩句並無差異，則以該典籍影響《金瓶梅》最深者（由詩詞的引用數量及情節繼承等方面來判斷）為其來源；四、該詩若出現於非《水滸傳》的其他兩種典籍，且兩部典籍的詩句有部分差異，則以和《金瓶梅詞話》的引詩最接近之典籍為其來源。

至於《金瓶梅詞話》中出自寶卷的幾首詩詞，[3]由於是薛姑子和王姑子所講演的佛經故事，與情節發展和人物形象並無太大關聯，因此本文不列入討論。本章擬先從事詩詞

三十八回有首詩作：「自從別後減容光，萬轉千回懶下床；虧殺瓶兒成好事，得教亞女會襄王」，前兩句出元稹的〈鶯鶯傳〉，是唯一的一首唐傳奇，既無法劃為一類，也不能歸入宋元話本或其他文類，因此便不以選錄。事實上，本文這樣的分類方式已經涵蓋了《金瓶梅詞話》徵引詩詞的百分之九十以上，至於那些少數遺而未錄的詩詞，將會在各章引言或註釋中分別說明。

3　《金瓶梅詞話》引用的寶卷詩詞有七首：第三十九回「五祖一佛性」（《五祖黃梅寶卷》）、第五十一回「無上甚深為妙法」（《金剛科儀》）、第七十四回「富貴貧窮各有由」、「淨掃靈臺好下工」、「無上甚深為妙法」、「黃氏看經成正果」、「眾等所造諸惡業」（《黃氏寶卷》）。

來源的比對工作，再就新發現和已發現的詩詞，擇其重要且具代表性者進行分析，討論的方式偏重於詩詞運用與情節的關係（暫不論及詩詞的藝術手法），因此必須參究詩詞原始出處的運用，才能知道作者如何改動這些詩詞，使其成為《金瓶梅詞話》中的一部分。

第一節　《水滸傳》

《金瓶梅詞話》徵引詩詞的來源以《水滸傳》為大宗，《金瓶梅》受到《水滸傳》的啟發和影響，在劇情發展上有承接《水滸傳》的部分，也有脫離《水滸傳》而獨自發展的地方，因而這些詩詞在運用上也呈現不同的風貌。

　　早在明代，袁中郎已提到《水滸傳》和《金瓶梅》的關係：

> 後從中郎真州，見此書之半，大約描寫兒女情態俱備，乃從《水滸傳》潘金蓮演出一支。（袁中道《遊居柿錄》）[4]

可以說《水滸傳》是《金瓶梅》的胚胎，《水滸傳》為《金瓶梅》提供了許多寫作素材，其中《水滸傳》第二十三回至第二十七回的武松、潘金蓮故事，是構成《金瓶梅》開展全書的主線。《金瓶梅》顛覆了武松的英雄形象，武松莽撞尋仇，卻誤打死為西門慶通風報信的李外傳，因而被發配邊疆，從第十回過後，武松退出了舞臺，以環繞西門慶及其六妻妾為主的生活，譜出了洋洋灑灑的明代生活捲軸。雖從第十回過後，《金瓶梅》開展了異於《水滸傳》的故事內容，但是在書中的許多地方，仍處處可見《水滸傳》的影子。美國韓南教授在〈《金瓶梅》探源〉中，首先從情節和詩詞兩部分考證出兩者密切的血緣關係：

> 《金瓶梅》借用《水滸傳》分兩類：一是武松和潘金蓮故事的直接引進，其次是若干片段被廣泛地改編移植於《金瓶梅》。[5]

除了《金瓶梅》前十回脫胎於《水滸傳》外，韓南教授還發現有「若干片段」也取材自《水滸傳》：(1)《金瓶梅》第十回李瓶兒帶珠寶逃離梁中書家，取自《水滸傳》第六十六回「吳用智取大名府」；(2)《金瓶梅》第八十四回吳月娘上泰安進香還願，利用了《水

4　魏子雲主編：《金瓶梅研究資料彙編——序跋、論評、插圖》（臺北：天一出版社，1987 年 1 月），頁 89。

5　韓南：〈《金瓶梅》探源〉，收錄於徐朔方編選：《金瓶梅西方論文集》（上海：上海古籍出版社，1987 年 7 月），頁 4。

濟傳》四個片段，分別為第四十二回宋江夢見九天玄女娘娘、第五十二回殷天錫的形象、第七回高俅調戲林沖娘子、第二十三回王英強劫清風寨夫人；[6](3)另羅列出二十三筆抄自《水滸傳》的詩詞。[7]魏子雲在《金瓶梅探原》中，再增補二十六回「來旺兒遞解徐州」出自《水滸傳》第三十三回，[8]並針對情節移植的部分加以說明，其云：

> 「金瓶梅詞話」取於「水滸傳」的情節部分，約分三類，一是原情節照錄，只在形體的揉合上，略加剪裁，如武松打虎部分；一是把原情節取來，加以改寫，如來旺捉賊部分；一是根據水滸上的多處情節，萃成金瓶梅的一個情節，如吳月娘泰山進香部分；其他便是詩詞的照抄。但無論哪一部分，如從小說的形體上看，它們在被運用到「金瓶梅」中的「水滸」，它已是「金瓶梅」的整體，與「水滸」的關係，僅是血統上的淵源。……「金瓶梅」中的「水滸」，說的最親切些個，也只能視為一雙連體兒，彼此相連的部分，只是兩者間的一層皮肉而已。[9]

魏子雲特別強調，儘管《金瓶梅》中的許多內容取自《水滸傳》，但是兩者的關係只剩下血統上的淵源，《金瓶梅》已經是一個獨立的個體，這些情節、小說已經脫離了《水滸傳》的思想主旨，在《金瓶梅》中具有獨立的意義。《金瓶梅》和《水滸傳》的關係還不僅止於這些，黃霖隨後又列出了六十六處在情節、詩詞上相同或相似的地方，[10]並說明：「有的地方是直接抄寫，也有的經過了改頭換面，還有的進行了移花接木」。[11]

《金瓶梅詞話》抄錄《水滸傳》的詩詞，以下兩例可資證明：[12]

(1) 清河壯士酒未醒，忽在崗頭偶相迎。（第1回）武松在《水滸傳》的籍貫是清河縣，但在《金瓶梅》中改為陽谷縣，《金瓶梅》在行文中已一一改過，獨遺漏了這首詩。

(2) 《水滸傳》第二十六回有首〈鷓鴣天〉詞，到了《金瓶梅詞話》第六回則變為一首詩：「有〈鷓鴣天〉為證：色膽如天不自由，情深意密兩綢膠。貪歡不管生和死，溺愛誰將身體修？只為恩深情欒欒，多因愛闊恨悠悠。要將吳越冤仇解，地老天荒難歇休」。《金瓶梅詞話》已將詞改為詩，卻依舊稱為〈鷓鴣天〉。

6　韓南：〈《金瓶梅》探源〉，頁7-9。
7　韓南：〈《金瓶梅》探源〉，頁41。
8　魏子雲：《金瓶梅探原》（臺北：巨流圖書公司，1979年4月），頁146。
9　魏子雲：《金瓶梅探原》，頁147-148。
10　黃霖：《金瓶梅考論》（瀋陽：遼寧人民出版社，1989年10月），頁152-157。
11　黃霖：《金瓶梅考論》，頁153。
12　魏子雲：《金瓶梅探原》，頁148-152；黃霖：《金瓶梅考論》，頁158。

依據學者的考證，整理出《金瓶梅》襲用《水滸傳》[13]的詩詞數量高達六十五首。[14]現以每十回為切割，檢視這六十五首詩詞在《金瓶梅》中的分佈：[15]

《金瓶梅詞話》	襲用《水滸傳》的詩詞數量
第一回～第十回	30
第十一回～第二十回	6
第二十一回～第三十回	5

13　《水滸傳》的版本複雜，有七十回本、百回本和一百二十回本之分，《金瓶梅詞話》所據的版本為百回本，目前學界有「天都外臣序百回本」和「容與堂百回本」之說。美國韓南教授云：「《金瓶梅》所用的《水滸傳》版本現已失傳。同它最接近的現存本是清代翻刻的萬曆十七年（1589）天都外臣序一百回本。」見徐朔方編選：《金瓶梅西方論文集》，頁4。黃霖將《金瓶梅詞話》與天都外臣序、容與堂本相對照，發現完全相同，但是「這裡的容與堂本是葉晝偽托李贄評的本子，故知它當出在萬曆三十年李贄死後。而袁宏道寫給董其昌那封論《金瓶梅》的信，寫在萬曆二十四年十月，可見《金瓶梅》成書在萬曆二十四年以前。也就是說，《金瓶梅》不可能抄容與堂本。」見黃霖：《金瓶梅考論》，頁161。周鈞韜：「現存最早的《水滸傳》全本，是萬曆十七年天都外臣序《忠義水滸傳》（一百回）。此刻本出現在《金瓶梅》成書之後，因此拿它來與《金瓶梅》比勘，並不合適。但鄭振鐸先生〈水滸傳序〉中指出：『經我們拿它（指天都外臣序刻本）來與郭勛本殘卷對照，證明它是郭勛本一個很忠實的復刻本』，此結論是正確的。」見周鈞韜：《金瓶梅素材來源》（鄭州：中州古籍出版社，1991年2月），頁7。陳昌恆比較《金瓶梅》和容與堂本，認為《金瓶梅》創作是參考容與堂本，袁宏道萬曆二十四年〈與董思白〉書信云：「后段在何處？抄竟當於何處倒換？」表明袁宏道當時所見並非全稿，不能以此斷定《金瓶梅》成書在萬曆二十四年以前，此說見陳昌恆：《馮夢龍・金瓶梅・張竹坡》（武漢：武漢出版社，1994年9月）頁169-174。關於《金瓶梅》的刊刻時間，也未有定論，魏子雲根據〈東吳弄珠客序〉：「序於萬曆丁巳（四十五）季冬」及其他相關研究，認為「十卷本梓行的時間，最大的上限是萬曆四十五年（1617）季冬」，見魏子雲：《深耕《金瓶梅》逾卅年》（臺北：文史哲出版社，2003年12月），頁142。本文所使用的《水滸傳》版本為「容與堂」百回本《李卓吾批評忠義水滸傳》，即古本小說集成編委會：《李卓吾批評忠義水滸傳》，收錄於《古本小說集成》（上海：上海古籍出版社，1994年），共五冊。

14　本文參考韓南：〈金瓶梅探源〉，收錄於徐朔方編選：《金瓶梅西方論文集》（上海：上海古籍出版社，1987年7月），頁41-42；蔡敦勇：《金瓶梅詞話劇曲品探》（南京：江蘇文藝出版社，1989年6月），頁303-363；黃霖：《金瓶梅考論》（瀋陽：遼寧人民出版社，1989年10月），頁153-157；周鈞韜：《金瓶梅素材來源》（鄭州：中州古籍出版社，1991年2月）；孟昭連：《金瓶梅詩詞解析》（長春：吉林文史出版社，1991年4月）；張家英：〈由《金瓶梅》回前詩詞看其作者〉，《學習與探索》第三期，1991年，頁116；陳東有：《金瓶梅詩詞文化鑒析》（成都：巴蜀書社，1994年2月）；方綱：〈金瓶梅詩詞漫評〉，《內蒙古民族師院學報（哲社版）》，1996年第1期，頁51-53。等書的考證，統計出《金瓶梅》襲用《水滸傳》的詩詞數量共計六十五首。

15　其中有五組詩詞重出：第六回「色膽如天不自由」，又於第九回；第九回「前車倒了千千輛」，又見於第十八回；第二十回「在世為人保七旬」，又見於第九十七回；第十九回「花開不擇貧家地」，又見第九十四回；第八十九回「風拂烟籠錦旆揚」，又見於第九十八回。

第三十一回～第四十回	1
第四十一回～第五十回	5
第五十一回～第六十回	0
第六十一回～第七十回	1
第七十一回～第八十回	4
第八十一回～第九十回	4
第九十一回～第一百回	9

　　表中可看出《金瓶梅詞話》前五十回襲用《水滸傳》詩詞的數量，佔了全書百分之七十以上，前十回更佔了總數量的一半以上。整體而言，《金瓶梅》在創作過程中不斷地徵引《水滸傳》的詩詞，可知《水滸傳》在《金瓶梅》的寫作素材中佔了重要的一席之地。

　　夏志清認為《金瓶梅》的敘事就性質來說，可分為三部分：第一回至第八回；第九回至第七十九回；第八十至一百回。第一部分受《水滸傳》的影響最深；第二部分起於潘金蓮到西門慶家，止於西門慶之死；第三部分的敘事方式改變不再全神貫注某一特定地點的細微小事，而是漫筆於廣遠的空間和時間中了。[16]但是，潘金蓮雖然在第九回到西門慶家，卻直到第十一回她的新生活才獲得注意，因此第一回至第十回可分為第一個部分。[17]本文亦認可這樣的分類，且補充說明《金瓶梅》第一回到第十回直接取材自《水滸傳》第二十三回至第二十七回，徵引詩詞的數量最多；第十一回至第七十九回敘寫西門慶、潘金蓮的故事，此部分《金瓶梅》明顯脫離《水滸傳》的影響，武松這一類的英雄人物已經不是小說的主要角色，環繞西門慶及其六妻妾的市民生活，才是《金瓶梅》世情書寫中最精彩的部分。不過為了切割上的方便，第二部分本文取自第十一回至第八十回，乃因第八十回也恰好無徵引自《水滸傳》的詩詞。第八十一回至第一百回，除了敘寫西門慶遺孀的生活，以陳經濟、龐春梅為主角的舞臺也正式開始。

一、第一回至第十回

　　《金瓶梅詞話》第一回至第十回，從武松打虎開始，到武松充配孟州道結束。第一回回目「景陽岡武松打虎」，以英雄之姿出場的武松獨自一人以拳頭打死惡虎，意氣風發，但是不同於《水滸傳》英雄小說的屬性，《金瓶梅》是以世情描寫為中心的長篇小說，武松的英雄形象在《金瓶梅》中大大被減弱。《水滸傳》中的武松性格急俠好義，為了

16　夏志清：《中國古典小說史論》（南昌：江西人民出版社，2001 年 9 月），頁 182-183。
17　夏志清：《中國古典小說史論》，頁 207。

替兄長武大郎報仇，先殺死潘金蓮，再提著婦人頭，直奔酒樓取西門慶的性命：「武松左手提了人頭，右手拔出尖刀，挑開簾子，鑽將入來把那婦人頭望西門情臉上擴將來」、「說時遲，那時快，武松卻用手略按一按，托地已跳在桌子上，把些盞兒、碟兒，都踢下來」、「武松只顧奔入去，見他腳起，略閃一閃，恰好那一腳正踢中武松右手，那口刀踢將起來，直落下街心里去了。西門慶見踢去了刀，心裡便不怕他，右手虛照一照，左手一拳，照著武松心窩里打來。卻被武松略躲個過，就勢裡從脇下鑽入來，左手帶住頭，連肩胛只一提，右手揢住西門慶左腳，叫聲『下去！』。」一連串快、狠、準的動作描寫，勾勒出武松急躁又英勇的形象。但這個形象到了《金瓶梅》則弱化為莽撞，試看第九回描寫「武都頭誤打李外傳」：

> 武二撥步撩衣，飛搶上樓去。只見一個人坐在正面，兩個唱的粉頭，坐在兩邊。認的是本縣皂隸李外傳，就知來報信的。心中甚怒，向前便問：「西門慶那裡去了？」那李外傳見是武二，唬得謊了，半日說不出來。被武二一腳把桌子踢倒了，碟兒盞兒都打的粉碎。兩個唱的，也唬得走不動。武二劈面向李外傳打一拳來，李外傳叫聲「唉呀」時，便跳起來立在凳子上，向樓後窗尋出路。被武二雙手提住，隔著樓前窗，倒撞落在當街心裡來，跌得個發昏。（第九回）

因為莽撞誤打死李外傳，雖和《水滸傳》的武松同樣發配孟州，但《金瓶梅》的武松未能替兄報仇，反而顯出自身處境的落魄：

> 縣主一夜把臉翻了，便叫武二：「你這廝昨日虛告平人，我已再三寬你，如何不遵法度？今又平白打死了人，有何理說？」武二磕頭告道：「望相公與小人做主。小人本與西門慶執仇廝打，不料撞遇了此人在酒樓上，問道西門慶那裡去了，他不說。小人一時怒起，誤打死了他。」知縣道：「這廝何說，你豈不認的他是縣中皂隸？想必別有緣故！你不實說——」喝令左右：「與我加起刑來！人是苦蟲，不打不成！」兩邊閃出三四個皂隸役卒，抱許多刑具，把武松托翻，雨點般篦板子打將下來。須臾，打了二十板，打得武二口口聲聲叫冤，說道：「小人平日也有與相公用力效勞之處，相公豈不憫念？相公休要苦刑小人。」知縣聽了此言，越發惱了：「你這廝親手打死了人，尚還口強，抵賴那個。」喝令：「與我好生拷起來！」（第十回）

這和《水滸傳》中宋江眼中的武松：「胸脯橫闊，有萬夫難敵之威風；語話軒昂，吐千丈凌雲之志氣。心雄膽大，似撼天獅子下雲端；骨健筋強，如搖地貔貅臨座上。」實有天壤之別。在《金瓶梅詞話》中，第一回至第十回的主要人物皆來自《水滸傳》，如武

松、潘金蓮、武大、王婆、鄆哥、何九叔等，情節發展的主線並無太大變化，但為了《金瓶梅》自身發展的需要，則將一些地方略做調整，例如將武松殺死西門慶改為誤打死李外傳，將「不肯依從」張大戶的潘金蓮改為「與張大戶私通」。[18]因此這十回徵引自《水滸傳》的詩詞有三十首，與《水滸傳》情節的使用時機相同者就有二十三首：

(一)第一回：

「無形無影透人懷」、「景陽崗頭風正狂」、「壯士英雄藝略芳」、「金蓮容貌更堪題」、「叔嫂萍踪得偶逢」、「可怪金蓮用意深」、「武松儀表甚擄搜」、「萬里彤雲密佈」、「潑賤操心太不良」、「雨意雲情不遂謀」。

(二)第二回：

「苦口良言諫勸多」、「風日清和漫出遊」、「西門浪子意猖狂」。

(三)第三回：

「兩意相投似蜜甜」、「阿母牢籠設計深」、「水性從來是女流」、「從來男女不同筵」。

(四)第四回：

「酒色多能誤國邦」、「好事從來不出門」。

(五)第五回：

「虎有倀兮鳥有媒」、「雲情雨意兩綢繆」。

(六)第六回：

「色膽如天不自由」。

(七)第八回：

「色中餓鬼獸中狨」。

為了開展後九十回，前十回雖以承襲《水滸傳》為主，但在情節安排和人物塑造上仍須略做更動，連帶在詩詞的引用上也有所修改，以適應新的情節需要，如第四回的回首詩：

> 酒色多能誤國邦，由來美色喪忠良。紂因妲己宗祀失，吳為西施社稷亡。
> 自愛青春行處樂，豈知紅粉笑中鎗。西門貪戀金蓮色，內失家麋外趕獐。

末兩句在《水滸傳》為「武松已殺貪淫婦，莫向東風怨彼蒼」。這一回描寫西門清和潘金蓮初次偷情，作為回首詩，作者保留了「女色禍國」之意，並將末句改動為「西門貪戀金蓮色，內失家麋外趕獐」，一來是為了順應後續情節，二者隱含了此書的寫作主旨，正如〈東吳弄珠客序〉所云：「然作者亦自有意，蓋為世戒，非為世勸也。」第四回有

18　黃霖：《金瓶梅考論》，頁166。

一段韻文是《金瓶梅詞話》首度出現情色描寫的地方，這段韻文為：「交頸鴛鴦戲水，并頭鸞鳳穿花。喜孜孜連理枝生，美甘甘同心帶結。一個將朱唇緊貼，一個粉臉斜偎。羅襪高挑，肩膊上露兩灣新月；金釵斜墜，枕頭邊堆一朵烏雲。誓海盟山，搏弄得千般旖旎。羞雲怯雨，揉搓的萬種妖嬈。恰恰鶯聲，不離耳畔；津津甜唾，笑吐舌尖。楊柳腰，脉脉春濃；櫻桃口，微微氣喘。星眼朦朧，細細汗流香玉顆；酥胸蕩漾，涓涓露滴牡丹心。直饒匹配眷姻諧，真個偷情滋味美！」雖然文辭優美，卻極為露骨，為恐「房中之事，人皆好之，人非堯舜聖賢，顯不為所耽」（〈欣欣子序〉），故於回首詩先行勸諫教化之言，並為往後大量的情色描寫預做鋪墊，把女色禍國縮小至一家興亡。這是《金瓶梅》繼承《水滸傳》「色戒」的思想：

> 多有研究指出，《水》是排斥女性的，最突出的表現就是幾乎所有的英雄都不近女色，否則便會遭到江湖好漢的恥笑。而像宋江、盧俊義、楊雄、林沖等有了女人的人物，被逼上梁山的起因都與女人有著或直接或間接的關係。這說明施耐庵的女性觀是保守的、正統的。笑笑生在繼承《水》女性觀的基礎上走得更遠，乾脆將「色戒」「昇華」為自己小說的重要立意。這從作者在小說中的大量議論以及對潘金蓮、西門慶、李瓶兒、龐春梅等主要人物的描寫與結局的安排，可以明顯地看得出來。[19]

再對照第四回回目：「淫婦背武大偷奸」，將《水滸傳》原詩改為「西門貪戀金蓮色，內失家麋外趨獐」，確能看出其承襲《水滸傳》的「色戒」思想，並為小說的後續情節作了良好的開展，也能讓讀者為這部小說首度出現的情色描寫有所警戒。另外，對於小說人物的評價，也能經由這些詩詞的改動透露出來，以下兩首詩出現於第五回和第六回：

> 虎有伥兮鳥有媒，暗中牽陷自狂為。鄆哥指訐西門慶，虧殺王婆撮合奇。

> 可怪狂夫戀野花，因貪淫色受波喳。亡身喪命皆因此，破業傾家總為他。
> 半晌風流有何益，一般滋味不須誇。一朝禍起蕭牆內，虧殺王婆先做牙。

第一首在《水滸傳》第二十五回作：「虎有伥兮鳥有媒，暗中牽陷恣施為。鄆哥指訐西門慶，他日分屍竟莫支。」這一首詩出現在鄆哥向武大告發西門慶的奸情，兩人商議捉姦方法之處。在《水滸傳》裡西門慶很快死於武松之手，「他日分屍竟莫支」有預示情

19　張進德：〈《金瓶梅》何以借徑《水滸傳》〉，王平、程冠軍主編：《金瓶梅文化研究第五輯》（北京：群言出版社，2007年5月），頁63。

節和警醒讀者的作用,但《金瓶梅》的鄆哥指訐西門慶後,武松因誤打李外傳被發放孟州,西門慶和潘金蓮過著享樂的日子,末句改為「虧殺王婆撮合奇」是為了符合劇情的發展。第二首詩《金瓶梅》將《水滸傳》的「一朝禍起蕭墻內,血污遊魂更可嗟」改為「一朝禍起蕭牆內,虧殺王婆先做牙」,也是為了符合劇情需要,但更重要的或許是將《水滸傳》的「讚頌英雄」提高成「色欲惡報」,[20]以作為《金瓶梅》第六回的回首詩來看,這一回回目為「西門慶買囑何九,王婆打酒遇大雨」,王婆是小說中助紂為虐的人,從獻出十條挨光妙計,到提議藥鴆武大郎,都顯出王婆這一角色的陰險狠毒。

另有一些詩詞被作者進行了改頭換面和移花接木,這部分詩詞所出現的位置和《水滸傳》原詩的前後情節並不相同,改動的幅度比較大,例如原本在《水滸傳》中指射某甲事件的詩詞,移到《金瓶梅》中成為指涉某乙事件的詩詞。這種更動更能夠看出作者對詩詞與情節關係掌握的嫻熟度和敏銳度,也容易透露出作者的主觀思考,例如出現在第一回的這首格言詩:

> 柔軟立身之本,剛強惹禍之胎。無爭無競是賢才,虧我些兒何礙?
> 青史幾場春夢,紅塵多少奇才。不須計較巧安排,守分而今見在。

《水滸傳》第七十九回作:「柔軟安身之本,剛強惹禍之胎。無爭無競是賢才,虧我些兒何礙?純斧鎚磚易碎,快刀劈水難開。但看髮白齒牙衰,惟有舌根不壞。」這是《金瓶梅》前十回當中作了最大規模刪修的一首詩,這首詩出現在第一回介紹武大的地方,作者說:「以此人見他這般軟弱樸實,都欺負他。武大並無生氣,常時迴避便了。看官聽說:世上惟有人心最歹,軟的又欺,惡的又怕;太剛則折,太柔則廢。古人有幾句格言,說的好」,實際上這是一闋詞,詞牌〈西江月〉。這首詞在《水滸傳》中出現於第七十九回「劉唐放火燒戰舡,宋江兩敗高太尉」,但比起《水滸傳》,《金瓶梅》的作者更是將這句話奉為圭臬,在作者的筆下,太軟弱的人有武大、李瓶兒,因此都受人欺侮,沒有好下場;太愛爭的人像是潘金蓮,結局更是悽慘,至於吳月娘、李嬌兒、孫雪娥,也是爭,只是程度不及潘金蓮,惟有孟玉樓的拿捏最適中:

> 吳月娘沒有像孟玉樓那樣無爭無競,心平氣和,所以她的結局比孟玉樓還是差一些。李嬌兒爭的是財,色字上並不太緊。結局也是一般。孫雪娥爭的是閒氣,結局很慘。至於李瓶兒,表面上沒有去爭,實際上是不爭之爭……當然心中仍有所

---

20 陳東有:《金瓶梅詩詞文化鑒析》,頁31-32。

不甘，否則也不會天天生暗氣了。[21]

孟玉樓為人處事不卑不亢，在傳統社會複雜的夫妻架構中，她總能游刃有餘，自主性地選擇丈夫，無論處在哪一個家庭，總能保全自己。這首評斷武大的格言詩也代表作者的人生觀點，「太剛則折，太柔則廢」的思想貫穿整部小說，「這是一種小市民乃至一切小生產者的處世哲學」，[22]無論作者是有意還是無意地宣揚，這首詩確實隱含著作者對人物的價值判斷，舉例來說，膽小懦弱的武大在書中似乎得不到作者更多的同情，孟昭連認為「實際上在整部書中，都很難說作者對武大是真心同情的」。[23]但是武大並非一味地軟弱，他在捉姦上就表現出前所未有的剛強，但畢竟是「柔軟者的剛強」，因此以喪命告結。[24]唯有適度地拿捏，像孟玉樓那樣不卑不亢，或許才是全身的最高處世哲學。同樣能夠作為格言代表的，還有第五回的回首詩：

參透風流二字禪，好姻緣是惡姻緣。痴心做處人人愛，冷眼觀時個個嫌。
野草閑花休採折，貞姿勁質自安然。山妻稚子家常飯，不害相思不損錢。

這首詩原為《水滸傳》第二十六回「鄆哥大鬧授官廳，武松鬥殺西門慶」的回首詩，這一回西門慶死在武松手下，得到應有的報應，有佛教告誡世人風流情愛是惡姻緣之意，並且強調自家妻子才是「貞姿勁質」、「家常飯」，對身心最有益，也無破財之煩惱。《金瓶梅》將這首詩挪為第五回「鄆哥幫捉罵王婆，淫婦藥酖武大郎」的回首詩，這一回武大捉姦不成，反被毒死，這首詩與此回內容關聯不大，但從「野草閑花休採折」、「山妻稚子家常飯」來看，並與西門慶偷情潘金蓮的情節相互對照，「色戒」仍然是作者在書中一再強調的觀念。這一回善良老實的武大命喪黃泉，讓人覺得作惡多端者如西門慶，淫人妻子又奪取他人性命，似乎世間沒有天理可言，循規蹈矩的人也不會受到上蒼保佑，因此以這首格言詩作為引詩，還是有點警醒意味。更重要的是它帶有一種「情理抉擇中的兩難」，點出一種理性取性的人生依歸，[25]由《水滸傳》中的西門慶放蕩不羈，從罪惡走向滅亡的過程，提供讀者一種人生道德的抉擇。
同樣可作為格言詩來看待的另有第九回這一首：

21 張國風：《金瓶梅描繪的世俗人間》（北京：書目文獻出版社，1992 年 12 月），頁 105。
22 張國風：《金瓶梅描繪的世俗人間》頁 106。
23 孟昭連：《金瓶梅詩詞解析》（長春：吉林文史出版社，1991 年 4 月），頁 38。
24 陳東有：《金瓶梅詩詞文化鑒析》，頁 17。
25 陳翠英：《世情小說之價值觀考察——以婚姻為定位的考察》（臺北：國立臺灣大學出版委員會，1996 年 6 月），頁 128。

前車倒了千千輛，後車過了亦如然。分明指與平川路，却把忠言當惡言。

《水滸傳》作「後車到了亦如然」、「錯把忠言當惡言」。這首詩原在《水滸傳》第二十三回，武松黃湯下肚，拎起棍棒就要過岡，店家主人趕忙相勸，卻被武松質疑是想謀財害命，「分明指與平川路，錯把忠言當惡言」描寫武松的行徑，此詩用的相當貼切。《金瓶梅》這首詩出現在第九回和第十八回，第九回用在吳月娘錯敬金蓮上：「李嬌兒等人見月娘錯敬他，個人都不歡喜，說：『俺們是舊人，倒不理論！他來了多少時，便這等慣了他？大姊好沒分曉。』」起因為潘金蓮在西門慶家與李嬌兒、孫雪娥結怨，大家互相在吳月娘面前架對方是非。吳月娘和潘金蓮結下心結，始於第十八回潘金蓮挑撥西門慶和吳月娘的感情，夫妻兩人因此把心來冷淡了，作者又再度用這首詩來說明情況。如果單看第九回，這首詩用的還不夠貼切，因為後續情節並沒有顯見「却把忠言當惡言」的後果，第九回到第十八回這當中差距了九回，才證實了月娘的識人不清，因此這首詩比較起來是更能詮釋第十八回的情節。而第九回的回首詩，也一樣具有警示意味：

色膽如天不自由，情深意密兩綢繆。只思當日同歡愛，豈想蕭牆有後憂。
只貪快樂恣悠遊，英雄壯士報冤仇。天公自有安排處，勝負輸贏卒未休。

這首詩在《水滸傳》第二十六回為詞，詞牌〈鷓鴣天〉：「色胆如天不自由，情深意密兩綢膠。只思當日同歡慶，豈想蕭墻有禍憂？貪快樂，恣優游，英雄壯士報冤仇。請看褒姒幽王事，血染龍泉是盡頭。」《金瓶梅詞話》改詞為詩，這一回描寫西門慶貪戀潘金蓮，丟下家中妻妾，夜夜在外和情人私會，因此家中妻妾個個都不歡喜，「只思當日同歡慶，豈想蕭墻有禍憂」道出了西門慶尚不知大難即將臨頭；「請看褒姒幽王事，血染龍泉是盡頭」則以周幽王和褒姒的例子來為這些道理背書。在《水滸傳》第二十六回中，西門慶最終是被武松所殺，這首詩配合情節發展，有預示情節和警惕讀者之意。至於《金瓶梅詞話》第九回的情節發展是「西門慶計娶潘金蓮，武都頭誤打李外傳」（此詩作為本回開場），武松即將被發放，西門慶也因此逍遙法外，以《水滸傳》原詩套用至此，必然導致矛盾，因此作者將末句改成「天公自有安排處，勝負輸贏卒未休」，隱隱透露著「故事尚未結束，勝負還未分曉」之意，頗耐人尋味。

二、第十一回至第八十回

在《水滸傳》中武松殺了西門慶和潘金蓮，故事暫告一個段落；《金瓶梅》則改為武松誤打李外傳，因罪被發配孟州，西門慶一頂轎子抬過潘金蓮，從第十一回後便脫離《水滸傳》的故事原型，以西門慶和潘金蓮、李瓶兒為主角的舞臺因此展開。這部分長達

約七十回，卻只有二十二首詩詞徵引自《水滸傳》。由於故事情節並不相同，因此引自《水滸傳》的詩詞不如前十回多，連原封不動引用的數量都大大減少，總計二十二首詩詞中，只有十首經過修改。

其中和自然、景物、人物外貌相關的詩就有八首：
(一)第二十七回：「祝融南來鞭火龍」、「赤日炎炎似火燒」。
(二)第四十二回：「萬井人烟錦綉圍」、「玉漏銅壺且莫催」。
(三)第四十七回：「萬里長洪水似傾」。
(四)第六十八回：「芳姿麗質更妖嬈」。
(五)第七十一回：「晴日明開青鎖闥」。
(六)第七十七回：「盡道豐年瑞」。

第二十七回的兩首詩描寫酷熱的天氣，《金瓶梅詞話》和《水滸傳》的使用時節都是六月天；第四十二回的兩首詩寫元宵燈會和煙火，原詩在《水滸傳》為宋江到清風寨看燈會；「萬里長洪水似傾」一詩為苗員外眼中所見的徐州洪，《水滸傳》描寫長江雲孟澤鄰接洞庭湖處，《金瓶梅詞話》用以寫驚濤駭浪，綜合苗員外遇害情節，有以此欲人心險惡之意；[26]第六十八回「芳姿麗質更妖嬈」在《水滸傳》中寫李師師的美貌，在《金瓶梅詞話》是寫鄭愛月兒；第七十一回「晴日明開青鎖闥」在兩書中都是敘寫朝儀；第七十七回「盡道豐年瑞」，兩書同出現在白雪紛飛時節。從這裡可以明顯看出脫離《水滸傳》原型後，《金瓶梅詞話》已擁有自己的故事開展，對於《水滸傳》的依賴也降低許多。這八首描寫自然、景物、人物外貌的詩詞也未必要徵引自《水滸傳》，而能看出作者對《水滸傳》主旨的繼承，仍須從具有道德教化意味的詩詞著手討論，例如第十四回的一首詩：

> 功業如將智力求，當年盜跖卻封侯。行藏有義真堪羨，好色無仁豈不羞？
> 浪蕩貪淫西門子，背夫水性女嬌流。子虛氣塞柔腸斷，他日冥司必報仇！

原詩在《水滸傳》第二十八回作：「功業如將智力求，當年盜跖合封侯。行藏有義真堪羨，富貴非仁實可羞？鄉黨陸梁施小虎，江湖任俠武都頭。巨林雄寨俱侵奪，方把平生志願酬！」《金瓶梅詞話》把「富貴非仁」改為「好色無仁」，此議論是針對西門慶通姦李瓶兒而發，而「背夫水性」同時又將矛頭指向李瓶兒，這兩人同樣都是好色無仁，前者淫朋友之妻、貪朋友之財；後者則背叛丈夫，並對丈夫見死不救。李瓶兒「好風月」，在梁中書為妾、和花子虛成婚、被花太監強佔，都不能滿足她的生理需求。唯有遇到西

26　孟昭連：《金瓶梅詩詞解析》，頁272。

門慶這個「醫奴的藥」，才滿足了她的性享樂，因此被西門慶棄之不顧時，空虛難耐下才下嫁蔣竹山，卻又因蔣竹山在房事上不能令她滿意，致使雙方感情破裂。以性享樂為生命最高追求的李瓶兒，一生是貪求肉欲和追求肉欲的，也是導致她兩次婚變的主因。[27]而末句「子虛氣塞柔腸斷，他日冥司必報仇」也預示了李瓶兒病重時，經常夢見花子虛前來索命，在這裡先預告因果報應，有警惕讀者的作用，並強調「色戒」的重要。又如第二十回的回首詩：

> 在世為人保七旬，何勞日夜弄精神？世事到頭終有悔，浮華過眼恐非真。
> 貧窮富貴天之命，得失榮華隙裡塵。不如且放開懷樂，莫使蒼然兩鬢侵。

《水滸傳》原詩為：「在世為人保七旬，何勞日夜弄精神？世事到頭終有盡，浮花過眼總非真。貧窮富貴天之命，事業功名隙裡塵。得便宜處休歡喜，遠在兒孫近在身。」《水滸傳》出現於第七回回首，此回回目為：「花和尚倒拔垂楊柳，豹子頭悮入白虎堂」，整首詩的大意是要人看破世情，知足常樂，和小說內容搭配來看，應當是針對林冲因娘子被高衙內欺侮一事而遭陷害所發，詩中假設林冲能夠捨棄功名，做個含飴弄孫的老百姓，下場或許大為不同，此詩的感慨意味顯然比說教意味深，寓有世事難料、人心險惡之嘆。《金瓶梅》將這首詩改動到第二十回「孟玉樓義勸吳月娘，西門慶大鬧麗春院」，這一回有兩大主線，首先是西門慶和李瓶兒和好如初，但吳月娘和西門慶卻開始冷戰，好些日子都不說話，於是孟玉樓趁機勸說吳月娘，希望她和西門慶「笑開了罷」，卻被吳月娘以「我只當沒漢子，守寡在這屋裡」一句話灑了一鼻子灰。接下來，西門慶發現李桂姐瞞著他偷接客，一怒之下砸了麗春院，並發誓不再來此地。這首詩寓有許多人生哲理，貧富、得失、榮枯都是命中注定的，不需耗損精神去追求，末句「且放開懷樂」有「及時行樂」及李白「人生得意須盡歡，莫使金樽空對月」的灑脫。這首詩較無說教意味，反而點出對人生價值的判斷及抉擇，就整首詩的風格和主旨來說，與前幾首徵引詩詞有較大差異。另外第二十七回回首詩，則具有明顯的針對性：

> 頭下青天自恁欺，害人性命霸人妻。須知奸惡千般計，要使人家一命危。
> 淫嫟從來由濁富，貪嗔轉念是慈悲。天公尚且含生育，何況人心忒妄為。

《水滸傳》第八回作：「頭下青天只恁欺，害人性命霸人妻。須知奸惡千般計，要使英雄一命危。忠義縈心由秉賦，貪嗔轉念是慈悲。林冲合是灾星退，却笑高俅枉作為。」《金

---

27 羅德榮：〈《金瓶梅》女性形象的文化意蘊〉，羅宗強、陳洪主編：《明代文學研究國際學術研討會論文集》（天津：南開大學出版社，2006年4月），頁669

瓶梅》第二十七回正是宋惠蓮事件告一段落的時候，這首詩應是針對此事而發。西門慶是個擁有一妻五妾的人，已經坐享齊人之福的他，在外嫖妓宿娼，還搭勾上有夫之婦，設計殘害宋惠蓮之夫，間接逼死宋惠蓮，又濫用權利導致宋惠蓮之父冤死，種下如此傷天害理的事，天地理應不容，但是西門慶卻在自家庭院中，和眾妻妾共效于飛之樂，難怪作者要感嘆「天公尚且含生育，何況人心忒妄為」，這首詩作為二十七回的回首詩，在《水滸傳》原是批評高衙內和高俅陷害林沖，欲霸其妻，西門慶的所作所為和高俅父子不無二致，拿來比擬恰當不過，兩書作者也都做了辛辣的批判，反映人心的險惡。宋惠蓮的父親宋仁過世後，作者以一首詩為這件事做結尾：「縣官貪污更堪嗟，得人金帛售奸邪。宋仁為女歸陰路，致死冤魂塞滿衙」，原詩在《水滸傳》第三十回為：「縣官貪污重可嗟，得人金帛售奸邪。假將歌女為婚配，却把忠良做賊拏。」在《水滸傳》中指張都監陷害武松一事，《金瓶梅》改為西門慶陷害宋仁，兩者同樣都是縣官貪賄，罔顧人命，除了緊扣故事情節，也間接透露出封建時代司法的黑暗面。

三、第八十一回至第一百回

《金瓶梅》最後二十回，以陳經濟和龐春梅為男女主角。此部分十三首詩詞，僅有四首經過改動，其餘皆照搬全錄，相較於第十一回到第八十回，這部分對詩詞的改動較少，並且有不少格言詩，例如第八十七回：

> 平生作善天加福，若是剛強定禍殃。舌為柔和終不損，齒因堅硬必遭傷。
>
> 杏桃秋到多零落，松栢冬深愈翠蒼。善惡到頭終有報，高飛遠走也難藏。

這首詩原在《水滸傳》第二十七回，水滸「定」作「受」，為「母夜叉孟州道賣人肉，武都頭十字坡遇張青」的回首詩，此詩宣揚善惡果報的思想，《金瓶梅詞話》這一回論的是「王婆子貪財受報，武都頭殺嫂祭兄」，王婆和潘金蓮終究躲不過善惡果報的定理，而死於武松刀下，從情節的安排和詩詞的穿插，可以看出這是在宣揚善惡果報。而須特別注意的是，詩的開頭提到「剛強定禍殃」，和第一回的〈西江月〉：「剛強惹禍之胎」前呼後應。特別針對潘金蓮來說，她的個性好強爭勝，性又多疑，甫到西門慶家不久，就和孫雪娥起了口角，兩度唆使西門慶激打孫雪娥，因此在西門慶家處處樹敵，除了與她友好的孟玉樓外，其他妻妾都與她有過摩擦。另外，潘金蓮快嘴快舌，西門慶說她「嘴尖舌快」，禍從口出是她的致命傷之一，也因此得罪不少人。《金瓶梅詞話》引用這首詩，除了符合情節發展，也貼合書中角色的性格。另外在第九十二回，回首詩云：

> 暑往寒來春復秋，夕陽西下水東流。雖然富貴皆由命，運去貧窮亦自由。

事遇機關須進步，人逢得意早回頭。將軍戰馬今何在，野草閑花滿地愁。

原詩出現在《水滸傳》第三回，《金瓶梅詞話》一字無更動地照錄。這首詩先論春秋遞嬗，再言貧窮命定，最後闡揚見好即收之理，末句更充滿人生虛幻的感慨，作為第九十二回「陳經濟被陷嚴州府，吳月娘大鬧授官廳」的回首詩，與內容並無明顯相關。原詩在《水滸傳》第三回「史大郎夜走華陰縣，魯提轄拳打鎮關西」中，亦和內容無太大關連。只能視為作者對詩作內容的喜愛，並可作為人生的註腳。試看西門慶從發跡致富到敗亡，家僕妻妾走的走散的散，不也令人有「將軍戰馬今何在」的感嘆嗎？又如第九十八回的回首詩云：

心安茅屋穩，性定菜根香。世味薄方好，人情淡最長。
因人成事業，避難遇豪強。今日崢嶸貴，他年身必殃。

《水滸傳》末兩句作「他日梁山泊，高名四海揚。」這首詩在《水滸傳》為第三十八回「及時雨會神行太保，黑旋風鬥浪裡白跳」的回首詩，前四句是人生哲學，後四句為歌頌宋江。在《金瓶梅詞話》中，這首詩挪作「陳經濟臨清開大店，韓愛姐翠館遇情郎」的回首詩，經作者改動後，詩意更為耐人尋味。《金瓶梅》寫的是市井小民的生活，道的是現實世界「碟兒碗兒」的瑣碎事情，因此安貧樂道、知足常樂的人生哲理，很適合拿來為這類小說作教化，放在此處，尤有暗指陳經濟「心不安」、「性不定」之意。「因人成事業，避難遇豪強」巧妙地成為陳經濟臨清開大館、韓愛姐全家遇經濟的代指，最後兩句「今日崢嶸貴，他年身必殃」，更為陳經濟的下場作了伏筆。至於《金瓶梅詞話》最後一回的回首詩亦頗值得詮釋：

人生切莫恃英雄，術業精粗自不同。猛虎尚然遭惡獸，毒蛇猶自怕蜈蚣。
七擒猛獲奇諸葛，兩困雲長羨呂蒙。珍重李安真智士，高飛逃出是非門。

對照《水滸傳》可發現這首詩經過一些改動，「遭」原作「逢」；「珍重李安真智士，高飛逃出是非門」作「珍重宋江真智士，呼延頃刻入囊中」。這首詩前六句是闡明「人外有人，天外有天」之理，即便是孟獲，也有遇到諸葛亮的一天；關雲長，也成為呂蒙的手下敗降；呼延灼驍勇善戰，最終還是被宋江收服，因此賢人更因虛懷若谷，謹慎小心，這樣的比喻用在宋江和呼延灼身上，甚為貼合。同樣作為格言詩，《金瓶梅詞話》從「珍重李安真智士，高飛逃出是非門」來看，可知這是針對春梅勾引李安一事而發，李安看出春梅勾引他的意圖，機敏地跳出是非之地，「這裡將李安比附為英雄，是說陳

經濟為張勝所害，張勝又被李安所擒，李安是強者」，[28]觀詩意雖然與情節頗為吻合，但是這首詩為第一百回的回首詩，而李安事件不過是這一回中的其中一個情節，敘述篇幅約佔本回情節的百分之十左右，顯見它並非主要情節；此外，這回的回目作「韓愛姐湖州尋父，普靜師薦拔群冤」，作者既然沒有將李安的故事放在回目中，就表示這個情節不是本回最重要的部分，嚴格而論此詩並無統領章回大意的作用，以全書最末回的回首詩詩來說，並不是最適合的。

　　《金瓶梅詞話》徵引自《水滸傳》的詩詞數量最多也最豐富，這是因為兩書有著密切的因襲關係，在詩詞的運用上可以發現三種特色：其一是在情節的承接上，《金瓶梅詞話》直接援引《水滸傳》，徵引詩詞不會有太大改變，若在後續情節的發展有不同與《水滸傳》者，則通常從詩詞末句做適當改動。其二是在自然景物的詩詞徵引上，《金瓶梅詞話》也挑選不少符合小說情境者予以引用，增加小說的豐富度，並能夠渲染小說的情境，詩化小說。其三，徵引詩詞中最能夠看出作者思想的部分，當屬具有教化意味的詩詞最值得注意，《金瓶梅》是一部揭露現實的小說。《金瓶梅》之所以借徑《水滸傳》，乃在於兩部小說在思想觀念上的相通，痛惡世道黑暗，揭露官場腐朽，兩部小說殊途同歸。身處在骯髒的世間，面對種種威脅，「如何度過人生」是兩部作品要追問與探討的。[29]選擇《水滸傳》中潘金蓮和西門慶的故事加以開展，最能代表世俗中為財、為色的墮落。因此發現在《金瓶梅詞話》中出現許多格言詩，而且多半被使用在回首的位置，可以大膽假設詞話本的作者在挑選詩詞時，已經具有主觀上的思考，其中「色戒」的思想屢次在詩詞中被彰顯，可視為對《水滸傳》的吸收和發揚。

第二節　宋元話本

　　《金瓶梅》另一個素材來源為宋元話本或擬話本：「《金瓶梅》創作於明代中葉，這是一個擬話本創作繁興的時期，因此在作品中保留了大量的話本的特徵和痕跡。」[30]宋元話本是市民的文學，其中有不少描寫世態人情的經典名篇成了《金瓶梅》的寫作素材。

　　韓南教授在〈金瓶梅探源〉中，詳論了白話短篇小說和《金瓶梅》的關係，其中被論及到的作品有〈刎頸鴛鴦會〉、〈至誠張主管〉、〈戒指兒記〉、〈西山一窟鬼〉、〈五戒禪師私紅蓮記〉、〈楊溫攔路虎傳〉、〈新橋市韓五賣春情〉，及公案小說〈港口

28　孟昭連：《金瓶梅詩詞解析》，頁 602。
29　張進德：〈《金瓶梅》何以借徑《水滸傳》〉，頁 63-64。
30　周鈞韜：《金瓶梅探謎與藝術賞析》（長春：吉林文史出版社，1990 年 6 月），頁 51。

漁翁〉等，這些小說的情節被《金瓶梅》或多或少地借用。[31]為了尋找《金瓶梅詞話》徵引自宋元話本及擬話本的詩詞，首先從情節上已經被《金瓶梅》襲用的作品為先，這些作品對《金瓶梅》的影響較大，在詩詞上的承襲就有了更強的可能性；此外還有不少詩詞被發現源自其他話本，而且並非是宋元明三代流行的套語，[32]也沒有同時見於多篇話本中，在這樣的情況下，只能先把找到詩詞的話本歸類為《金瓶梅》詩詞的原始來源。

　　《金瓶梅》徵引自宋元話本的詩詞，前輩學者已經明確指出二十五首，[33]現在還可發現有五首也出現在宋元話本中：

宋元話本	《金瓶梅詞話》
歸去只愁紅日晚，思量猶恐馬行遲。 橫財紅粉歌樓酒，誰為三般事不迷？ （〈至誠張主管〉）	歸去只愁紅日短，思卿猶恨馬行遲。 世財紅粉歌樓酒，誰為三般事不迷？ （第十八回）
二八嬌娥美少年，綠楊影裏戲鞦韆。 兩雙玉腕挽腹挽，四隻金蓮顛倒顛。 紅粉面朝紅粉面，玉酥肩並玉酥肩。 遊春公子停鞭打，一對飛仙下九天。 （〈解學士詩〉）	紅粉面朝紅粉面，玉酥肩並玉酥肩。 兩雙玉腕挽腹挽，四隻金蓮顛倒顛。 （第二十五回）
得失榮枯總在天，機關用盡也徒然。 人心不足蛇吞象，世事到頭螳捕蟬。 無藥可延卿相壽，有錢難買子孫賢。 甘貧守分隨緣過，便是逍遙自在天。 （〈張員外義撫螟蛉子，包龍圖智賺合同文〉）	得失榮枯總是閑，機關用盡也徒然！ 人心不足蛇吞象，世事到頭螳捕蟬。 無藥可延卿相壽，有錢難買子孫賢。 家常本分隨緣過，便是消遙自在天。 （第三十回）
自到川中數十年，曾在毘盧頂上眠。 欲透趙州關捩子，好姻緣做惡姻緣。 桃紅柳綠還依舊，石邊流水冷湲湲。 今朝指引菩提路，再休錯意念紅蓮。 （〈月明和尚度柳翠〉）	自到川中數十年，曾在毘盧頂上眠。 欲透趙洲關捩子，好姻緣做惡姻緣。 桃紅柳綠還依舊，石邊流水響潺潺。 今朝指引菩堤路，再休錯意念紅蓮。 （第七十三回）
白玉隱於頑石裡，黃金埋入污泥中。 今朝遇貴相提掇，如立天梯上九重。 （〈趙伯昇茶肆遇仁宗〉）	白玉隱於頑石裡，黃金埋在污泥中。 今朝貴人提拔起，如立天梯上九重。 （第九十六回）

31　韓南：〈金瓶梅探原〉，頁 10-20。

32　套語如第五十九回：「花枝葉下猶藏刺，人心怎保不懷毒」，第九十二回又作：「花枝葉下猶藏刺，人心難保不懷毒」。

33　參見韓南：〈金瓶梅探原〉，頁 10-17；孟昭連：《金瓶梅詩詞解析》；陳東有：《金瓶梅詩詞文化鑑析》。

故我們統計《金瓶梅詞話》的詩詞出現於下列十九種作品中：〈刎頸鴛鴦會〉、《大宋宣和遺事》、〈合同文字記〉、〈至誠張主管〉、〈簡帖和尚〉、〈崔衙內白鷂招妖〉、〈解學士詩〉、〈張員外義撫螟蛉子，包龍圖智賺合同文〉、〈三現身包龍圖斷冤〉、〈鄭節使立功神臂弓〉、〈沈小官一鳥害七命〉、〈五戒禪師私紅蓮記〉、〈月明和尚度柳翠〉、〈曹伯明錯勘贓記〉、〈西山一窟鬼〉、〈西湖三塔記〉、〈趙伯昇茶肆遇仁宗〉、〈錯認屍〉、〈呂洞賓飛劍黃龍〉，《金瓶梅詞話》的寫作模式和話本是一脈相成的，話本的寫作模式：以入話、卷首詩詞、議論做為故事開展的前軸，敷衍故事結束後，又往往以議論作結。

　　以「警世」、「醒世」、「喻世」等教化意味命名的《三言》，和《二拍》一樣，呈現了晚明時代情、理的對立風格和複雜面相，這些都是《金瓶梅》作者的「前理解」。[34]因此源自宋元話本的徵引詩詞，是我們認識《金瓶梅》創作主旨的管道之一。

　　這些詩詞在《金瓶梅詞話》中出現的數量分布如下：

《金瓶梅》的回數	襲用宋元話本的詩詞數量
第一回～第十回	1
第十一回～第二十回	4
第二十一回～第三十回	3
第三十一回～第四十回	0
第四十一回～第五十回	2
第五十一回～第六十回	1
第六十一回～第七十回	1
第七十一回～第八十回	9
第八十一回～第九十回	4
第九十一回～第一百回	5

第七十三回薛姑子講述〈五戒禪師私紅蓮〉故事，就引用了五首在講述的故事內容中，其中有四首出自宋元話本〈五戒禪師私紅蓮記〉，另一首源自〈月明和尚度柳翠〉，是屬於佛經宣講，和情節關係不大。引用次數超過兩次以上者為：《大宋宣和遺事》被引用了四首，分別出現在第十一回、第七十回、第七十一回、第七十四回；〈至誠張主管〉被引用二首，出現在第十八回、第八十九回；〈簡帖和尚〉被引用了三首，出現位置為第二十回、第八十三回、第九十八回，另〈五戒禪師私紅蓮記〉被引用四首，〈月明和尚度柳翠〉亦有兩首。這幾個篇目持續被引用，表示這些話本是作者寫作過程中所持續參考的材料。

34　陳翠英：《世情小說之價值觀考察──以婚姻為定位的考察》，頁85。

　　我們大略把這些詩詞的使用分成三大類來討論，其一是「色戒」思想的強調，其二是人生哲理的抒發，其三是情節和人物的補充，並各舉若干例子說明。以「色戒」思想的強調來看，只有引自〈刎頸鴛鴦會〉的一闋詞較為符合，但這闋詞在小說中卻佔有極為重要的地位，可以說統領了整部小說的主旨：

> 丈夫隻手把吳鉤，欲斬萬人頭。如何鐵石，打成心性，卻為花柔？
> 請看項籍并劉季，一怒使人愁。只因撞著，虞姬戚氏，豪傑都休。

這是第一回的回首詞，亦可視為全書的開場，詞牌〈眼兒媚〉。原詩為宋元話本〈刎頸鴛鴦會〉的入話，「請看」作「君看」，故事內容敘述一個婦女蔣淑珍因為荒淫無度而身死刀下，而貪戀她的三個男人，也都先後斷送了堂堂六尺之軀，主題明顯為警戒色欲。《金瓶梅》是一部世情小說，以「情」、「色」為中心思想，而這首詞說的正是「情色」兩字，詞後有一段闡述性的文字，說明項羽和劉邦這兩個英雄都難過美人關，市井小民亦然，以此導出西門慶和潘金蓮的故事來：「如今這一本書，乃虎中美女，後引出一個風情故事來。一個好色的婦女，因與個破落戶相通，日日追歡，朝朝迷戀……」。就第一回來看，這首開場詞有導引故事發展的功用；就全書來看，更是提綱挈領，前呼後應。潘金蓮和龐春梅就像〈刎頸鴛鴦會〉中的蔣淑珍，因貪淫而早逝，無法在「穿綺羅，施朱粉」，而縱欲情色的西門慶和陳經濟，也因此斷送了六尺之軀，無論是〈刎頸鴛鴦會〉還是《金瓶梅》，都是以勸善教化為目的，宣揚情色的害人，以警醒世人。

　　而在人生哲理的抒發上面，無非是勸人自愛，勉人為善，如第十三回「吃食少添鹽醋，不是去處休去。要人知重勤學，怕人知事莫做」、第九十九回「為人切莫用欺心，舉頭三尺有神明。若還作惡無報應，天下兇徒人食人」、第三十回「得失榮枯總是閑，機關用盡也徒然！人心不足蛇吞象，世事到頭螳捕蟬。無藥可延卿相壽，有錢難買子孫賢。家常本分隨緣過，便是消遙自在天」。由於話本的語言提煉自群眾語言，因此通俗化、生活化是其特色，將宋元話本的詩詞鑲嵌在《金瓶梅詞話》中，較不會有語言藝術上的太大差異。

　　最後在情節和人物的補充上面，徵引自宋元話本的詩詞亦運用的相當多彩，以描寫人物為例，可謂絲絲入扣：

> 歸去只愁紅日短，思卿猶恨馬行遲。世財紅粉歌樓酒，誰為三般事不迷？
> （第十八回）

> 外作禽荒內色荒，連沾些子又何妨。早辰跨得雕鞍去，日暮歸來紅粉香。
> （第二十四回）

　　這兩首詩都是針對西門慶而發。第一首用在西門慶被應伯爵、謝希大兩人拉進妓女吳銀兒家，前兩句寫遊子在外思歸，恨不得能一日行千里，但如果遇上三件事，思歸之心就會被擱在一邊，哪三件事呢？「男人為世財（財）、紅粉（色）、歌酒（酒）三件事所迷」，[35]這三件事正是西門慶的致命傷，尤以美色為甚，在這裡絆住西門慶馬蹄的是「酒」和「色」。此詩原在〈至誠張主管〉，「思卿猶恨」作「思量有恐」，「世財」作「橫財」，寫的是張主管有瓜田李下之憂，斷然拒絕小夫人來家借住，當小夫人拿出一串珍珠並表明可當盤纏時，張主管方改口只要親娘允諾即可，這首詩寫到這裡，意味著「財」有著一定的魅力，但是張主管並不貪「色」和「酒」，而且他對「財」也是基於現實考量，自從去職在家後，有坐吃山空之虞，更沒有讓小夫人借住的理由，非張主管有貪財之念，若說「迷」則太過，因此在這篇話本中只能泛指世人對「酒、色、財」特別沒有抵抗力。《金瓶梅詞話》將它拿來用指西門慶，比用在張主管身上還要貼切。

　　後一首源自〈崔衙內白鷂招妖〉，「連沾」作「濫沾」，「早辰跨得雕鞍去」作「早晨架出蒼鷹去」，崔衙內性喜畋獵，有日架著一隻新羅白鷂出去打獵，被女妖盯上，夜半便來與衙內作夫妻。「外禽內荒」泛指人不務正事，是針對西門慶而言，「早晨架出蒼鷹去」改成「早辰跨得雕鞍去」，更符合西門慶騎馬出門找樂子的樣子，但是西門慶不只在外與妓女勾搭，在內更和家僕私通，「日暮」一句暗諷西門慶搭勾上宋惠蓮。此首詩的改動不但能夠符合情節，也能適切地表達情節，有烘雲托月的作用。又如第八十回寫到李嬌兒：

　　　堪嘆烟花不久長，洞房夜夜換新郎。兩隻玉腕千人枕，一點朱唇萬客嘗。
　　　做就百般嬌艷態，生成一片假心腸。饒君總有牢籠計，難保臨時思故鄉。

原詩在〈曹伯明錯勘贓記〉為：「二八佳人巧樣粧，洞房夜夜換新郎。兩隻玉腕千人枕，一點明珠萬客嘗。做出百般嬌體態，生成一片歹心腸。迎新送舊多機變，假作相思淚兩行。」[36]小說內容為曹伯明不聽勸阻，執意娶妓女小桃為妻，不料小桃合謀舊恩客暗算他，還於州廳上假哭假意，此詩暗諷的就是這件事。同樣從妓女出身，西門慶一死，李嬌兒就盜財歸院，因此作者說：「院中唱的，以賣俏為活計，將脂粉作生涯。早晨張風流，晚些李浪子。前門進老子，後門接兒子。棄舊迎新，見錢眼開，自然之理！未到家中，搗打揪撏，燃香燒剪，走死哭嫁；娶到家，改志從良。饒君千般貼戀，萬種牢籠，還銷不住他心猿意馬。不是活時偷食抹嘴，就是死後嚷鬧離門。不拘幾時，還吃舊鍋粥

35　陳東有：《金瓶梅詩詞文化鑒析》，頁69。
36　洪楩編：《清平山堂話本》（臺北：河洛圖書出版社，1980年11月），頁280。

去了！」這樣的批評是很尖銳的，在作者眼中，這些妓女的本質就是見錢眼開，西門慶死後，李嬌兒馬上重操舊業，因為情節發展的不同，末句改為「饒君總有牢籠計，難保臨時思故鄉」，再次重申「銷不住他心猿意馬」一義。除了人物形象的補充，這些詩詞還有串連情節的功用，以預示情節為例，第五十九回這首詩用的好：

> 湛湛青天不可欺，未曾舉意早先知。休道眼前無報應，古往今來放過誰？

這詩原在宋元話本〈沈小官一鳥害七命〉中，「休道眼前無報應」作「勸君莫作虧心事」，殺害沈小官的張公、謀財害父的黃兄弟，皆受到了凌遲處死，印證了「老天有眼」、「惡有惡報」等亙古名言。這一回寫到潘金蓮屋裡的貓嚇到官哥兒，原來潘金蓮嫉妒李瓶兒得寵，平日經常以紅布裹肉，訓練貓兒撲食，作者感嘆「花枝葉下猶藏刺，人心難保不懷毒」，害死官哥兒後，李瓶兒也傷痛致死，潘金蓮沒有在西門慶家受到任何的處罰，反而因為除了禍害，重得丈夫的寵愛，這些後續情節令人感到非常不公。不過，在貓撲倒官哥兒的這一回，作者用這首詩其實已經作了情節的預示，「休道眼前無報應」指的正是日後潘金蓮的逍遙度日，在作者看來，報應是有的，只是早到和晚到的差別罷了。

另以補充并總結情節為例，第九十一回的回末詩云：

> 百禽啼後人皆喜，惟有鴉鳴事若何？見者多嫌聞者唾，只為人前口嘴多。

宋元話本〈西湖三塔記〉，用這首詩寫一隻烏鴉。這首詩在《金瓶梅》作為「孟玉樓愛嫁李衙內，李衙內怒打玉簪兒」的回末詩，此回寫到孟玉樓嫁給李衙內後，丫鬟玉簪兒三番兩次找孟玉樓麻煩，孟玉樓起先不理睬她，玉簪兒卻日益猖狂，一日更是邊燒水邊咒罵孟玉樓，被李衙內聽到後，打了一頓便叫人領出去，這首詩寫的正是此事，作者說：「蚊蟲遭扇打，只為嘴傷人」，如果玉簪兒不口出狂言，可能還不會有這樣的下場，以烏鴉比喻玉簪兒，都是抓住了多嘴遭惡這一特徵。

黃霖提到《金瓶梅》的「鑲嵌」問題，指出小說中有這麼多矛盾的地方，主要是由於《金瓶梅》成書的時候「鑲嵌」了不少前人的作品。他特別舉了宋元話本〈新橋市韓五賣春情〉為例，它們倆者之間存在著內容的因襲關係，《金瓶梅》的作者之所以將〈新橋市韓五賣春情〉的故事改造後「鑲嵌」到作品中，是根據整個藝術結構來構思的。[37]宋元話本是屬於民間的文學，文字相對來說較為貼近市民的生活，因此「鑲嵌」至《金瓶梅詞話》中的詩詞，雖然不能夠說全無拼貼痕跡，但是無論在語言文字或「因果報應」

---

37 黃霖、杜明德主編：《金瓶梅與臨清──第六屆國際《金瓶梅》學術研討會論文集》（濟南：齊魯書社，2008 年 6 月），頁 2-9。

等道德教化思想上，都較能夠與《金瓶梅詞話》一書的風格貼近。

第三節　元明中篇傳奇小說

　　《金瓶梅詞話》除了徵引《水滸傳》和宋元話本中的詩詞，還可看到元明時期的中篇傳奇小說也是《金瓶梅》的素材來源之一。徵引詩詞的出處以《嬌紅記》、《賈雲華還魂記》、《鍾情麗集》、《懷春雅集》等元明中篇傳奇小說為多，因此本文以這四本小說為討論對象。

　　所謂的「元明中篇傳奇小說」出現在元末到明代嘉靖年間，指的是《嬌紅記》、《鍾情麗集》等同批作品，這一批小說多穿插詩詞韻文，字數多達一萬言以上，有別於唐宋二、三千字上下的短篇傳奇小說：

> 有鑑於這批作品自成體系，篇幅確實「不長不短」，形式與內容則因循唐宋傳奇體製，史筆、詩才、議論兼而有之，又多以浪漫愛情故事為主要題材，正與唐傳奇代表作《鶯鶯傳》一脈相承……這類文言愛情故事定名為「中篇傳奇小說」，取其篇幅特徵跟歷代短篇文言小說有所畫分，兼與清代《燕山外史》、《蟬史》等一、二十萬言的文言作品，以及明清動輒數十萬言的長篇白話小說區別開來。[38]

《金瓶梅》詩詞出於元明中篇傳奇小說者為數不少，梅節率先發現《金瓶梅詞話》襲用《懷春雅集》的十七首詩，[39]陳益源先生於《元明中篇傳奇小說研究》一書中又提供了更多因襲的材料，合計已有二十七首，[40]再加上《金瓶梅詞話》第二十九回的「百年秋月與春花」：

《鍾情麗集》	《金瓶梅詞話》第二十九回
百年秋露與春花，展放眉頭莫自嗟！ 吟幾首詩消世慮，酌三杯酒度韶華； 閒敲棋子心情樂，慢撥瑤琴興趣賒； 分外不須多著意，且將風月作生涯。	百年秋月與春花，展放眉頭莫自嗟！ 吟幾首詩消世慮，酌二杯酒度韶華； 閒敲棋子心情樂，悶撥瑤琴興趣賒； 人事與時俱不管，且將詩酒作生涯。

38　陳益源：《元明中篇傳奇小說研究》（香港：學峰文化事業公司，1997 年 12 月），頁 3。

39　梅節先生原擬撰文在 1992 年 6 月山東棗莊「第二屆國際《金瓶梅》學術研討會」上發表，惜未完成。見陳益源：《元明中篇傳奇小說研究》，頁 174。

40　陳益源：《元明中篇傳奇小說研究》，頁 41、63、78、164-167。

合計有二十八首徵引詩詞出自元明中篇傳奇小說。另有一首詩源自《剪燈餘話》，[41]可見除了白話小說，文言小說亦是《金瓶梅》的創作養料。本文以四本浪漫愛情題材的文言中篇小說為討論對象：《嬌紅記》一首、《賈雲華還魂記》三首、《鍾情麗集》四首、《懷春雅集》二十首，並發現這些徵引詩詞多半集中在小說的後五十回：

	《金瓶梅詞話》第一回至第五十回	《金瓶梅詞話》第五十至第一百回
《嬌紅記》		1首（68回）
《賈雲華還魂記》		3首（82、100 等回）
《鍾情麗集》	3首（19、21、29 等回）	1首（85回）
《懷春雅集》		20首（59、64、65、66、67、69、71、72、77、78、80 等回）

其中徵引自《鍾情麗集》的四首詩中，僅有一首出現在《金瓶梅詞話》的後五十回，但這首詩在第十九回已出現過：

《鍾情麗集》	《金瓶梅詞話》
壁上鶯還在，梁間燕已分。 軒中人不見，無語自消魂。	枕上言猶在，于今恩愛淪。 房中人不見，無語自消魂。 （第十九回）
	耳畔言猶在，于今恩愛分。 房中人不見，無語自消魂。 （第八十五回）

王年双教授分析《金瓶梅詞話》對詩詞的運用時提到有一種狀況，是「在重複使用時，他不再從原作轉化，而直接拿轉化後的作品抄錄」，[42]這兩首詩即是此例。《金瓶梅詞話》第十九回「枕上言猶在」，據《鍾情麗集》「壁上鶯還在」加以改動，到了第八十五回這首詩又重現一次，顯然已不是直接改動自《鍾情麗集》，而是拿第十九回轉化後

---

41 這首詩為第二十一回：「赤繩緣分莫疑猜，庶屢夫妻共此懷。魚水相逢從此始，兩情願保百年諧。」此詩在《剪燈餘話·江廟泥神記》作：「赤繩緣薄好音乖，姊妹相看共此懷。偶伴嫦娥辭月殿，忽逢僧孺拜雲階，春生玉藻垂鴛帳，香噴金蓮脫鳳鞋。魚水交歡從此始，兩情願保百年諧。」另外，《金瓶梅詞話》第一回「劉項佳人絕可憐」一詩，也出現在《剪燈餘話·月夜彈琴記》，因為只有一句，不大能斷定兩者的相承關係，故暫不列入。

42 王年双：〈從詩歌在《金瓶梅詞話》中的運用看小說的發展〉，收錄於《中國詩學會議論文集》（彰化師大國文系出版，1992 年 9 月），頁 41。

的詩詞再加以抄錄，將「枕上」易為「耳畔」，「淪」易為「分」。如此看來，扣掉了這一首詩，《金瓶梅詞話》襲用元明中篇傳奇小說的詩詞顯然有某種規律可循，前半部書的素材以《鍾情麗集》為主，後半部則來自《嬌紅記》、《賈雲華還魂記》和《懷春雅集》，下文則以文本來分析這些詩詞的運用狀況。

一、《嬌紅記》

《嬌紅記》成書於元代，敘述才子申生與王通判之女嬌娘的愛情故事，兩人雖真心相愛，卻抵擋不住帥節鎮的逼婚，最後雙雙殉情而死，強烈控訴了封建制度剝奪男女婚戀的自由。這篇小說穿插詩詞韻文約六十首，其中一首為《金瓶梅詞話》所襲用：

《嬌紅記》	《金瓶梅詞話》
夜深偷展紗窗綠，小桃枝上留鶯宿。 花嫩不禁操，春風卒未休。 千金身已破，脉脉愁無那， 特地囑檀郎，人前口謹防。	花嫩不禁揉，春風卒未休。 花心猶未足，脉脉情無極。 低低喚粉郎，春宵樂未央。 （第六十八回）

《金瓶梅詞話》第六十八回「花嫩不禁揉」一詩，用以描述西門慶與鄭愛月兒交歡，原詩在《嬌紅記》為詞，詞牌〈菩薩蠻〉，寫的是嬌娘與申生第一次的巫山雲雨。《金瓶梅詞話》大刀闊斧，將詞改為詩，雖都用於男歡女愛，但是鄭愛月兒並非純情女子，故「千金身已破」異動為「花心猶未足」，西門慶也沒有「人前防口」的顧忌，「特地囑檀郎，人前口謹防」的禮教束縛替換為「低低喚粉郎，春宵樂未央」的縱情享樂，改動後的詩作符合《金瓶梅》一書所描寫的情慾享樂主題。

二、《賈雲華還魂記》

《賈雲華還魂記》為明代《剪燈餘話》作者李昌祺（名禎，江西盧陵人，1376-1452）所作，描寫元代至正年間魏鵬和賈雲華的愛情故事，各版本略有差異，《賈雲華還魂記》穿插詩詞四十九首，據陳益源先生指出，《金瓶梅詞話》有三首完整的詩詞出自其中：第八十二回「獨步書齋睡未醒，空勞神女下巫雲。襄王自是無情緒，辜負朝朝暮暮情」、第一百回「紅綿掩鏡照窗紗，畫就雙蛾八字斜。蓮步輕移何處去，堦前笑折石榴花」及「雪為容貌玉為神，不遣風流浼此身。顧影自憐還自惜，新粧好好為何人？」。[43] 這三首詩詞全無經過《金瓶梅》作者的改動，其中「獨步書齋睡未醒」一詩所出現的情節，亦

43　陳益源：《元明中篇傳奇小說研究》，頁63。

挪自《賈雲華還魂記》，賈娉娉前往赴約時，魏鵬因酒醉而不省人事，娉娉於是在裙裾上留下此詩，《金瓶梅》用以寫陳經濟和潘金蓮，除了將題詩由裙裾改為壁上外，情節和詩句皆同，與同時襲用《水滸傳》之詩詞與情節的情況相同。另二首詩在《金瓶梅》中為人物所吟唱，「紅棉掩鏡照窗紗」是葛翠屏詩，「雪為容貌玉為神」為韓愛姐詩，當時葛翠屏心已坦然，還可以「笑折石榴」；韓愛姐一心還念著陳經濟，遂有「顧影自憐」之嘆，兩詩在《賈雲華還魂記》中，俱出魏生所賦，顯然《金瓶梅詞話》的作者有經過挑選，把「紅棉掩鏡照窗紗」一詩給了葛翠屏，「雪為容貌玉為神」給了韓愛姐，使人物所吟唱的詩符合個人的心理狀態。

三、《鍾情麗集》

《鍾情麗集》成書於明成化二十二年，舊說作者為丘瓊山（邱濬，丘一作邱，籍貫瓊山，諡文莊，1420-1495），《金瓶梅詞話》欣欣子序即透露此訊息，[44]近來有人提出異議，認為《鍾情麗集》署名的玉峰主人（真名不詳）並非邱濬，《鍾情麗集》應為玉峰主人所撰。[45]《鍾情麗集》的版本複雜，全書穿插時詞駢文一百五十多首，扣除集古詩，可發現《金瓶梅詞話》有三首詩詞本於《鍾情麗集》：第十九回「枕上言猶在」、第二十一回「脈脈傷心只自言」、第二十九回「百年秋露與春花」。以第二十一回回首詩為例：

> 脉脉傷心只自言，好姻緣化惡姻緣。回頭恨罵章臺柳，赧面羞看玉井蓮。
> 只為春光輕易泄，遂教鸞鳳等閒遷。誰人為挽天河水，一洗前非共往愆。

這首詩原作：「巧語言成拙語言，好姻緣化惡姻緣。回頭恨拈章臺柳，赧面慚看玉井蓮。只為玉盟輕蕩泄，遂教鈿誓等閒遷。誰人為挽天河水，一洗前非共往愆。」《鍾情麗集》的瑜娘因見辜生持有微香（紡紗場妓女）所送的手卷，方知辜生已把倆人之間的山盟海誓告訴他人，瑜娘相當震怒，不聽辜生解釋，逕自生氣半月之久，這首詩即出現於此處，寫的是辜生的懊悔之情，「回頭恨拈章臺柳」當指和微香交遊，「只為玉盟輕蕩泄」言辜生將他和瑜娘之情洩漏給微香知道，末兩句更有辜生期待與瑜娘重修舊好的殷殷盼望。《金瓶梅》這首詩作為第二十一回的開場詩，此回寫西門慶砸了妓院回到家後，聽見月娘在庭院燒香求願，首句改為「脉脉傷心只自言」，即言此事。西門慶在這裡惱的

44　《金瓶梅詞話》欣欣子序提到前代騷人的作品，云「丘瓊山之《鍾情麗集》」。見梅節校訂：《金瓶梅詞話》。

45　陳益源：《元明中篇傳奇小說研究》，頁 67-69。有關《鍾情麗集》更詳實的資料，可參考此書頁 67-83。

是妓女李桂姐，懊悔自己流連妓院，耽誤了自家賢妻，故言「回頭恨罵章臺柳，赧面羞看玉井蓮」。「誰人為挽天河水，一洗前非共往愆」則有二說，一為西門慶期待和月娘重修舊好，洗盡一切過失；[46]二指應伯爵來替李桂解說情。[47]若就前者而言，整首詩的表達意思較能扣合此一回的內容，但西門慶並沒有辜生的多情，他的懊惱也只是短暫的，事過境遷便又開始尋花問柳。這首詩可以加強藝術形象的感染力，但並不太符合小說中的人物形象。再如第二十九回的回首詩：

> 百年秋月與春花，展放眉頭莫自嗟！吟幾首詩消世慮，酌二杯酒度韶華；
> 閒敲棋子心情樂，悶撥瑤琴興趣賒：人事與時俱不管，且將詩酒作生涯。

原詩在《鍾情麗集》作：「百年秋露與春花，展放眉頭莫自嗟！吟幾首詩消世慮，酌三杯酒度韶華；閒敲棋子心情樂，慢撥瑤琴興趣賒：分外不須多著意，且將風月作生涯。」《萬錦情林》、《燕居筆記》所收錄的《鍾情麗集》有這首類似「入話」性質的詩，為《國色天香》本所無。這首詩的大意是人生苦短，令人感傷的事物卻太多，不如好好把握年華，及時行樂，而行樂的方式為吟詩、飲酒、玩棋、弄琴，充滿高雅的情調，和古代文人消極避世、以琴棋書畫度日的情懷是相同的。《鍾情麗集》敘述辜生與瑜娘這對才子佳人忠貞不渝的愛情故事，《金瓶梅》採用這段入話作為第二十九回的開場詩，這一回先是講吳神仙幫西門慶及眾妻妾相命，次敘西門慶與潘金蓮共效魚水之歡，回首詩與情節主題關係不大，僅能作如是解：「這首詩在此處的作用，主要是用來與西門慶在金錢、女色、權力等方面的強烈進取意識相對照。」[48]或「至多是對西門慶潘金蓮連連縱欲無拘的反論，至多是對故事中以相命論人生嘆年華的消極嘲諷。」[49]詩旨無論放在《金瓶梅》的哪一回，都與書中刻畫的人物和現實格格不入，或許只能解釋為是作者心中的理想和感慨，畢竟在《鍾情麗集》中，那種純潔高尚的愛情和無貪無欲的生活，在《金瓶梅》的世界是蕩然無存了。

四、《懷春雅集》

　　《懷春雅集》為明代中篇傳奇小說之一，作者盧民表（生平不詳），全書約三萬字，穿插詩詞就高達二百二十首以上。根據何大掄編《重刻增補燕居筆記》及《花陣綺言》

46　陳東有：《金瓶梅詩詞文化鑒析》，頁77。
47　孟昭連：《金瓶梅詩詞解析》，頁147。
48　孟昭連：《金瓶梅詩詞解析》，頁179。
49　陳東有：《金瓶梅詩詞文化鑒析》，頁95。

所名之《金谷懷春》,考出《金瓶梅詞話》襲用《懷春雅集》的詩詞共計二十一首(韻文不計)。[50]值得注意的是在這二十一首詩中,只有第七十二回「一掬陽和動物華」、第六十五回「襄王臺下水悠悠」兩詩沒有經過作者的改動,其餘皆配合劇情,做了或大或小的加工,但是加工的結果,整體而言不是令人很滿意:

> 就這三處而言(指第七十七回「有美人兮迥出羣」、「聞道揚州一楚雲」、第七十八回「盡日思君倚畫樓」),《金瓶梅》抄錄《懷春雅集》的手法,表現不惡。不過,綜觀其他更多詩篇的抄錄情形,誠如魏子雲先生所言:「《金瓶梅詞話》的回前證詩,極少能與回目中的情節,絲絲相符」……回前詩是如此,回中詩、回末詩亦然,它們往往沒有發揮頭尾起結、段落贊詞應有的作用。[51]

《金瓶梅詞話》中的回首詩,經常未能起到統領章回大意的作用,和書中人物形象也經常無法緊密扣合。尤其《懷春雅集》所寫為才子佳人的愛情故事,拿來和《金瓶梅》中的人物作比附,應當配合人物形象加以改動,但是作者在這方面顯然有所疏略,以致於容易給讀者突兀之感,以第六十九回回首詩為例:

> 信手烹魚覓素音,神仙有路足登臨。掃塪偶得任卿葉,彈月輕移司馬琴。
> 桑下肯期秋有意,懷中可犯柳無心。黃昏誤入銷金帳,且把羔羊獨自斟。

《懷春雅集》「足」作「早」,這是蘇生打聽了玉貞的事後,對愛情充滿憧憬,喜不自勝下所吟之詩。「紅葉題詩」、「文君奔司馬」是典型的浪漫愛情故事,正呼應蘇生與玉貞惺惺相惜的情愫。《金瓶梅》第六十九回描寫西門慶通姦林太太,林太太趁機央求西門慶管教經常在外嫖酒不歸的兒子王三官。這首詩在《金瓶梅詞話》中應當是針對西門慶和林太太的私通而言,林太太貴為王招宣府的夫人,雖身處在較高的社會階層,但只是一種表面的精神虛榮,她的骨子裡是淫亂不堪的,所作所為和妓院中的婦女實無太大差別。這首詩引用了歷史上浪漫絕美的愛情典故,用在西門慶和林太太上,並不是很符合,也具有強烈的諷刺感。雖然同樣都寫男女幽會,但是《金瓶梅詞話》用以描寫西門慶和林太太的私通,「美和醜混淆不清,粗俗與高雅具有了同等的價值」。[52]另外第七十八回回末詩亦是一例:

> 燈月交輝浸玉壺,分得清光照綠珠。莫道使君終有婦,教人桑下覓羅敷。

50　陳益源:《元明中篇傳奇小說研究》,頁165-167。

51　陳益源:《元明中篇傳奇小說研究》,頁170-171。

52　孟昭連:《金瓶梅詩詞解析》,頁406。

《懷春雅集》作「玉輪冷侵一秋壺」、「令人無處覓羅敷」，乃玉貞所吟之詩。[53]《金瓶梅詞話》這一處描寫西門慶和來爵兒媳婦惠元私通，這惠元當初在王皇親家也是養了主子而被打發出來，並不是個檢點的婦女，因此遇到西門慶求歡，對她來說是天賜良機。在兩人交歡處，《金瓶梅詞話》引用這首詩並作了一些更動，但這樣的更動並非關鍵處，因為「綠珠」是晉代一個遭遇坎坷的歌妓；「羅敷」是漢代民間故事中擁有堅貞和智慧的聰明女子，這兩個形象都和惠元差異甚大。

　　將元明中篇傳奇小說和宋元話本做一對比，可發現前者以才子佳人為敍述主角，語言較為含蓄優美；後者則以市井小民的生活為描寫重心，語言風格淺白俚俗。《金瓶梅詞話》作為一部「世情小說」，在套用元明中篇傳奇小說的詩詞時，出現較為明顯的斧鑿痕跡，這種矛盾肇因於兩部作品的性質不同，人物形象也不統一，例如以「文君奔司馬」的愛情故事類比林太太和西門慶的通姦，雖然可擴大解釋為女子對於情感的大膽追求，但是卓文君私奔司馬相如有「愛才」之意，並為了愛情甘願過清苦生活。若西門慶是個無財無勢之徒，是否林太太會與之通姦？又林太太的通姦是為了滿足她個人的私欲。因此不同人物類型的比附，較無法令人產生認同，這是《金瓶梅詞話》在詩詞的徵引上難免會出現的矛盾之處。

第四節　元明戲曲

　　《金瓶梅》深受戲曲的影響，其程度不亞於話本小說：「中國古典小說中多有戲曲描寫。其中，以明代著名長篇小說《金瓶梅》最為豐富、詳贍。它既寫到聲腔、劇種，又載錄劇目、曲文；既有演員表演的細緻描繪，又有多種演出形式的忠實紀錄，絢麗奪目、氣象萬千。」[54]除了小說中搬演的曲目外，《金瓶梅》還使用了許多散曲、套曲來「以曲代言」。在小說體制上，《金瓶梅》回首詩和回末詩的使用，和戲劇開場、定場的結尾一致；在人物塑造方面，應伯爵、王婆顯然模仿戲劇中的副淨角色。[55]另外，小說中誇張的情節描寫，也具有戲曲特色，例如第六十一回，李瓶兒因暗氣惹病後，西門慶請了趙太醫協助看診，趙太醫上場後，說：

53　此詩見於林本《燕居筆記》，花本《金谷懷春》無。〔明〕何大掄：《燕居筆記》（上海：上海古籍出版社，1994年），頁497。

54　劉輝：〈《金瓶梅詞話》劇曲品探序〉，頁1。收錄於蔡敦勇：《金瓶梅詞話劇曲品探》（南京：江蘇文藝出版社，1989年6月）。

55　許志強：《金瓶梅蘭陵笑笑生之謎》（北京：中國文聯出版社，2000年5月），頁121。

> 我做太醫姓趙，門前常有人叫。只會賣杖搖鈴，那有真材實料。
>
> 行醫不按良方，看脉全憑嘴調。撮藥治病無能，下手取積不妙。
>
> 頭疼須用繩箍，害眼全憑艾醮。心疼定敢刀剜，耳聾宜將針套。
>
> 得錢一昧胡醫，圖利不圖見效。尋我的少吉多凶，到人家有哭無笑。
>
> 正是：半積陰功半養身，古來醫道通仙道。

語畢，「眾人聽了，都呵呵笑了」。此種敘述並不合常理。一個醫生未行看診前先自曝其短，並且以這麼冗長的詩句唸出，而焦急的家屬聽了還能一起嘻笑。此種誇張、滑稽的寫法，顯然也是戲曲插科打諢的手法之一。《金瓶梅詞話》深受戲曲影響，實際參考的戲曲至少有二十五種。[56]《金瓶梅詞話》引用許多戲曲作品中的散曲和套曲，此外還有詩詞，但詩詞所佔的數量遠不如散曲、套曲多。經由前輩學者的考證，已知有十五首詩詞出現於元明戲曲中，[57]再繼續比對的結果，發現還有五首詩詞（包含三首重出）見於下列戲曲作品中：

元明戲曲	《金瓶梅詞話》
柳底花陰壓路塵，一回遊賞一回新。 不知買盡長安笑，活得蒼生幾戶貧。 （《玉玦記》第十二齣）	柳底花陰壓路塵，一回遊賞一回新。 不知買盡長安笑，活得蒼生幾戶貧。 （第十五回） 柳底花陰壓路塵，一回遊賞一回新。 有緣千里來相會，無緣對面不相親。 （第九十回）
萬里山河秋寂寂，千門市井月漫漫； 此生此夜不長見，明月明年何處看？ （《繡襦記》第二十九齣）	萬井風光春落落，千門燈火夜漫漫； 此生此夜不長見，明月明年何處看？ （第四十五回）
公公病裏莫生嗔，員外寬心保自身。 正是醫藥不死病，果然佛度有緣人。 （《琵琶記》第二十三齣）	西施時把翠蛾顰，幸有仙丹妙入神； 信是藥醫不死病，果然佛度有緣人。 （第五十四回）[58]
重到天台訪玉真，三山不見海沉沉。 侯門一入深如海，從此蕭郎是路人。 （《玉玦記》第十六齣）	誰道天台訪玉真，三山不見海沉沉。 侯門一入深如海，從此蕭郎是路人。 （第六十九回） 幾向天台訪玉真，三山不見海沉沉。

56　見蔡敦勇：《金瓶梅劇曲品探》，頁 1-2。

57　同本章註 14。

58　這首詩出現於第五十四回，為《金瓶梅》有爭議的五回之一，業已在第二章討論過，因此這一節的戲曲作品將不論及。

	侯門一日深如海，從此蕭郎是路人。 （第八十三回） 趕到嚴州訪玉人，人心難忖似石沉。 侯門一旦深如海，從此蕭郎落陷坑。 （第九十二回）
四方盜起如屯蜂，狼烟烈焰薰天紅。 將軍一怒天下息，腥羶掃盡夷從風。 公爾忘私願已久，此身許國不知有。 金戈挽日酬戰征，麒麟圖畫功為首。 雁門關外秋風烈，鐵衣披戎臥寒月。 汗馬心勤二十年，贏卻斑斑鬢如雪。 天子明見萬里餘，幾番勞勸來旌書。 肘懸金印大如斗，無負堂堂七尺軀。 （《玉環記》第二十一齣）	四方盜起如屯蜂，狼烟烈焰薰天紅。 將軍一怒天下息，腥羶掃盡夷從風。 公事忘私願已久，此身許國不知有。 金戈抑日酬戰征，麒麟圖畫功為首。 鴈門關外秋風烈，鐵衣披張臥寒月。 汗馬卒勤二十年，贏得斑斑鬢如雪。 天子明見萬里餘，幾番勞勸來旌書。 肘懸金印大如斗，無負堂堂七尺軀。 （第一百回）

　　若將重現詩詞一併計入，總計有二十一首詩詞承襲元明戲曲。另外《金瓶梅詞話》中還有些宋元套語廣泛流行於戲曲作品中，例如小說裡「惟有感恩并積恨，萬年千載不成塵」一句，被數度引用在多種戲曲作品裡，以《琵琶記》為例：

> 命薄多年受苦辛。不如身死早分離。惟有感恩并積恨，萬年千載不成塵。
> （《琵琶記》第十七齣）[59]

《金瓶梅詞話》第十一回有一首詩作：「金蓮恃寵仗夫君，到使孫娥忌怨深。自古感恩并積恨，千年萬載不生塵」，描寫潘金蓮與孫雪娥兩人結怨，後兩句用的就是這種流行廣泛的宋元套語。由於這句套語大量出現在戲曲作品中，[60]可以知道這是宋元戲曲、明傳奇慣用的詞語，從戲曲中汲取養分的《金瓶梅詞話》也受到了這種影響。為了分析上的方便，現將《金瓶梅詞話》徵引自戲曲作品的詩詞按章回依序列表如下：

《金瓶梅詞話》之章回與詩詞	所引自的戲曲及齣數
第十一回「舞裙歌曲逐時新」	《玉玦記》第二十二齣
第十二回「堪笑西門暴富」	《玉玦記》第八齣
第十五回「柳底花陰壓路塵」	《玉玦記》第十二齣

59　《琵琶記》第十七齣。毛晉編：《六十種曲》（北京：中華書局，1958 年 5 月），冊一，頁 74。
60　就目前搜尋的結果，這句宋元套語不見於話本、擬話本中，但卻數度出現在戲曲作品裡四言絕句中，例如：《琵琶記》、《運甓記》、《繡襦記》、《青衫記》、《蕉帕記》、《灌園記》、《四賢記》等，證實這是一句被戲曲文學廣泛應用的詩詞。

第四十五回「萬井風光春落落」	《繡襦記》第三十一齣
第六十一回「我做太醫姓趙」	《寶劍記》第二十八齣
第六十八回「佛會僧尼是一家」	《寶劍記》第五十一齣
第六十九回「誰道天台訪玉真」	《玉玦記》第十六齣
第七十九回「命犯災星必主低」	《寶劍記》第十齣
第七十九回「卦裡陰陽仔細尋」	《寶劍記》第十齣
第八十二回「待月西廂下」	《西廂記》第十齣
第八十三回「幾向天台訪玉真」	《玉玦記》第十六齣
第九十回「柳底花陰壓路塵」	《玉玦記》第十二齣
第九十一回「堪誇女貌與郎才」	《玉環記》第十二齣
第九十二回「多情燕子樓」	《玉環記》第十七齣
第九十二回「風波平地起蕭墻」	《玉環記》第十六齣
第九十九回「倦倚綉床愁懶動」	《繡襦記》第三十一齣
第九十九回「帳冷芙蓉夢不成」	《繡襦記》第二十七齣
第九十九回「羞對菱花拭淨粧」	《繡襦記》第二十四齣
第九十九回「馬遲心急路途窮」	《玉環記》第二齣
第一百回「四方盜起如屯蜂」	《玉環記》第二十一齣
第一百回「定國安邦美丈夫」	《玉環記》第三齣

從這個表格歸納出以下幾點特徵：

1. 深受《水滸傳》影響的前十回，沒有找到徵引自戲曲的詩詞，《金瓶梅詞話》開始以戲曲作為書中詩詞的來源素材則始自第十一回。如果我們以第五十回為分界，將《金瓶梅詞話》分為前、後兩半部，可以發現這些詩詞集中在小說的後半部。

2. 這些戲曲作品的引用具有有強烈的集中性，例如《玉玦記》出現在第十一回到第十五回；《寶劍記》集中在第六十一至第七十九回；《玉環記》分別集中於第九十一回和第九十二回，及第九十九回、第一百回；《繡襦記》在第九十九回中被引用了三首。

《金瓶梅》如何運用這一些詩詞？經過檢驗發現，這些詩詞運用的水平雖然參差不齊，但是整體而言是佳作多於劣作，以第十一回、第七十六回這首重複徵引的詩來看：

> 舞裙歌板逐時新，散盡黃金只此身！寄語富兒休暴殄，儉如良藥可醫貧。

這首詩在《金瓶梅詞話》中出現兩次，第十一回用作「西門慶梳籠李桂姐」的回末詩，第七十六回則用以描寫西門慶與荊都監、周守禦等達官貴人的宴樂。此詩原在《玉玦記》第二十二齣，咨員外本是個富家子弟，因迷戀上妓女李娟奴而散盡家財，資財耗盡後，

鴇母想趕他出去，困於身無分文，咨員外只能委曲求全，情願留下來做個後生，這首詩即針對此事而發，「舞裙歌板逐時新，散盡黃金只此身」言咨員外追逐歌紅酒綠，散盡家財，孑然一身，閃的自己有家難奔，後兩句以此勸誡世人，尤其針對那些有錢的富家子弟，告知節儉方是永恆之道。這首詩用在西門慶這種揮金如土的人身上是再恰當不過，可惜這種擁有勸誡寓意的發聲在《金瓶梅》中的警醒力量往往相當薄弱，尤其是第十一回，西門慶梳籠桂姐後，還有一段如日中天的時期，因此本詩也尚未起到預示作用；第七十六回後不久，西門慶即因縱欲過度付上慘痛的代價，咨員外和西門慶都是因為迷戀烟花而賠上性命，正是「富兒暴殄」的最佳寫照。又如第十二回對於小說中娼家的嘲諷：

> 堪笑西門暴富，有錢便是主顧。一家歪斯胡纏，那討綱常禮數！
> 狎客日日來往，紅粉夜夜陪宿。不是常久夫妻，也算春風一度。

這首詩的改動較大，原詩僅有四句：「堪笑窮兒暴富，有錢便是主顧。不是常久夫妻，也算春風一度。」出現在《玉玦記》第八齣，主人公王商應舉不中，深感無顏見江東父老，便於外頭流連，與妓女李娟奴結識，同時有個乞丐拾得一個銀子，也來妓院門前晃，卻被老虔婆百般刁難，認為他「癩蝦蟆想吃天鵝肉」，又因見了他那錠銀子，馬上改口：「我只要他銀子便罷，管什麼好歹」，[61] 把妓院那種「有錢便是主顧」的勢力面赤裸裸地呈現出來，「刻畫娼家心性與伎倆，入木三分。著眼只是一個錢字。」[62] 娼家在《金瓶梅》裡也是被作者極度嘲諷的對象，無論是李嬌兒、李桂姐，還是吳銀兒、鄭愛月兒，都被作者歸類為見錢眼開的一群，對這些人的描寫，自然也是偏向負面。這首詩作為第十二回的開場，情節是承接上一回「西門慶梳籠李桂姐」，西門慶貪戀桂姐姿色，約半月不回家，潘金蓮難忍孤寂，竟與琴童私通，故曰：「一家歪斯胡纏，那討綱常禮數」，充滿了嘲諷意味，這種嘲諷是將男女關係置於人倫框架上來衡量的。這首詩特別突出了「暴富」這個問題，錢財是萬惡之淵藪，西門慶為了聚財而無所不用其極，而聚斂的錢財又能夠支付他做更多不仁的事，學者研究指出：「一開頭『堪笑西門暴富』已露出時人對經商發財的偏見。……人們往往把『飽暖』與『生事』，『富貴』與『奸佞』結合起來，似乎二者之間有一種必然的聯繫。這種思維在《金瓶梅》中貫穿到底。這首詩中，作者由指責西門慶與潘金蓮的縱欲而論及他們對綱常禮數所犯下的道德錯誤。但是作者並未罷休，又將此一切同『暴富』掛起鉤來，讓人們知道，這一切惡的根源就在這『富』

61　毛晉編：《六十種曲》，冊九，頁24。
62　黃竹三等編：《六十種曲評注》（長春：吉林人民出版社，2001年9月），冊十九，頁60。

家的錢財上面。」[63]此處正好可與第十一回「寄語富兒休暴殄，儉如良藥可醫貧」這句詩相互呼應。另外再回溯至詩詞的原始出處，便能體會作者更深的言下之意。這首詩表面嘲笑西門慶，暗地也是對妓院的嘲諷，今日妓院把西門慶奉為至上，極盡阿諛諂媚之能事，其實不過著眼一個「錢」字，因此西門慶能在妓院穿梭自如，享受天子般的禮遇。李桂姐與他談不上有任何感情存在，妓院的老虔婆更不認為西門慶與他們有什麼情感上的聯繫，說的更白一些：「西門慶雖然梳籠了李桂姐，但他心裡難道不明白妓院本來就是『有錢便是主顧』？李桂姐雖將肉體付予西門慶，心裡說不定還在嘲笑他的『暴富』呢。」[64]作威作福的西門慶雖然能夠在妓院裡呼風喚雨，其實真正被利用的卻是他自己，因為在西門慶身亡後，這些妓女們態度隨即大為轉變。西門慶某些方面是既可笑又愚蠢的，當他在妓院享樂時，妓院虎視眈眈的是他的錢，但他卻沈迷在那種被奉承的光環下，絲毫不覺。更甚者身為一家之主的他，終日於外頭取樂，卻不知自己的妻小「歪斯胡纏」。西門慶慷慨花大筆銀子在遊樂或買笑上面，作者在第十五回以一首詩如是諷刺：

> 柳底花陰壓路塵，一回遊賞一回新。不知買盡長安笑，活得蒼生幾戶貧。

這首詩原見《玉玦記》第十二齣，主人公王商名落孫山後，有家不歸，有日與妓女李娟奴於郊外賞花，歌酒樓臺，美景無限，以這首詩作為此齣結場，除了寄予對窮人的同情，也批判了王商這種長安買笑的揮霍行為，非但是無謂而且奢侈。《金瓶梅詞話》引用這首詩是針對「狹客幫嫖麗春院」而發，西門慶與應伯爵、謝希大同往燈市遊玩，遇上孫寡嘴、祝日念等一群兄弟，便被拉往妓院去，詩的前兩句本指賞花，在此被泛指一切遊樂的行為，或可專指西門慶逛燈市；後兩句則諷刺了西門慶這種花錢買笑的行為，西門慶一到妓院，就掏錢給虔婆請客、丟錢給幫閒分子、撒前給圓舍，如此揮金如土，看在作者眼裡，便產生對貧窮人民的同情。當然就另一方面而言，這樣的安排有強烈的對比效果，達官貴人和平民百姓、奢華和窮困，這種衝突正是明代社會血淋淋的反映，因此作者透過詩詞所寄寓的人生哲理其實是很豐富又深沈的。但是徵引自元明戲曲的詩詞，亦有和小說內容不太貼合的地方，以第四十五回為例：

> 萬井風光春落落，千門燈火夜漫漫；此生此夜不長見，明月明年何處看？

這首詩的後兩句原為蘇軾的〈陽關曲〉，題為中秋：「暮雲收盡溢清寒。銀漢無聲轉玉

---

63 陳東有：《金瓶梅詩詞文化鑒析》，頁 50。
64 孟昭連：《金瓶梅詩詞解析》，頁 99-100。

盤。此生此夜不長見，明月明年何處看。」[65]詞序言：「余十八年前，中秋與子由觀月彭城，作此詩，以陽關歌之。今復此夜，宿於贛上，方遷嶺表，獨歌此曲，聊復書之。」[66]東坡時年四十一歲，與蘇轍分別五年。這首詩先寫月色之美好，次由「月圓人不圓」敘及離別之苦，兄弟情深與人生之思宣洩而出，反映東坡心理的轉折，意味深長。《繡襦記》作：「萬里山河秋寂寂，千門市井月漫漫；此生此夜不長見，明月明年何處看？」形容的也是月色；《金瓶梅》將前兩句更改為：「萬井風光春落落，千門燈火夜漫漫」，用以形容元宵景致，這首詩出現在吳月娘一群人浩浩蕩蕩前往吳大妗子家吃酒的時刻，詩中感傷的氣氛和熱鬧歡樂的景象並不一致。細加咀嚼，或可將這首詩的「此生此夜不長見，明月明年何處看」解釋為好景不常在，暗示西門慶一家妻妾錦衣玉食，終日嬉笑遊樂，但此種解釋則較為迂迴。又如第六十九回：

誰道天台訪玉真，三山不見海沉沉。侯門一入深如海，從此蕭郎是路人。

「侯門一入深如海，從此蕭郎是路人」出自唐詩人崔郊〈贈去婢〉：「公子王孫逐後塵，綠珠垂淚滴羅巾。侯門一入深如海，從此蕭郎是路人」[67]，崔郊與姑母的婢女相戀，後此女被許配給連帥于頔，郊感歎之，遂贈詩云云，于頔見後大為感動，便將婢女送還，後兩句在原詩中即指美好的愛情被公子王孫所破壞，從此遭阻隔。《玉玦記》第十六齣作：「重到天台訪玉真，三山不見海沈沈。侯門一入深如海，從此蕭郎是路人。」主人公王商醉心妓女李娟奴，把千金之資耗盡了，加上富豪昝員外看上娟奴，鴇母於是定下金蟬脫殼計，趁著王商去看姨娘時移家別處，當王商重返後，已無處可尋，「重到天台訪玉真」指的就是此事，昝員外的出現更與詩的末兩句拍合。這首詩在《金瓶梅詞話》中出現兩次，第六十九回言西門慶和李桂姐疏淡，但這樣的疏淡並非遭人阻隔，而是西門慶的意氣之爭；第八十三回重出時，指的是潘金蓮和陳經濟的恩情被月娘所阻，卻都與「侯門一入深如海，從此蕭郎是路人」無關。又如第九十二回：

風波平地起蕭牆，義重恩深不可忘。水溢藍橋應有會，雙星權且作參商。

這首詩在《玉環記》第十六齣，「水溢藍橋」作「雪擁藍關」，「雙星」作「三星」，《新刻繡像批評金瓶梅》亦作「三星」。《玉環記》提到了張廷賞因聽信讒言，把范克孝等人遣散，「雪擁藍關」典出段成式《酉陽雜俎》卷十九：「韓出官時詩一韻曰：『雲

65　唐圭璋編：《新校標點全宋詞》（臺北：文光出版社，1983年1月），冊一，頁310。
66　莊嚴出版社編輯部編校：《校註蘇東坡詞全集》（臺北：莊嚴出版社，1982年9月），頁43。
67　清聖祖御定：《全唐詩》（臺北：文史哲出版社，1987年12月），冊八，頁5744。

橫秦嶺家何在,雪擁藍關馬不前』十四字。」[68]韓愈因諫迎佛骨事被貶潮陽,途中遇雪,其姪韓湘子冒雪而來,兩人同宿於藍關驛舍。《金瓶梅詞話》將「雪擁藍關」改為「水溢藍橋」,乃唐裴航於藍橋溪遇仙女的傳說,可代指男女相會。在這一回中,西門大姐不堪忍受陳經濟的凌虐而上吊身亡,吳月娘一狀告下來,陳經濟吃上官司,馮金寶也被遣散,此詩首句即針對此事而發。作者對於陳經濟是持批判態度的,陳經濟是個忘義負恩的人,西門慶生前極力提拔他、看顧他;西門慶死後,陳經濟對於西門慶的家人採取以怨報德的態度。就此詩首兩句來看,作者認為陳經濟的遭遇是「咎由自取」,「水溢藍橋應有會,雙星權且作參商」應是針對陳經濟和馮金寶結束婚姻一事而發,不過將這些美麗的愛情故事扣在這一情節,似乎叫難令人產生共鳴。同樣是在補充情節,渲染氣氛方面,倒有一首詩用的極為巧妙,此首詩出現在第八十二回:

> 待月西廂下,迎風戶半開;隔墻花影動,疑是玉人來。

原詩出自《西廂記》第十齣,「隔」作「拂」。鶯鶯以這首詩寄予張生,暗示將於月夜與他在西廂相會,張生云:「『待月西廂下』,教我月下來;『迎風半戶開』,是門欲開未開;『拂墻花影動,疑是玉人來』,著我跳過牆來」,[69]此詩成為後世男女幽會的代表。《金瓶梅》第八十二回寫潘金蓮和陳經濟的私會,作者抓住這首詩所表達的意境,使其成為情節的註腳:「約有更闌時分,但見朱戶無聲,玉繩低轉,牽牛、織女二星,隔在天河兩岸;又忽聞一陣花香,幾點螢火。婦人手拈紈扇,正伏枕而待。春梅把角門虛掩。正是:待月西廂下,迎風戶半開;隔墻花影動,疑是玉人來。原來經濟約定搖木槿花樹為號,就知他來了。婦人見花枝搖影,知是他來,便在院內咳嗽接應。」明確點出幽會的時間和場景,是朱戶無聲,玉繩低轉的時候,且以牽牛、織女二星襯托被分隔兩地的情人,又「春梅把角門虛掩」、「約定搖木槿花樹為號」等情節的鋪排也相當自然,將詩文結合,且無斧鑿痕跡。

　　戲曲對《金瓶梅詞話》的影響之深,從人物開場的唱詞、人物形象的塑造及小說中大量戲曲資料的引用,皆可明白看出。這些詩詞在小說中的運用並非每一首都盡善盡美,但是這種「鑲嵌」式的寫作,使《金瓶梅詞話》吸收了許多戲曲作品的特色,情節的誇張化和人物的滑稽感雖然不是那麼合乎常理,但在閱讀的過程中仍然能夠感受到小說中那股源源不絕、來自民間文學的生命力。

68　段成式:《酉陽雜俎》,收錄於《景印摛藻堂四庫全書薈要》(臺北:世界書局,1986 年),子
　　部,第 278 冊,頁 399。
69　毛晉編:《六十種曲》,冊四,頁 56。

第五節　歷代詩詞

　　除了上述言及的寫作素材，《金瓶梅詞話》的徵引詩詞還有一種徵引情況，即無法就《水滸傳》、宋元話本、元明中篇傳奇小說及元明戲曲等作品中來判定詩詞的出處，合理推測這些詩作可能未被任何作品所引用，而由《金瓶梅詞話》的作者在寫作過程中視寫作需要而加以援引；又或者這些詩詞流傳廣，是時人耳熟能詳的俚語。這類作品因無法考得第一手出處，只能暫以「歷代詩詞」統稱。這類詩詞的統計較為困難，因為有太多的詩句是互股流傳的名篇，[70]有些更是只取全詩流傳廣泛的兩句，[71]本文擇若干羅列：[72]

《金瓶梅詞話》詩篇	詩詞出處
第十六回「情濃胸緊湊」	北宋·晏幾道〈鷓鴣天〉
第三十九回「漢武清齋夜築壇」	唐·薛逢〈漢武宮辭〉
第四十三回「細推金古事堪愁」	唐·薛逢〈悼古〉
第四十四回「窮途日日困泥沙」	唐·薛逢〈長安春日〉
第五十九回「日落水流西復東」	唐·杜牧〈柳長句〉
第六十二回「行藏虛實自家知」	唐·元真禪師〈垂訓〉
第七十四回「昔年南去得娛賓」	唐·譚用之〈寄許下前管記王侍御〉
第九十三回「人生莫惜金縷衣」	唐·杜秋娘〈雜詞〉

70　例如第九十七回「久旱逢甘雨，他鄉遇故知。洞房花燭夜，金榜掛名時。」有文人詩和俚語詩二說，難以判定是文人詩傳為俚諺，還是俚諺變為文人詩，見傅憎享、楊愛群：《金瓶梅詞話》（瀋陽：遼寧人民出版社，1993 年 4 月），頁 93。經由筆者檢閱，發現這首詩也出現在宋元話本〈張廷秀逃生救父〉及元明戲曲《霞箋記》，分別作：「分明久旱逢甘雨，賽過他鄉遇故知。莫問洞房花燭夜，且看金榜掛名時。」及「今宵久旱逢甘雨，況是他鄉遇故知。重會洞房花燭夜，果然金榜掛名時。」證實這是一首具俚俗性質的詩。又如第六十二回：「行藏虛實自家知，禍福因由更問誰？善惡到頭終有報，只爭來早與來遲！閑中點檢平生事，靜裡思量日所為：常把一心行正道，自然天理不相虧。」乃唐元真〈垂訓〉詩，為《增廣賢文》所收載，《增廣賢文》將前人詩文中的警句及民間俗諺俚語，收集編纂，作為處世的行為規範，在元明之時廣為流布，見傅憎享、楊愛群：《金瓶梅詞話》，頁 94。

71　例如白居易：「為人莫作婦人身，百般苦樂由他人」，被引入《金瓶梅詞話》第三十八回「為人莫作婦人身，百般苦樂由他人。痴心老婆負心漢，悔莫當初錯認真！」《金瓶梅詞話》第三十一回：「白馬血纓彩色新，不來親者強來親。時來頑鐵皆光彩，運去良金不發明。」後兩句出自王世貞著名的〈養心歌〉。

72　見孟昭連：《金瓶梅詩詞解析》；張家英：〈由《金瓶梅》回前詩看其作者〉。

除了薛逢和譚用之的詩傾向騷人墨客的抒懷，其他大致都是廣為流傳的佳篇。《金瓶梅詞話》有許多詩句，出自《千家詩》、《增廣賢文》、《古諺閒談》等普羅大眾的詩歌選集，[73]這可能是作者在耳濡目染下所具備的詩歌素養。

另外還發現在《繡谷春容》中，保有一首作品：[74]

《繡谷春容》	《金瓶梅詞話》
仁者難逢思有常，平居慎論待無傷。 爭先徑路機關惡，近後語言滋味長。 爽口物多終作疾，快心事過必為殃。 與其病後能求藥，孰若病前能自防？ （〈士民藻鑑・仁者吟〉）	閑居慎勿說無妨，纔說無妨便有妨。 爭先徑路機關惡，近後語言滋味長； 爽口物多終作疾，快心事過必為殃！ 與其病後能求藥，不若病前能自防。 （第二十六回） 仁者難逢思有常，閑居慎勿恃無傷。 爭先徑路機關惡，近後語言滋味長。 爽口物多終作病，快心事過必為殃。 與其病後能求藥，不若病前能自防。 （第七十九回）

作者在第七十九回引用此詩時，云：「此八句詩，乃邵堯夫所作，皆言天道福善，鬼神惡盈，作善降之百祥，作不善降之百殃。」邵堯夫即邵雍，他的作品中並無這首詩。在宋元小說中經常見人引用邵雍的話或詩，乃因他發明的先天卦位圖，與時人深植於心的宿命觀一拍即合，成為小說界講述歷代興亡的理論依據，這首詩大概也是假邵雍之名。[75]在第二十六回和第七十九回皆作為回首詩，前者針對來旺醉罵西門慶而發，後者影射西門慶貪慾得病，並總結一個道理，凡為人處世都應小心謹慎，如果貪圖痛快，必然容易引來禍害。

這部分的詩詞若沒有輾轉引自他書，就無其他小說情節的制約，《金瓶梅詞話》的作者必須根據小說情節揀選所須要的援引入書，等於考驗作者對詩詞的鑑賞力和理解力。這些詩詞或渲染情節、或品評人物、或教化說理，都在小說中起了不少作用，如：第十六回「情濃胸緊湊，歡洽臂輕籠；膩把銀缸照，猶疑是夢中」，把西門慶和李瓶兒交歡的情景，寫得生動又纏綿；第三十九回「漢武清齋夜築壇，自斟明水醮仙宮。殿前玉女移香案，雲際金人捧露盤。絳節幾時還入夢，碧桃何處更驂鸞！茂陵烟雨埋弓劍，

73 傅憎享、楊愛群：《金瓶梅詞話》，頁93。
74 赤心子、吳敬所：《繡古春容》（含《國色天香》）（南京：江蘇古籍出版社，1994年8月），頁1329。
75 丁朗：《金瓶梅與北京》（北京：中國社會出版社，1996年11月），頁193-194。

石馬無聲蔓草寒」，諷刺西門慶玉皇廟打醮；第四十四回「窮途日日困泥沙，上苑年年好物華：荊棘不當車馬道，管絃長奏綺羅家；王孫草上悠揚蝶，少女風前爛漫花。懶出任從遊子笑，入門還是舊生涯」，則揭露了社會貧富不均的現象，富者恆富、貧者恆貧的不公是作者所感嘆的，尤其在西門慶正日益發達的時候；第六十二回「行藏虛實自家知，禍福因由更問誰？善惡到頭終有報，只爭來早與來遲！閒中點檢平生事，靜裡思量日所為：常把一心行正道，自然天理不相虧」則宣揚善惡果報，為李瓶兒的死亡作了詮釋和批判；第九十三回「人生莫惜金縷衣，人生莫負少年時。見花欲折須當折，莫待無花空折枝。」用以敘寫陳經濟和鄭金寶兒的相遇，是陳經濟「眠花臥柳」享樂哲學的極佳註腳。此外，亦有無法和情節緊密貼合者，例如第四十三回「細推今古事堪愁，貴賤同歸土一丘：漢武玉堂人豈在，石家金谷水空流！光陰自旦還將暮，草木從春又到秋。閑事與時俱不了，且將身入醉鄉遊」抒發人生感慨，沒有特別指涉情節之作用；第七十四回「昔年南去得娛賓，願遜堦前共好春。螘泛羽觴蠻酒膩，鳳喞瑤句蜀箋新；花憐遊騎紅隨後，草戀征車碧繞輪。別後清清鄭南路，不知風月屬何人」，乃唐末詩人譚用之懷才不遇的感嘆，作為本回「宋御史索求八仙鼎，吳月娘聽宣黃氏卷」的回首詩，與本回情節並無關聯。整體來說，這些詩詞的使用和其他文類的徵引詩詞並無二致，都同時存在著優劣之作，就詩詞在小說中的功能看來，它們的使用水平確實是參差不齊的。

第六節　徵引模式及藝術得失

　　徵引詩詞是「外來的」，有其原本的詩義，因此運用到《金瓶梅》中免不了會產生「排他性」，成為與情節格格不入的東西，為了將這些詩詞充分融入小說中，作者掌有刪修大權，可以賦予詩詞新意，這就使徵引詩詞呈現一種特別性，這種特別性是原創詩詞所不具備的。《金瓶梅詞話》的徵引詩詞高達一百七十首之多，若再加上遺而未錄的部分，勢必佔了全書詩詞之半。徵引詩詞相較於原創詩詞，有更多的資料能夠顯示作者的創作態度及寫作技巧，並幫助我們瞭解《金瓶梅詞話》的成書過程。

一、徵引模式

　　《金瓶梅詞話》徵引詩詞的特點表現在這些詩詞的隨意引用。這些更動的任意性不排除是作者襲用時所犯的錯誤，以及翻刻人有心、無心地更改，因為無法加以確定，我們只能如實地呈現這些詩詞的風貌，以一窺這部書的成書過程。

(一)句式改動的形式

　　《金瓶梅詞話》在改動詩詞上呈現任意性，其一為王年双所言，表現在詩歌改動的幅

度有大有小，小則改動幾個字，多則至全詩的一半或四分之三，有時候甚至改詩為詞，[76]
或改詞為詩（如第六十八回「花嫩不禁揉」一詩）。除了字數上的計算外，我們還可以發現，
《金瓶梅詞話》的詩詞改動在形式上有如下幾種：

其一是句式不變，例如：

《水滸傳》	《金瓶梅詞話》
虎有倀兮鳥有媒，暗中牽陷恣施為。 鄆哥指訐西門慶，他日分屍竟莫支。 （第二十五回）	虎有倀兮鳥有媒，暗中牽陷自狂為。 鄆哥指訐西門慶，虧殺王婆撮合奇。 （第五回）

原詩是七言句式，改動後依然不變，這樣的改動在《金瓶梅詞話》的徵引詩詞裡佔了最
多的比例。

其二，以增添句式為主，如：

宋元話本	《金瓶梅詞話》
萬里新墳盡少年，修行莫待鬢毛斑。 前途黑暗路途險；十二時中自著研。 （〈月明和尚度柳翠〉）	萬里新墳盡十年，修行莫待鬢毛斑。 死生事大宜須覺，地獄時常非等閒。 道業未成何所賴，人身一失幾時還。 前途暗黑路途險，十二時中自著研。 （第七十五回）

原本是為七言四句，增為七言八句。這類的增添通常會將原詩分置於首尾。不過亦有將
原詩置於前，增添置於後的例子，第一百回「勸爾莫結冤」屬之：

勸君莫結冤，冤深難解結， 一日結成冤，千日解不徹。 若將恩報冤，如湯去潑雪。 若將冤報冤，如狼重見蠍。 我見結冤人，盡被冤磨折。 （〈呂洞賓飛劍黃龍〉）	勸爾莫結冤，冤深難解結， 一日結成冤，千日解一徹。 若將冤報冤，如湯去潑雪。 若將冤報冤，如狼重見蠍。 我見結冤人，盡被冤磨折。 我見此懺晦，各把性悟徹。 照見本來心，冤愆自然雪。 仗此經力深，薦拔諸惡業。 汝當各托生，再勿將冤結！ 改頭換面輪迴去，來世機緣莫再攀！ （第一百回）

76　王年双：〈從詩歌在《金瓶梅詞話》中的運用看小說的發展〉，頁40-41。

由此可知在徵引詩詞方面，《金瓶梅詞話》的作者會視小說情節斟酌增添句式，增添句式可承載更多的內容，也可延伸原詩詩意，或照應小說前後情節。增添的部分可視為作者對小說內涵的闡發，以第一百回這首「勸爾莫結冤」為例，這裡描寫吳月娘和小玉投宿在寺內，小玉至三更時分，見普靜禪師薦拔冤魂，普靜禪師說道：「你等眾生，冤冤相報，不肯解脫，何日是了！汝當諦聽吾言，隨方托化去罷！」因此《金瓶梅詞話》新增添的句式：「汝當各托生，再勿將冤結」，就能夠照應普經禪師的話。

其三，以減少句式為主，這類形式可分成兩種：

《水滸傳》	《金瓶梅詞話》
萬里長江水似傾，重湖七澤共流行。 滔滔駭浪應知險，渺渺洪濤誰不驚。 千古戰爭思晉宋，三分割據想英靈， 乾坤艸昧生豪傑，搔動貔貅百萬兵。 （第四十一回）	萬里長洪水似傾，東流海島若雷鳴； 滔滔雪浪令人怕，客旅逢之誰不驚！ （第四十七回）
宋元話本	《金瓶梅詞話》
分明久旱逢甘雨，賽過他鄉遇故知。 莫問洞房花燭夜，且看金榜掛名時。 （〈張廷秀逃生救父〉）	久旱逢甘雨，他鄉遇故知， 洞房花燭夜，金榜掛名時。 （第九十七回）

前一首是由七言八句減為七言四句，《金瓶梅詞話》這一類的減縮經常是把後半部直接刪除；後一首則從七言詩變五言詩，作法是把每一句詩的前兩個字刪除。以第四十七回的「萬里長洪水似傾」為例，此詩描寫苗青上東京途中所見到的徐州洪景象，而原詩在《水滸傳》影射了豪傑之爭，《金瓶梅詞話》大筆刪掉後四句，並將「渺渺洪濤誰不驚」更改為「客旅逢之誰不驚」，能夠照應旅客行船的情節，而「滔滔雪浪令人怕」也象徵人心險惡如洪流，隱隱預示了苗員外冤死江中。

（二）重複抄錄的方式

所謂的「重複抄錄」，乃指一首作品被《金瓶梅詞話》重複引用在不同的章回，經過筆者統計，全書總計有二十六首重錄的徵引詩詞，分別出現在引錄《水滸傳》者十首、引錄宋元話本者四首、引錄元明中篇傳奇小說者四首、引錄元明戲曲者六首、引錄歷代詩詞者二首。重複引用表現出作者徵引時的任意性，其中這些重複徵引的模式可大致分為：

1. 同樣是重複引用的詩詞，其中一首經過改動，另一首則與原作相同，由此可以判定這兩首都是承自原作，如王年双所言：「由於抄錄同一篇作品，而重複使用時卻有意

或無意地不加以對照，以致出現很大的差異。」[77]他並舉「風拂烟籠錦旆揚」一詩為例：

> 《金瓶梅》詩詞的任意性，又見於錄自《水滸傳》第三回「風拂烟籠」一詩，這首
> 詩初見於第八十九回，作者將「能添」改為「多添」，「曉垂」改為「繞垂」，
> 可是此詩又復見於第九十八回，這些改動又恢復原狀了。[78]

為了清楚詩詞出現的差異，以表格來輔助說明：

《水滸傳》	《金瓶梅詞話》
風拂烟籠錦旆揚，太平時節日初長。 能添壯士英雄膽，善解佳人愁悶腸。 三尺曉垂楊柳外，一竿斜插杏花旁。 男兒未遂平生志，且樂高歌入醉鄉。 （第三回）	風拂烟籠錦旆揚，太平時節日初長。 <u>多</u>添壯士英雄膽，善解佳人愁悶腸。 三尺<u>繞</u>垂楊柳岸，一竿斜插杏花旁。 男兒未遂平生志，且樂高歌入醉鄉。 （第八十九回） 風拂烟籠錦旆揚，太平時節日初長。 能添壯士英雄膽，善解佳人愁悶腸。 三尺曉垂楊柳岸，一竿斜插杏花旁。 男兒未遂平生志，且樂高歌入醉鄉。 （第九十八回）

這種重複引用相異兩首詩的例子很多，例如第六回和第九回的「色膽如天不自由」（引
自《水滸傳》），第九回和第十八回的「前車倒了千千輛」（引自《水滸傳》），第二十回
和第八十三回的「淡畫眉兒斜插梳」（引自〈簡帖和尚〉）等，本文認為除了是作者寫作
態度上的隨意外，極也有可能是在傳抄時所產生的錯誤，特別是「曉」和「繞」形體相
近，因為這種詩詞數量不少，可能兩種假設兼而有之。

　　2. 上述因為只更動了少數幾字，還可以判定有誤抄之可能，但還有一種情況則是改
動的幅度過大，較難歸類為誤抄，但仍舊可以判斷出兩首詩同出一源：

〈簡帖和尚〉	《金瓶梅詞話》
淡畫眉兒斜插梳，不歡拈弄繡工夫。 雲窗霧閣深深處，靜拂雲牋學草書。 多豔麗，更清姝，神仙標格世間無。 當初只說梅花似，細看梅花卻不如。	淡畫眉兒斜插梳，不<u>忺拈弄借</u>工夫。 雲窗霧閣深深<u>許</u>，<u>蕙性蘭心款款呼</u>。 <u>相憐愛，情人扶</u>，神仙標格世間無。 <u>從今罷卻相思調，美滿恩情錦</u>不如。

77　王年双：〈從詩歌在《金瓶梅詞話》中的運用看小說的發展〉，頁41。

78　王年双：〈從詩歌在《金瓶梅詞話》中的運用看小說的發展〉，頁41。

	（第二十回） 淡畫眉兒斜插梳，不<u>欣</u>拈弄繡工夫。 雲窗霧閣深深許，靜拂雲箋學草書。 多<u>豔麗</u>，更清姝，神仙標格世間無。 當初只說梅花似，細看梅花卻不如。 （第八十三回）

這首詩可能是作者先後援引自〈簡帖和尚〉，且是有意或無意不去查照，導致同一首詩出現了兩次。這首詩在第二十回的的更動較大，指射西門慶與李瓶兒的情愛；第八十三回的更動較少，指涉的是陳經濟與龐春梅的情愛。有心的讀者能夠在閱讀的過程中感受到許多詩詞以相似的文句重複出現，指射的可能是相同或不同的事。以這兩首詩為例，它們同樣是描寫男女恩愛，但是更動的地方並無法突出兩對男女的不同，讀者也就無法知道更動的用意了。

二、藝術缺失

前五節分析過《水滸傳》、宋元話本、元明中篇傳奇小說、宋元戲曲等文類的詩詞被徵引進《金瓶梅詞話》，其中運用的情況經過分析，整體而言這些詩詞在使用上的表現良莠不齊。有些詩詞經過改動後能夠彰顯小說的主題和情節，但也有些在改動之後，全詩只有幾句能和小說中的情節、人物勉強貼合，甚或整首詩游離於情節、人物之外，而呈現出明顯的拼貼痕跡。檢視這些出問題的徵引詩詞，發現它們存在著大小不等的毛病。

首先在回首詩的安置上，一些徵引詩詞看不出與情節、人物有太大關聯，或者全詩只有其中的一、兩句能夠勉強與小說內容作比附，這類詩詞通常出現在回首：第十九回的「花開不擇貧家地，月照山河處處明。世間只有人心歹，百事還教天養人，痴聾瘖啞家豪富，伶俐聰明卻受貧！年月日時該載定，算來由命不由人」，只有「世間只有人心歹」一句可呼應本回的西門慶雇人打蔣竹山，其他則是作者的說教，並不一定和章回內容相關；第六十六回「八面明窗次第開，佇看環珮下瑤臺。閨門春色連新柳，嶺角寒香帶早梅。影動花梢明月上，風敲竹徑故人來。佳人留下鴛鴦錦，都付東君仔細裁」，只取詩中「故人來」一意比附「翟管家寄書致賻」，其他詩句都和本回情節無關；[79]第七十四回「昔年南去得娛賓，願遜堦前共好春。螮泛羽觴蠻酒膩，鳳唧瑤句蜀箋新；花憐遊騎紅隨後，草戀征車碧繞輪。別後清清鄭南路，不知風月屬何人」，是唐末詩人譚用

79　孟昭連：《金瓶梅詩詞解析》，頁391。

之的一首憶舊詩，有懷才不遇之嘆，與這一回的情節「宋御史索求八仙鼎，吳月娘聽宣黃氏卷」完全無關。可見在回首詩上，《金瓶梅詞話》雖然徵引了許多其他典籍中的詩詞，但這些詩詞並不能夠充分起到點撥人物和渲染情節的功用。

其次在語意上，《金瓶梅詞話》的作者有時引詩隨意、改詩也隨意，造成全詩中有幾句不明所指，妨害了讀者的理解，例如第三十八回：

> 麗質溫柔更老成，玉壺明月適人情。輕回玉臉花含媚，淺蹙蛾眉雲鬢鬆。
> 勾引蜂狂桃蕊綻，潛牽蝶亂柳腰新。令人心地常相憶，莫學章臺贈淡情。

此詩在《水滸傳》中原用以形容妓女李巧奴。在《金瓶梅詞話》則作為第三十八回的回首詩，此回回目為：「西門慶夾打二搗鬼，潘金蓮雪夜弄琵琶」，敘述上有兩大主軸，其一為西門慶和王六兒通姦，韓道國的兄弟韓二前來擾亂，被西門慶差人抓到府裡，夾打了二十棍，而後西門慶和王六兒則更無後顧之憂了，兩人自在地偷情玩樂。一方面，西門慶經常流連在外，潘金蓮芙蓉帳冷，難耐寂寞，有夜聽說西門慶在李瓶兒房中吃酒，心如刀割，於是懷抱琵琶，手指輕款，抒發情怨。以這首詩來說，詩的前三句描寫女子的嬌態和風情，到底指射的是王六兒或潘金蓮？如果就《水滸傳》指涉妓女李巧奴來說，王六兒的所作所為和妓女無異，總是等著西門慶臨幸，但若要將之指涉為潘金蓮，也未為不可。詩的末句：「令人心地常相憶，莫學章臺贈淡情」應該是男性口吻，原指迷戀妓女李巧奴，但放在《金瓶梅詞話》中則無法得到合理解釋，因為拈花惹草的西門慶，向來只有他負別人，故陳東有認為這首詩「並非特指」、「是泛泛而寫」、「可隨便套在有大致相近的人事上」。[80]這牽涉到了詩詞是否能夠指涉小說情節和人物的問題，如果站在一個寬鬆的標準來看，任何一首詩都可擴大為「泛指」，由讀者擴大解釋詩意，就不會有詩詞無法貼合小說內容的問題了。但是一首回首詩若不具備明顯的點撥功能，必須由讀者自行擴大解釋並為詩的情意尋求註解，那麼就無法強烈發揮詩詞在小說中的作用。如此一來，小說的詩詞就變成可有可無的裝飾品。這是《金瓶梅詞話》在徵引詩詞時，忽略了語意的明確性，造成讀者解讀上的困惑。

另外在人物的比擬上，有些詩詞雖明指而並非泛指，也有牽合之處。《金瓶梅詞話》的作者經常把美好和醜陋的事物混在一起，使人感到不協調，例如：第二十一回「脈脈傷心只自言，好姻緣化惡姻緣。回頭恨罵章臺柳，赧面羞看玉井蓮。只為春光輕易泄，遂教鸞鳳等閒遷。誰人為挽天河水，一洗前非共往愆」，指射西門慶因惱李桂姐接客，深夜歸家後發現吳月娘正在焚香禱告。但是詩中多情的男子，西門慶怎能與之相提並論？

80　陳東有：《金瓶梅詩詞文化鑒析》，頁131。

西門慶是因自尊而惱怒，不是因多情而傷心。梅節亦舉若干例子，指出這些「生硬代入，比擬不倫」的地方，他認為這是詞話本作者生搬硬套所犯下的錯誤。[81]或許另有可能性是作者意欲拿來諷刺書中的人物或主題，但難道每一首詩詞都是作者精心設計，蘊含深度諷刺藝術於其中？恐怕不然，從徵引詩詞的引用上看來，他們的集中引用凸顯了作者的「腹笥不豐」，隨意安置也呈現作者使用的任意性，《金瓶梅詞話》的詩詞所犯的一些若干缺點，能夠說明這些詩詞的水平呈現參差不齊之貌，這樣的詩詞水平是否為大名士所為，仍值得商榷。

三、成書過程

經由前五節的資料呈現，可以確知《金瓶梅詞話》的作者是個飽讀通俗文學的人，他熟悉《水滸傳》、宋元話本、元明中篇傳奇小說及元明戲曲，同時在他的腦中還有一些能夠朗朗上口的名詩佳句。但是作者是不是已經熟讀上述典籍，且能夠在寫作的過程中隨手拈入？以下的表格可以作一個說明（歷代詩詞不計入）：

《金瓶梅》 （章回數）	《水滸傳》 （詩詞數）	宋元話本 （詩詞數）	元明文言小說 （詩詞數）	宋元戲曲 （詩詞數）
一～十	30	1	0	0
十一～二十	6	5	1	3
二十一～三十	5	2	2	0
三十一～四十	1	0	0	0
四十一～五十	5	2	0	1
五十一～六十	0	1	1	0
六十一～七十	1	1	6	3
七十一～八十	4	9	14	2
八十一～九十	4	4	2	2
九十一～一百	9	5	2	10
	合計 65	合計 30	合計 28	合計 21

經由表格的數據顯示，《金瓶梅詞話》的作者在寫作過程中，受到資料掌握度的影響，使小說中徵引的詩詞有了明顯的集中性：

(一) 以作者最熟悉的《水滸傳》而言，這部書一直是他的重要參考書目，當他在書寫第

81　梅節：〈從套用竄改《懷春雅集》詩文看《金瓶梅詞話》的作者〉，收錄於《瓶梅閒筆硯——梅節金學文存》（北京：北京圖書館出版社，2008 年 2 月），頁 66。

一回至第十回時,已經用掉了《水滸傳》中他所欲挑選的一半詩詞,這時候作者對其他典籍的使用率幾乎是零。

(二) 在徵引的過程中,《金瓶梅詞話》的中間部分呈現一段比較大的空缺,始自第十一回,終於第六十回,整整有五十回,佔了全書回目的一半。在這五十回中,詩詞的徵引狀況並不興盛,勉強可以說宋元話本出現了成長。

(三) 徵引詩詞的狀況再度蓬勃發展,是從第六十一回開始,尤其於第七十一回至第八十回、第九十一回至全書結束這二十回中達於鼎盛。這四十回裡,不僅《水滸傳》的詩詞重獲作者的喜愛,宋元話本、元明中篇傳奇小說、宋元戲曲的詩詞更受到作者的青睞。

上列表格顯示了一個現象,《金瓶梅詞話》的前十回和後四十回,有大量的徵引詩詞出現,而中間的五十回則較為稀少。再從各文類的細部分析看來,這些徵引詩詞所源自的典籍呈現明顯的集中性。由此可以看出作者在寫作過程中,手邊擁有一批資料,從小說到戲曲都有,這些資料成為他寫作的靈感來源,有時候可能是其中的一個情節片段,觸發了他的構思;或者當他在搜索枯腸時,從手邊的資料和典籍中借鏡一些橋段。但是作者是不是對這些資料的掌握度相當熟悉?而且能夠運用自如?蕭相愷曾就《金瓶梅詞話》引用詩詞、贊語的現象提出下列見解:

> 在《金瓶梅》中留下了許多頗似《水滸傳》、《平妖傳》與宋元市人小說那樣關係的痕跡。那就是,書中的許多詩詞、描寫性的贊語韻文以及一些議論,多有與宋元市人小說相合的,這種情形,決不可能是寫到了某個地方,需要用上那些詩詞、贊語韻文、議論,然後再去找了宋元市人小說來照抄;而是寫作者對這些「市人小說」中的套路十分熟悉,因而可以隨手拾來。[82]

從《金瓶梅詞話》的作者廣引各方史料看來,他的確對於這些作品不感到陌生,因而可以在創作過程中隨時援引所需材料。但令人疑惑的是,從分析的表格看來,這些資料的引用是集中的,而不是被打散的,例如,當作者在寫第一回到第十回時,他經常使用的是《水滸傳》這部書;當他在書寫第九十一回至第一百回時,他改使用《玉環記》和《繡襦記》,這樣在詩詞的借用上就造成了一些缺失。因為作者在書寫某些章回時,只特定取材或翻閱幾本書,他必須從這幾本書中尋找他可以使用的詩詞,但是這些材料中出現的詩詞未必適合即將被書寫的情節,也未必符合《金瓶梅詞話》的人物性格和思想主題。然而基於參考資料的侷限,他只能先援引,再修改,而從小說中這些詩詞的改動水平看

82　蕭相愷:《世情小說史話》(瀋陽:遼寧教育出版社,1992年10月),頁32。

來，要把主題、風格差異不小的詩詞，修改成符合作者所欲表達的內容，似乎不是一件簡單的事。假設當作者在極為熟悉這些典籍的情況下，他應當可以視情節需要擇優援引，這些典籍出現的順序可能是被打散的，因為適合《金瓶梅》內容的詩詞，可能散落在不同的典籍中，在寫作某十回的過程裡，他可能必須分別從《水滸傳》、宋元話本、元明文言小說、元明戲曲等各個不同作品中，去搜尋材料和汲取養分，在這樣的情況下，應該是不會呈現這麼明顯的集中性。因此梅節先生由《金瓶梅詞話》承襲《懷春雅集》的集中性，論述以下的觀點：

> 這種連續引用同一作品的現象，反映詞話作者對雅文學即正統文學，似乎腹笥不豐，未能博覽廣采，擇最貼切的引用，而是逮著南瓜吃南瓜，逮著茄子吃茄子。同時也反映作者並不把編撰詞話視為嚴肅的創作。[83]

此外，梅節先生還列舉了《玉玦記》、薛逢詩三首、《大宋宣和遺事》、《玉環記》、《繡襦記》等作品的集中性，說明《金瓶梅詞話》這種連續引用的現象。[84]在這個表格我們又看到，不單是個別作品，連文類都出現了集中現象。

有另外一種說法，牽涉到《金瓶梅》的成書是個人創作或集體創作，如果是後者的話，陳詔針對《金瓶梅詞話》襲用《懷春雅集》詩詞集中在第五十九回至第八十回，提出看法：

> 在此以前及以後各回，卻沒有發現一首詩詞與《懷春雅集》相同。這似乎很能說明，這二十一回都出於一人之手，而那位撰寫者又恰恰對《懷春雅集》特別愛好，因此會產生上述情況。曾經有人認為，《金瓶梅詞話》最初應是民間說唱材料的底本，以十回為一個單元，好像《水滸》中以「武十回」、「宋十回」一樣，是幾個說唱藝人分頭寫成的。現在看來，確實有此可能。[85]

關於《金瓶梅》的「集體創作說」，由於尚未有充分的證據能夠定論，故學界仍然傾向於「個人創作」。不過，從《金瓶梅詞話》襲用詩詞的集中性看來，至少我們可以看到在成書的過程中，作者如何取材、修改、套用這些詩詞，而這種集中引用某部作品和某種文類的現象，令人懷疑作者是否是一個兼擅詩詞的小說創作家。《金瓶梅詞話》在內容、藝術等方面均在中國小說史上取得高度成就，但不可否認在成書的過程中，小說詩

83　梅節：〈從套用竄改《懷春雅集》詩文看《金瓶梅詞話》的作者〉，頁71。
84　梅節：〈從套用竄改《懷春雅集》詩文看《金瓶梅詞話》的作者〉，頁70-71。
85　陳詔：《金瓶梅六十題》（上海：新華書店，1993年12月），頁48。

詞的生硬套用反映了這部書較為粗糙的一面。

小　結

　　《金瓶梅詞話》徵引詩詞的豐富程度可謂文備眾體，這類詩詞分別源自《水滸傳》、宋元話本、元明中篇傳奇小說、元明戲曲，及散見於各朝各代的詩詞。經由分析，可將這五類徵引詩詞歸納出如下的結論：

　　一、《水滸傳》：《水滸傳》是《金瓶梅》詩詞的素材來源大宗，它的使用集中在第一回至第十回，乃因這十回的情節還未脫離《水滸傳》，因此在使用上大部分是連同情節、詩詞照搬襲用，出錯的程度低。從第十一回開始至全書結束，《水滸傳》還是繼續成為作者寫作的素材來源，由於情節已經脫離《水滸傳》而獨自發展，詩詞的套用也必須隨著劇情的差異而進行更動。

　　二、宋元話本：在所有的素材來源中，宋元話本算是比較平均地被引用，不過大量的引用還是集中在第七十回後。這部分的引用所進行的修改和更動不多，大部分的改易也都能符合《金瓶梅》的情節，平均水準大致不錯。

　　三、元明中篇傳奇小說：元明中篇傳奇小說的使用集中在後半回，在已發現的四種作品中，只有《鍾情麗集》於前半部被運用。就個別作品的集中性來看，《鍾情麗集》出現在第十九回、第二十一回、第二十九回；《懷春雅集》的二十首則集中於第五十九回至第八十回，顯見同一素材經常持續地被引用和參考。元明中篇傳奇小說多半為才子佳人的愛情故事，和《金瓶梅》中男女偷情、苟合的世界差異極大，因此在運用上最大的錯誤，通常容易被認為美醜不分、類比失誤，使高雅與粗俗具有同等的價值。

　　四、元明戲曲：《金瓶梅》的另一大寫作素材來源是元明戲曲，戲曲中的詩詞被大量援引，援引所呈現的集中性在這幾大領域中最為明顯，它們分別依照順敘出現：《玉玦記》→《寶劍記》→《玉環記》→《繡襦記》→《玉環記》，總計二十一首，但在第五十回前，只出現了四首，其餘都從小說的後半回開始陸續被引入。在使用方面，有不能與情節、人物貼合者，但是就這二十一首詩詞來說，半數以上的使用是無重大矛盾的。

　　五、歷代詩詞：這類的詩詞大部分都是千古傳唱的佳篇，成為市民口中朗朗上口的俚諺。比較起來，薛逢詩三首及譚用之詩一首，偏向文人騷客的吟詠，這幾首詩詞的風格與意涵比較高雅，與小說的市井風貌略顯格格不入，凸顯作者的選詩標準差異。

　　《金瓶梅詞話》的徵引詩詞除了用在渲染小說情節、補充人物形象外，最值得注意的是道德、教化詩詞的引用，這關係到詞話本作者對這些詩詞理念的接受，進一步透過《金瓶梅詞話》傳達給讀者。不可否認的，「戒色」和「戒貪」一直是詞話本作者致力宣揚

的思想，整部《金瓶梅詞話》從開篇詞的「丈夫隻手把吳鉤，欲斬萬人頭。如何鐵石，打成心性，卻為花柔？請看項籍并劉季，一怒使人愁。只因撞著，虞姬戚氏，豪傑都休」就已經揭櫫了這是一本談論「女色」的小說，而後又透過「寄語富兒休暴殄，儉如良藥可醫貧」等教化意味濃厚的詩詞，針對西門慶暴富後接二連三的惡行，多少有點警惕作用。李志宏指出：「《金瓶梅》對於既有素材的改造與重寫，在某種意義上實際上已展現出一種文人意識的寫作理念和美學慣例」，[86]徵引詩詞無論就思想價值或藝術層面而言，都能夠呈現詞話本作者在挑選詩詞上的主觀思考，因此這種「鑲嵌」並不是無意識地，反而能夠拼湊出《金瓶梅詞話》的深刻內涵，這種「特殊的闡釋意味，實具有不可忽視的意識型態內涵」。[87]

　　徵引詩詞必須經過判斷、挑選、檢視、修改等過程，一方面呈現寫作的素材來源，一方面考驗作者對詩詞的功力。不過這些徵引詩詞在運用上還呈現許多耐人尋味的現象，其一表現在詩詞的徵引方式上，無論在改動還是重複抄錄上，有大量詩詞的使用相當隨意，想必其中有作者有意和無意的操作存在；再者，這些詩詞在運用上的素質高低不齊，有些是詩詞本身語意不清，造成理解困難，有些雖然表達清楚，但是比喻失當或與情節無關；除此之外，詩詞徵引的素材也呈現高度集中現象。由此可推測，《金瓶梅詞話》的作者可能不是非常熟悉這些素材，因而導致他必須削足適履，從這些徵引詩詞的特色看來，作者顯然沒有受過嚴格的詩詞訓練，創作態度也並不是那麼嚴謹，對於《金瓶梅詞話》的作者是否有可能是熟諳詩詞的大名士，則值得商榷討論。

86　李志宏：〈《金瓶梅詞話》的情色書寫及其寓言建構〉，黃霖、杜明德主編：《金瓶梅與臨清──第六屆國際《金瓶梅》學術研討會論文集》，頁 203。

87　李志宏：〈《金瓶梅詞話》的情色書寫及其寓言建構〉，頁 203。

第四章　原創詩詞
——創造、補充、建構

前　言

《金瓶梅詞話》全書將近四百首詩詞，徵引詩詞約有一百六十多首，那麼大概還有二百多首的詩詞毫無著落。剩下的這兩百多首詩詞包含作者的自創詩詞，以及徵引自他書而尚未被發現的作品。

本章所討論的部分是《金瓶梅詞話》中的原創詩詞。前面提到的徵引詩詞是徵引自其他作品，未必能和《金瓶梅詞話》的內容相互貼合，因此會出現大小幅度不等的刪修，也有隻字未更動而直接引錄者。刪修後的詩詞有能夠青出於藍者，但同時也會出現矛盾的現象，甚至有語意不清或前後風格不相統一等毛病。相較於徵引詩詞，原創詩詞較無這方面的問題，原創詩詞是作者根據小說情節內容所自創的作品，因此能夠按情節的發展和所欲表達的主題寫出符合小說的詩作。

為了要一窺原創詩詞的表現手法，首先必須判斷哪些詩詞是作者所創作的。本章分為四節：首先是原創詩詞的界定問題，剩下的這兩百多首詩詞，還有為數不少的徵引詩詞尚未被發現，因此不能將之貿然歸類，必須針對原創詩詞的界定提出說明。其次，討論這些原創詩詞在小說中的運用功能，並由之窺探作者在寫作《金瓶梅詞話》時，對人物性格、情節發展的經營面向，及整部作品所呈現的作者思想與教化意義。

第一節　界定問題

扣掉徵引詩詞約一百六十首（含重複出現者），《金瓶梅詞話》還有二百三十多首詩詞，其中有些疑似徵引自他書，但尚未發現出處。而在這二百多首詩中，有部分是源自作者自創，值得討論。

《金瓶梅詞話》擁有近四百首的詩詞，上一章討論徵引詩詞，徵引詩詞的狀況較為複

雜，有些是全部襲用，例如第九十一回這首詩原在宋元話本〈西湖三塔記〉，《金瓶梅詞話》一字不差地照錄：「百禽啼後人皆喜，惟有鴉鳴事若何？見者多嫌聞者唾，只為人前口嘴多。」有些雖加以改動，但改動的幅度只有幾個字，並不影響全詩的文意，如第八十六回的詩：「雲淡淡天邊鸞鳳，水沉沉波底鴛鴦。寫成今世不休書，結下來生懽喜帶。」這首詩在宋元話本〈西山一窟鬼〉中，原作：「水沉沉交頸鴛鴦」、「結下來生雙縮帶」，總共改動了四個字，但是全書的大意不變。另有許多詩詞改動的幅度比較大，可能佔了全詩的近半或一半以上，文意通常也和原詩略有不同，如第十四回：

> 功業如將智力求，當年盜跖卻封侯。行藏有義真堪羨，好色無仁豈不羞？
> 浪蕩貪淫西門子，背夫水性女嬌流。子虛氣塞柔腸斷，他日冥司必報仇！

原詩在《水滸傳》第二十八回：「功業如將智力求，當年盜跖合封侯。行藏有義真堪羨，富貴非仁實可羞？鄉黨陸梁施小虎，江湖任俠武都頭。巨林雄寨俱侵奪，方把平生志願酬！」除了後四句作了移花接木外，前四句的「合」改為「卻」、「富貴非仁」更作「好色無仁」、「實可羞」易為「豈不羞」，儘管更動幅度大，還是能夠清楚看出二者的相承關係。

以上論及的更動都還是保留基本的原型，還有一種特殊的狀況是增添字句或刪減詩句，以增添字句為例，第七十五回這首詩可做說明：

> 萬里新墳盡十年，修行莫待鬢毛斑。死生事大宜須覺，地獄時常非等閒。
> 道業未成何所賴，人身一失幾時還。前途暗黑路途險，十二時中自著研。

這首詩原在宋元話本〈月明和尚度柳翠〉中，原詩作「萬里新墳盡少年，修行莫待鬢毛斑。前途黑暗路途險；十二時中自著研。」《金瓶梅》加入中間四句：「死生事大宜須覺，地獄時常非等閒。道業未成何所賴，人身一失幾時還」，篇幅增為原詩的兩倍，成了一首內容更為豐富的詩。另一種狀況為刪減詩句，以第四十七回為例：

> 萬里長洪水似傾，東流海島若雷鳴；滔滔雪浪令人怕，客旅逢之誰不驚！

這首詩出自《水滸傳》第四十一回：「萬里長江水似傾，重湖七澤共流行。滔滔駭浪應知險，渺渺洪濤誰不驚。千古戰爭思晉宋，三分割據想英靈，乾坤艸昧生豪傑，搔動貔貅百萬兵。」原本是八句詩，《金瓶梅》作者只擷取前面四句，並作了修改，變成一首四句詩。上述這些詩詞在本文中皆歸為「徵引詩詞」，取其約有半數以上徵引自他書，雖然擁有作者自創的地方（修改字句或增添字句），但是整體而言，原創性畢竟不高。

所謂「原創詩詞」，顧名思義為作者所自創，但是在《金瓶梅詞話》中，原創詩詞

和徵引詩詞有些模糊地帶，因為將近半數的詩詞兼具原創和徵引的特質，上述所提及的各種徵引狀況，由於徵引成分佔了全詩之半，可歸類為「徵引詩詞」無疑，另外還有一些特殊的例子必須指出，以下列兩首為例：

> 小院閑庭寂不譁，一池月上浸窗紗。邂逅相逢天未晚，紫薇郎對紫薇花。
>
> （第四十九回）

> 海棠枝上鶯梭急，綠竹陰中燕語頻；閒來付與丹青手，一段春嬌畫不成。
>
> （第五十二回）

這兩首詩的最末句「紫薇郎對紫薇花」、「一段春嬌畫不成」分別出自白居易〈紫薇花〉和明代文言小說《鍾情麗集》，[1]由於全詩中只發現一句是徵引自他書，這兩首又和所述之情節與氣氛相吻合，前三句可能是作者自創。這類的詩作由於徵引的成分低，因此不歸為「徵引詩詞」，如果能夠從詩句上判斷是作者自創的話，則歸之為「原創詩詞」。

　　此外，有些詩句屬於宋元明流行的習語，廣泛被大眾言之頌之，例如：「有緣千里來相會，無緣對面不相識」、「自古人無千日好，果然花無摘下紅」，這類詩句容易被援引入詩，成為集古詩，是屬於詩詞創作上的一種古例，故不歸為「徵引詩詞」，但若是詩詞中還有其他詩句有徵引成分存在，亦或其他詩句的原創可能性不高，仍舊不會歸類為「原創詩詞」。

　　本文由上述標準來區分並進行分類，將產生一個模糊地帶，即有可能徵引自他書，但又尚未找到出處的詩詞，這些詩詞將不予歸類，僅視行文須要而提及。

　　至於判斷原創詩詞的方法，有如下幾大方向：

　　(一)該詩能與小說中之人物性格、人物命運相吻合。

　　(二)該詩有總括章回情節或前後情節之作用，並且大致符合無誤。

　　(三)該詩與全書經常傳達的思想主題相同或相近，且有指涉情節與人物之作用。

　　以上三個判定原則，尚不能劃分得一清二楚，因為有些詩詞是同時兼具兩種以上的功能，例如它可能總括章回情節，又含有作者的價值判斷在內，可謂你中有我，我中有你，無法截然一分為二。因此本文乃根據詩詞出現的上下文來鑑定詩詞在小說中最能夠突出的功能，並以之論述，但並不表示該詩只具備一種功能而已。以下列出本文所認定的原創詩詞，並略述此詩的運用大意：

1　白居易：「絲綸閣下文章靜，鐘鼓樓中刻漏長；獨坐黃昏誰是伴，紫薇花對紫薇郎」。《鍾情麗集》第九卷：「半夜牙牀戛玉鳴，小桃枝上宿流鶯；露華濕破胭脂體，一段春嬌畫不成。」

(一)　第一回「劉項佳人絕可憐，英雄無策庇嬋娟。戚姬葬處君知否？不及虞姬有墓田」：總結前述劉、項與戚氏、虞姬之故事。

(二)　第二回「月老姻緣配未真，金蓮賣俏逞花容。只因月下星前意，惹起門旁簾外心。王媽誘財施巧計，鄆哥賣果被嫌嗔。那知後日蕭墻禍，血濺屏幃滿地紅」（回首詩）：預示第二回、第三回、第四回、第八十七回之情節。

(三)　第二回「慎事關門并早歸，眼前恩愛隔崔嵬。春心一點如絲亂，空鎖牢籠總是虛」：總結前述「武大慎事早關門」之情節。

(四)　第三回「眼意眉情卒未休，姻緣相湊遇風流。王婆貪賄無他技，一味花言巧舌頭」（回末詩）：總結第三章「王婆定十件挨光計，西門慶茶房戲金蓮」之情節。

(五)　第四回「一物從來六寸長，有時柔軟有時剛。軟如醉漢東西倒，硬似風僧上下狂。出牝入陰為本事，腰州臍下作家鄉。天生二子隨身便，曾與佳人鬪幾場」：描寫男性性器。

(六)　第四回「溫緊香乾口賽蓮，能柔能軟最堪憐。喜便吐舌開口笑，困時隨股就身眠。內檻縣裡為家業，薄草崖邊是故園。若遇風流清子弟，等閒戰鬪不開言」：描寫女性私處。

(七)　第六回「寂靜蘭房簟枕涼，才子佳人至妙頑。纔去倒澆紅臘燭，忽然又掉夜行船。偷香粉蝶餐花蕚，戲水蜻蜓上下旋。樂極情濃無限趣，靈龜口內吐清泉」：描寫西門慶與潘金蓮的性行為。

(八)　第七回「我做媒人實可能，全憑兩腿走殷勤。唇槍慣把鰥男配，舌劍能調烈女心。利市花紅頭上帶，喜筵餅錠袖中撑。只有一件不堪處，半是成人半敗人」（回首詩）：薛嫂兒的自報家門。

(九)　第七回「媒妁殷勤說始終，孟姬愛嫁富家翁，有緣千里能相會，無緣對面不相逢」：承前述「薛嫂兒說娶孟玉樓」，並預示「孟姬愛嫁富家翁」之情節。

(十)　第七回「張四無端散楚言，姻緣誰想是前緣。佳人心愛西門慶，說破咽喉總是閑」：總結前述「張四說情」之情節。

(十一)　第八回「淫婦燒靈志不平，和尚竊壁聽淫聲。果然佛道能消罪，亡者聞之亦慘魂」（回末詩）：總結前述「和尚竊壁聽淫聲」之情節。

(十二)　第九回「堪笑西門不識羞，先奸後娶醜名留。輪內坐著浪淫婦，後邊跟著老牽頭」：總結前述「西門慶計娶潘金蓮」之情節。

(十三)　第九回「英雄雪恨被刑纏，天公何事黑漫漫？九泉乾死食毒客，深閨笑殺一金蓮」（回末詩）：預示第十回「武松充配孟州道」之情節。

(十四)　第十回「燕雀池塘語話喧，皆因仁義說愚賢。雖然異數同飛鳥，貴賤高低不一

般」（回末詩）：感嘆春梅與秋菊之「貴賤高低不一般」。

(十五) 第十一回「婦人嫉妒非常，浪子落魄無賴。一聽巧語花言，不顧新歡舊愛。出逢紅袖相率，又把風情別賣。果然寒食元宵，誰不幫興幫敗」（回首詩）：預示「金蓮激打孫雪娥　西門慶梳籠李桂姐」之情節。

(十六) 第十二回「甜言美語三冬煖，惡語傷人六月寒。金蓮只曉爭先話，那料旁人起禍端」：承前述「金蓮惡語傷人」，並預示「潘金蓮私僕受辱」之情節。

(十七) 第十二回「虎有倀兮鳥有媒，金蓮未必守空閨。不堪今日私奴僕，自此遭愆更莫追」：承前述「琴童因私挨打」，並預示潘金蓮受辱之情節及其未來下場。

(十八) 第十二回「金蓮容貌更溫柔，恃寵爭妍惹寇仇。不是春梅當日勸，父娘皮肉怎禁抽」：總結「潘金蓮私僕受辱」之情節。

(十九) 第十八回「自幼乖滑伶俐，風流博浪牢成。愛穿鴨綠出爐銀，雙陸象棋幫襯。琵琶笙簧簫管，彈丸走馬圓情。只有一件不堪聞：見了佳人是命」：介紹陳經濟，並點出他的致命傷在「女色」。

(二十) 第十八回「堪歎西門盧未通，惹將桃李笑春風。滿床錦被藏賊睡，三頓珍羞養大蟲！愛物只圖夫婦好，貪財常把丈人坑。還有一件堪誇事，穿房入屋弄乾坤」（回末詩）：描寫陳經濟。總結前述陳經濟與潘金蓮親近之情節，並預示他往後的行為。

(二十一) 第二十回「東牀嬌婿實堪憐，況遇青春美少年。待客每令席側坐，尋常只在便門穿。家前院後明嘲戲，呆裡撒乖暗做奸。空在人前稱半子，從來骨肉不牽連」：描寫陳經濟。總結前述「待客每令席側坐」之情節，並預示他往後的行為。

(二十二) 第二十回「宿盡閑花萬萬千，不如歸去伴妻眠。雖然枕上無情趣，睡到天明不要錢」（回末詩）：總結前述「西門慶大鬧麗春院」之情節。

(二十三) 第二十回「女不織兮男不耕，全憑賣俏做營生。任君斗量并車載，難滿虔婆無底坑」（回末詩）：總結前述「西門慶大鬧麗春院」之情節。

(二十四) 第二十一回「私出房櫳夜氣清，滿庭香霧月微明。拜天盡訴衷腸事，那怕傍人隔院聽」：總結前述「吳月娘掃雪烹茶」之情節。

(二十五) 第二十二回「斜倚門兒立，人來側目隨。托腮并咬指，無故整衣裳。坐立隨搖腿，無人曲唱低。開窗推戶牖，停針不語時。未言先欲笑，必定與人私」：描寫宋惠蓮。

(二十六) 第二十二回「西門貪色失尊卑，群妾爭妍竟莫疑。何事月娘欺不在，暗通僕婦亂倫彝」：總結前述「西門慶私淫來旺婦」之情節。

(二十七) 第二十二回「習教歌妓逞家豪，每日閑庭弄錦槽，不意李銘遭譴斥，春梅聲價

競天高」（回末詩）：總結前述「春梅正色罵李銘」之情節。

(二十八) 第二十三回「金蓮好寵弄心機，宋氏恃容犯主闈。晨牝不圖今蓄禍，他日遭愆竟莫追」（回末詩）：總結「金蓮竊聽藏春塢」之情節，並預示第二十六回「宋惠蓮含羞自縊」。

(二十九) 第二十五回「宋氏偷情專主房，來旺乘醉罵婆娘。雪蛾暗泄蜂媒事，致使干戈肘掖傍」：承前述「雪娥透露蝶蜂情」，並預示「來旺醉謗西門慶」之情節。

(三十) 第二十五回「來旺無端醉罵主，甘興懷恨架風波。金蓮聽畢真情話，咬碎銀牙怒氣多」：承前述「甘興懷恨架風波」之情節。

(三十一) 第二十九回「女人端正好容儀，緩步輕如出水龜。行不動塵言有節，無肩定作貴人妻」：吳神仙相吳月娘。

(三十二) 第二十九回「額尖露臀并蛇行，早年必定落風塵。假饒不是娼門女，也是屏風後立人」：吳神仙相李嬌兒。

(三十三) 第二十九回「口如四字神清徹，溫厚堪同掌上珠。威媚兼全財命有，終主刑夫兩有餘」：吳神仙相孟玉樓。

(三十四) 第二十九回「舉止輕浮惟好淫，眼如點添壞人倫。月下星前長不足，雖居大廈少安心」：吳神仙相潘金蓮。

(三十五) 第二十九回「燕體蜂腰是賤人，眼如流水不廉真。常時斜倚門兒立，不為婢妾必風塵」：吳神仙相孫雪娥。

(三十六) 第二十九回「惟夫反目性通靈，父母衣食僅養身；狀貌有拘難顯達，不遭惡死也艱辛」：吳神仙相西門大姐。

(三十七) 第二十九回「天庭端正五官平，口若塗硃行步輕；倉庫豐盈財祿厚，一生常得貴人憐」：吳神仙相龐春梅。

(三十八) 第三十回「我做老娘姓蔡，兩隻腳兒能快。身穿怪綠喬紅，各樣鬆髻歪戴。嵌絲環子鮮明，閃黃手帕符揉。入門利市花紅，坐下就要管待。不拘貴宅嬌娘，那管皇親國太。教他任意端詳，被他褪衣刮劃。橫生就用刀割，難產須將拳揣。不管臍帶胞衣，着忙用手撕壞。活時來洗三朝，死了走的偏快。因此主顧偏多，請的時常不在」：蔡老娘的自報家門。

(三十九) 第三十四回「自恃官豪放意為，休將喜怒作公私。貪財不顧綱常壞，好色全忘義理虧。狎客盜名求勢利，狂奴乘飲弄奸欺。欲佔後世興衰理，今日施為可類知」（回首詩）：總結本章回情節，並預示西門慶日後下場。

(四十) 第三十七回「媒人婆地裡小鬼，兩頭來回抹油嘴。一日走够千千步，只是苦了兩隻腿。」（回末詩）：總結前述「馮媽媽兩頭抹油嘴」之情節。

(四十一) 第三十九回「聽法聞經怕無常，紅蓮舌上放毫光。何人留下禪空話，留取尼僧化稻糧」（回末詩）：針對「尼僧說經」抒發議論。

(四十二) 第四十回「最有緇流不可言，深宮大院哄嬋娟。此輩若皆成佛道，西方依舊黑漫漫」：針對「王姑子引介符藥」抒發議論。

(四十三) 第四十回「我做裁縫姓趙，月月主顧來叫。針綫緊緊隨身，剪尺常披靴勒。幅摺趕空走價，截彎病除手到。不論上短下長，那管襟扭領拗？每日肉飯三餐，兩頓酒兒是要。剪截門首常空，一月不脫三廟。有錢老婆嘴光，無時孩子亂叫。不拘誰家衣裳，且交印鋪睡覺。隨你催討終朝，只拿口兒支調。十分要緊騰挪，又將後來頂倒。問你有甚高強？只是一味靠落」：趙裁縫自報家門。

(四十四) 第四十一回「西門濁富太驕矜，襁褓孩童結做親。不獨資財如糞土，也應嗟嘆後來人」（回末詩）：總結「西門慶與喬大戶結親」之情節。

(四十五) 第四十二回「南樓玩賞頓忘歸，總有風流得幾時。回來明月三更轉，不覺歡娛醉似泥」（回末詩）：總結前述「西門慶賞燈後私通王六兒」之情節。

(四十六) 第四十八回「污吏贓官濫國刑，曾公判刷雪冤情。雖然號令風霆肅，夢裡輸贏總未真」：總結前述「曾御史參劾提刑官」之情節，並預示可能結果。

(四十七) 第五十一回「莫道佳人總是痴，惺惺伶俐沒便宜。只因會盡人間事，惹得閒愁滿肚皮」：描述李瓶兒的性格，針對潘金蓮戲舌一事而發。

(四十八) 第五十八回「閒來無事倚門楣，正是驚閨一老來；不獨纖微能濟物，無緣滴水也難為」（回末詩）：總結前述「乞臘肉磨鏡叟訴冤」之情節。

(四十九) 第五十九回「天仙執手整香羅，入午光涵雪一窩。不獨桃源能問渡，卻來月窟伴嫦娥」：描述西門慶尋鄭愛月兒一事。

(五十)　　第五十九回「思想嬌兒晝夜啼，寸心如割命懸絲。世間萬般哀苦事，除非死別共生離」（回末詩）：總結前述「李瓶兒痛哭官哥兒」之情節。

(五十一) 第六十回「赤繩緣盡再難期，造化無端敢恨誰！殘淚驚秋和葉落，斷魂隨月到窗遲。金風拂面思兒處，玉燭成灰墮淚時。任是肝腸如鐵石，不生悲也自生悲」（回首詩）：描述李瓶兒的喪子心情。

(五十二) 第六十回「纖纖新月照銀屏，人在幽閨欲斷魂。益悔風流多不足，須知恩愛是愁根」：總結前述「李瓶兒因暗氣惹病」之情節。

(五十三) 第六十一回「莫道成家在晚時，止緣父母早先離。芳姿嬌媚年來美，百計周全更可思。傳揚侊儷當龍至，應合屠羊看虎威。可憐情熱因情失，命入雞宮葉落裡」：預示李瓶兒的命運。

(五十四) 第六十一回「高貴青春遭夭喪，伶俐惺然卻受貧。年月日時該定載，算來由命

不由人」（回末詩）：針對生死抒發議論。

(五十五) 第六十五回「鑼鼓鼕鼕靄路塵，花攢錦簇萬人瞻。哀聲隱隱棺輿過，此殯誠然壓帝京」：描寫喪禮場景。

(五十六) 第六十八回「誰信桃源有路通，桃花含露笑春風。桃源只在山溪裡，今許漁郎去問津」（回末詩）：針對「玳安殷勤尋文嫂」一事而發。

(五十七) 第六十九回「面膩雲濃眉又彎，蓮步輕移實匪凡。醉後情深歸帳內，始知太太不尋常」：描寫林太太的外貌及本事。

(五十八) 第七十一回「星斗依稀禁漏殘，禁中環珮響珊珊，花迎劍戟星初落，柳拂旌旗露未乾。瑞靄光中瞻萬歲，祥烟影裡擁千官。欲知今日天顏喜，遙睹蓬萊紫氣蟠」：描寫朝廷景象。

(五十九) 第七十一回「石砌碑橫蔓草遮，迴廊古殿半欹斜。夜深宿客無燈火，月落安禪更可嗟」：描寫古剎景象。

(六十) 第七十一回「王事驅馳豈憚勞，關山迢遞赴京朝。夜投古寺無烟火，解使行人心內焦」（回末詩）：總結本章章回情節。

(六十一) 第七十二回「從來男女不通酬，賣俏迎奸真可羞。三官不解其中意，饒貼親娘還磕頭」：作者針對「王三官拜西門為義父」一事抒發議論。

(六十二) 第七十二回「大家閨閣要嚴防，牝雞司晨最不良！不但悖得家聲喪，有愧當時節義堂」：作者針對「王三官拜西門為義父」一事抒發議論。

(六十三) 第七十六回「華堂非霧亦非烟，歌遏行雲酒滿筵。不但紅蛾垂玉珮，果然綠鬢插金蟬」：描寫宴樂場景。

(六十四) 第七十六回「宋朝氣運已將終，執掌提刑忒不公。畢竟難逃天地眼，那堪激濁與揚清」：總結前述「西門慶包庇何十」之情節。

(六十五) 第七十八回「愁雲拖上九重天，一派敗兵沿地滾；幾番鏖戰貪淫婦，不似今番這一遭」：描寫西門慶和林太太性行為。

(六十六) 第七十九回「醉飽行房戀女娥，精神血脉暗消磨。遺精溺血流白濁，燈盡油乾腎水枯；當時只恨歡娛少，今日翻為疾病多。玉山自倒非人力，縱是盧醫怎奈何」：描述西門慶的病因並預示其下場。

(六十七) 第七十九回「心月狐狸角木蛟，絳幃深處不相饒。常在月宮飛玉露，慣從月下奪金標。樂處化為真鷄子，死時還想爛甜桃。天罡地煞皆無救，就是王禪也徒勞」：預示西門慶的命運。

(六十八) 第七十九回「造物於人莫強求，勸君凡事把心收。你今貪得收人業，還有收人在後頭」（回末詩）：總結前述「李智、黃四、應伯爵的背叛」之情節。

(六十九)　第八十回「昔年意氣似金蘭，百計趨承不等閑。今日西門身死後，紛紛謀妾伴
　　　　　入眠」（回末詩）：總結前述「應伯爵幫張二官謀妾」之情節。

(七十)　　第八十一回「萬事從天莫強尋，天公報應自分明。貪淫縱意奸人婦，背主侵財
　　　　　被不仁。莫道身亡人弄鬼，由來勢敗僕忘恩。堪嘆西門成甚業，贏得奸徒富半
　　　　　生」（回首詩）：總結本章回情節，並抒發議論。

(七十一)　第八十三回「堪笑西門識未通，惹將桃李笑春風。滿床錦被藏賊睡，三頓珍羞
　　　　　養大蟲。愛物只圖夫婦好，貪財常把丈人坑。更有一件堪觀處，穿房入屋弄乾
　　　　　坤」（回首詩）：描述陳經濟，針對本回「春梅寄柬諧佳會」之情節而發。

(七十二)　第八十四回「平生志節傲冰霜，一點真心格上蒼。為夫遠許神州願，千里關山
　　　　　姓字香」：針對吳月娘上泰山許願一事而發。

(七十三)　第八十四回「琳宮梵剎事因何，道即天尊釋即佛。廣栽花草虛清意，待客迎賓
　　　　　假做作。美衣麗服裝徒弟，浪酒開茶戲女娥：可惜人家嬌養子，送與師父作老
　　　　　婆」：描述佛道弟子。

(七十四)　第八十五回「人家養女甚無聊，倒踏來家更不合。口稱爹媽虛情意，權當為兒
　　　　　假做作。入戶只嫌恩愛少，出門翻作怨仇多。若有一些不到處，一日一場罵老
　　　　　婆」（回首詩）：描述陳經濟的為人。

(七十五)　第八十七回「堪悼金蓮誠可憐，衣服脫去跪靈前。誰知武二持刀殺，只道西門
　　　　　綁腿頑。往事堪嗟一場夢，今身不值半文錢。世間一命還一命，報應分明在眼
　　　　　前」：總結前述「武都頭殺嫂祭兄」之情節。

(七十六)　第八十八回「守寡看經歲月深，私邪空色久違心。奴身好似天邊月，不許浮雲
　　　　　半點侵」：描寫吳月娘的貞潔。

(七十七)　第八十八回「曾記當年侍主傍，誰知今日變風光。世間萬事皆前定，莫笑浮生
　　　　　空自忙」（回末詩）：描述龐春梅的命運。

(七十八)　第八十九回「相識當初信有疑，心情還似永無涯。誰知好事多更變，一念翻成
　　　　　怨恨媒」：總結前述陳經濟與西門大姐「一念翻成怨恨媒」之情節。

(七十九)　第九十回「花開花落開又落，錦衣布衣更換着。豪家未必常富貴，貧人未必常
　　　　　寂寞；扶人未必上青天，推人未必填溝壑：勸君凡事莫怨天，天意與人無厚薄」
　　　　　（回首詩）：抒發人生議論。

(八十)　　第九十回「閒來無事倚門闌，偶遇多情舊日緣。對人不敢高聲話，故把秋波送
　　　　　幾番」：總結前述「孫雪娥巧遇來旺」之情節。

(八十一)　第九十三回「頻年困苦痛妻亡，身上無衣口絕糧；馬死奴逃房又賣，隻身獨自
　　　　　走他鄉。朝依肆店求遺饌，暮宿莊園倚敗墻。只有一條身後路，冷鋪之中去打

梆」：總結前述「陳經濟冷舖打梆」之情節。

(八十二) 第九十四回「窮途無奔更無投，南去北來休便休。一夜彩雲何處散，夢隨明月
到青樓」：總結前述「雪娥賣入酒家店」之情節。

(八十三) 第九十四回「豈料當年縱意為，貪淫倚勢把心欺。禍不尋人人自取，色不迷人
人自迷」（回末詩）：針對前述「張勝包佔雪娥」之情節抒發議論。

(八十四) 第九十六回「裡虛外實費張羅，待客酬人使用多。馬死奴逃難宴集，臺傾樓倒
罷笙歌。租田稅店歸舊主，玩好金珠托賣婆。欲向富家權借用，當人開口奈羞
何」（回首詩）：描述吳月娘的窘境。

(八十五) 第九十六回「白玉隱於頑石裡，黃金埋在污泥中。今朝貴人提拔起，如立天梯
上九重」（回末詩）：總結前述「守備使張勝尋經濟」之情節。

(八十六) 第九十八回「吳綾帕兒織廻紋，灑翰揮毫墨迹新。寄與多情韓五姐，永諧鸞鳳
百年情」：陳經濟寫予韓愛姐的詩。

(八十七) 第九十九回「吳綾帕兒織廻紋，灑翰揮毫墨迹新。寄與多情韓五姐，永諧鸞鳳
百年情」：同上，此回重現。

(八十八) 第一百回「勝敗兵家不可期，安危端自命為之。出師未捷身先喪，落日江流不
勝悲」：總結前述「周守備為國捐軀」之情節。

(八十九) 第一百回「閑閱遺書思惘然，誰知天道有循環。西門豪橫難存嗣，經濟顛狂定
被殲。樓月善良終有壽，瓶梅淫佚早歸泉。可怪金蓮遭惡報，遺臭千年作話傳」
（回末詩）：總結全書之情節。

本文所判定的原創詩詞約為上述八十九首，其餘可商榷者則未列入。此八十九首詩依本
文前述之判定標準歸為原創詩詞，取其與小說中的內容或前後情節能夠緊密吻合，又尚
未見於其他民間文藝資料，因此歸類為作者所自創，並進一步分析這些詩詞在小說中如
何「發揮所長」。

第二節　情節鋪陳

　　《金瓶梅詞話》有絕大部分的原創詩詞和情節鋪陳有關，大部分穿插在情節中，少部
分作為回首詩和回末詩，這些詩詞通常和情節緊密相連，也有渲染情節的功用。在論及
《金瓶梅詞話》的徵引詩詞時，許多學者指出那些詩詞在寫作技巧上「往往沒有發揮頭尾
起結、段落贊詞應有的作用」，[2] 就藝術功能而言則「美和醜混淆不清，粗俗與高雅具有

2　陳益源：《元明中篇傳奇小說研究》（香港：學峰文化事業公司，1997年12月），頁170-171。

了同等的價值」，[3]因此常常出現鑲嵌後的矛盾。這個不足之處，原創詩詞可以補足。原創詩詞是作者為小說情節和人物形象所精心設計的，相較於那些來自其他素材的徵引詩詞，原創詩詞就像是全書的基本骨架，可以串連起整部小說的情節，讓小說有一條基本脈絡延續而下，以下將逐一論述這些原創詩詞如何建構出小說的骨架。

一、總括章回

在徵引詩詞方面，《金瓶梅詞話》的作者對回首詩和回末詩的使用是較為隨意的，例如第一百回的回首詩：「人生切莫恃英雄，術業精粗自不同。猛虎尚然遭惡獸，毒蛇猶自怕蜈蚣。七擒猛獲奇諸葛，兩困雲長羨呂蒙。珍重李安真智士，高飛逃出是非門」，只有指涉章回中的一小部分情節，無法綜觀全章內容。一般來說，回首詩要能夠具體地針對一回的故事內容加以概括或演義，可以評論情節、描繪情節、預告情節、引出情節。[4]相較於徵引詩詞，原創詩詞則比較能夠起到這個作用，例如第十一回的回首詩：

> 婦人嫉妒非常，浪人落魄無賴。一聽巧語花言，不顧新歡舊愛！
>
> 出逢紅袖相牽，又把風情別賣。果然寒食元宵，誰不幫興幫敗。

第十一回回目為「潘金蓮激打孫雪娥，西門慶梳籠李桂姐」，這首詩的前四句針對前半段情節而發，指潘金蓮挑唆西門慶痛打孫雪娥；這首詩的後四句概括後半回目，指西門慶梳籠桂姐。仔細咀嚼，會發現這首詩句句在譏諷西門慶，「落魄無奈」、「巧語花言」等直指西門慶的愚昧和不察，西門慶令人不解的地方在於他對自家妻妾的明爭暗鬥渾然不覺，但是在外為非作歹卻處處精明。第十二回的回首詩也針對此事提出議論：「堪笑西門暴富，有錢便是主顧。一家歪斯胡纏，那討綱常禮數」，西門慶在外頭眠花臥柳，貪戀李桂姐的姿色，與此同時，潘金蓮難耐孤寂，和琴童私通。又因李嬌兒和孫雪娥平日和潘金蓮結怨，故來向西門慶戳舌，這西門慶聽了怒從心上起，喝令潘金蓮脫衣下跪，準備教訓，怒氣卻被潘金蓮楚楚可憐的模樣給吹散了，又聽完春梅一席話：「這個都是人氣不憤俺娘而們，作做出這樣事來」，也就不加查證，而潘金蓮和陳經濟的曖昧，西門慶更是無從察覺。

又如四十二回回末詩云：

> 南樓玩賞頓忘歸，總有風流得幾時。回來明月三更轉，不覺歡娛醉似泥。

---

3 孟昭連：《金瓶梅詩詞解析》（長春：吉林文史出版社，1991年4月），頁406。

4 林辰：《古代小說與詩詞》（瀋陽：遼寧教育出版社，1992年10月），頁43-50。

元宵時節，西門慶與應伯爵一幫人一起賞燈、放煙火，結束後便留下來和王六兒行房，直要到三更半夜才打著燈籠回家，這首詩即置於此，敘述西門慶風流又糜爛的私生活。這一首詩難得沒有教化意味，單純地敘述，卻又能把「人生得意須盡歡」的及時行樂表現的非常明白，西門慶玩賞煙火、後又和王六兒行房，可謂聲、色之樂俱足矣！再如第七十一回的回末詩：

> 王事驅馳豈憚勞，關山迢遞赴京朝。夜投古寺無烟火，解使行人心內焦。

這一回寫西門慶進京朝儀，回程的路上與何千戶遇上一陣大風，兩人遂入寺內避難，胡亂住了一夜，這首詩放在章回結束後，總結本章回的主要情節。「王事驅馳豈憚勞，關山迢遞赴京朝」，客觀陳述了西門慶不辭辛勞，遠赴朝廷，但藉由小說內容可推敲出西門慶為的不是國家大事，而是一己私利。我們對照一下這一回的回首詩：「暫時罷鼓膝間琴，閑把遺編閱古今。常嘆賢君務勤儉，深悲庸主事荒淫；治平端目親賢哲，稳亂無非近佞臣，說破興亡多少事，高山流水有知音」，再僅扣回小說第一回對時局的批評：「話說宋徽宗皇帝政和年間，朝中寵信高、楊、童、蔡四個奸臣，以致天下大亂」，可知作者批評當朝之用心，亦隱含於敘述中，李志宏亦指出，第七十一回的回首詩「暫時罷鼓膝間琴」，是「以情色書寫作為探討家國政體混亂的根本原因而加以參照引用，更能凸顯話語構成本身所隱含的政治批評意圖」。[5]綜觀小說論及當朝時政的內容亦不少，就回目而言，第三十回「來保押送生辰擔，西門慶生子加官」、第三十六回「翟謙寄書尋女子，西門慶結交蔡狀元」、第四十九回「西門慶迎請宋巡按，永福寺餞行遇胡僧」、第五十五回「西門慶東京慶壽旦，苗員外揚州送歌童」、第七十一回「李瓶兒何千戶家托夢，提刑官引奏朝儀」等，都可以看到朝廷權貴互相巴結，以拓展私人權力為主的醜態。就《金瓶梅詞話》的書寫方式而言，從西門慶及其一家妻妾為主的生活輻射而出，兼及朝廷亂政，第一回以政治諷喻始，[6]最末回以朝政動盪終，可呼應李志宏所言：「《金瓶梅詞話》的主題寓意，即表現在『寡欲』和『戒貪』兼存的政治烏托邦建構的深層願望之上，在仿真嘲諷的敘事創作中講求『克己』以『復禮』的思想表現，深切地反映了作者對於齊家治國的根本追求」。[7]

---

5 李志宏：《「演義」——明代四大奇書敘事研究》（臺北：大安出版社，2011 年 8 月），頁 498。

6 第一回開篇詞後緊接著陸續提到項羽、劉邦，並論述劉邦寵幸戚夫人的故事，有學者因此認為：「傳抄時代的《金瓶梅》，乃一政治諷喻小說，極可能不是西門慶身家興衰的故事」。魏子雲：《金瓶梅餘穗》（臺北：里仁書局，2007 年 1 月），頁 79。

7 李志宏：〈《金瓶梅詞話》的情色書寫及其寓言建構〉，黃霖、杜明德主編：《金瓶梅與臨清——第六屆國際《金瓶梅》學術研討會論文集》（濟南：齊魯書社，2008 年 6 月），頁 201。

再看第八十回的回末詩：

　　昔年意氣似金蘭，百計趨承不等閒。今日西門身死後，紛紛謀妾伴人眠。

第八十回的回目為「陳經濟竊玉偷香，李嬌兒盜財歸院」，後半回敘寫李嬌兒重回舊鍋，經應伯爵打點，嫁與張二官為妾。應伯爵自西門慶死後，每日在張二官那裡奉承，把西門慶家大大小小的事說與他知道，並進而為他圖謀潘金蓮，作者說：「但凡世上幫閒子弟，極是勢利小人」，這首詩針對此段情節而發，揭露應伯爵這類幫閒分子最醜陋的一面：「應伯爵形象的畫龍點睛之筆是他改換門庭投靠張二官……應伯爵這一系列忘恩負義、趨炎附勢的醜惡行徑，是他『幫閒』本質的大暴露」，[8]應伯爵在西門慶過世後，向其他受西門慶幫助過的兄弟們提議每人出一兩銀子祭奠，仍念念不忘要從中撈點油水，又獻計讓張二官娶李嬌兒過門，並建議把潘金蓮也一併娶進門受用，因此張竹坡痛批應伯爵、謝希大這類幫閒分子為「沒良心的人」。[9]

　　整體來說，這幾首詩能夠針對章回內容、人物形象起到總括章回情節的作用，而且藉由總括進而評論情節、描繪情節、預告情節、引出情節、總結情節，相較於徵引詩詞必須「削足適履」的情況看來，原創詩詞在發揮上的空間是要較為自由的。

二、終止前段

　　相較於上述的「總括章回情節」，「終止前段情節」指的是針對章回中的其中一個情節做總結，它的作用是終止前段情節，以方便作者開啟下一個情節。例如第二回寫到武大聽了兄弟的話，每日只做一半炊餅出去，天未晚就回家，把大門給關上，被潘金蓮罵了個狗血噴頭，他依舊忍氣吞聲，婦人奈他沒何了，等武大歸來時分就自去收簾子，武大看了暗自高興，作者以一首詩終止這段情節：

　　慎事關門并早歸，眼前恩愛隔崔嵬。春心一點如絲亂，空鎖牢籠總是虛。

接下來作者說：「白駒過隙，日月攙梭，才見梅開臘底，又早天氣回陽……」，下半回的情節寫潘金蓮簾下遇西門慶。此一安排中止了武大和婦人早關家門的情節，作者還談到了潘金蓮的心理活動，指出她不甘受困於屋內，「春心一點如絲亂，空鎖牢籠總是虛」一針見血點出了潘金蓮性格上最大的缺陷。東吳弄珠客云：「金蓮以奸死，瓶兒以孽死，

8　魯歌，馬征：《金瓶梅人物大全》（長春：吉林文史出版社，1991 年 7 月），頁148-149。
9　張竹坡：〈批評第一奇書金瓶梅讀法〉，黃霖編：《金瓶梅資料彙編》（北京：中華書局，1987年 3 月），頁74。

春梅以淫死」，[10]潘金蓮被視為「虎中美女」，這是將孔老夫子「苛政猛於虎」的學理演繹成「美女猛如虎」的命題，[11]潘金蓮的「淫」肇因於封建制度的迫害，從被張大戶收用到被白白送與武大，潘金蓮完全沒有反抗的力量，也造就了她日後對封建禮制的反動性格。這首詩提到潘金蓮雖不滿武大，但在封建制度下她仍然聽從丈夫的話，每到黃昏便先去收門簾，並把門關上，這個「關門」似乎暗示了封建制度制約下的潘金蓮，仍有「嫁夫從夫」的行為規矩，只是那扇門恐無法鎖住她的心猿意馬，春心如絲亂，對禮教的反動將破繭而出，接續這首詩之後是和西門慶相遇的情節，已經是另一情節的開展，詩句似乎已經隱隱預告了潘金蓮即將「有所覺醒並進而行動」。

暫且把重心從潘金蓮移開，關注小說中另一人物——孟玉樓，以第七回的詩為例：

張四無端散楚言，姻緣誰想是前緣！佳人心愛西門慶，說破咽喉總是閑。

孟玉樓的母舅張四為了圖她手中的財產，試圖說服孟玉樓放棄這個婚姻，他費盡口舌將西門慶的底細說個明白，還是被孟玉樓給駁的啞口無言，悻悻然離去。這首詩說明張四用心良苦，卻白費工夫，說破咽喉也撼不動佳人的心，後續情節則往孟玉樓的婚嫁情景發展。孟玉樓一直是小說中最被讚許的女性人物，她做人圓滑，充滿主見和智慧，她不打算守寡且自擇對象，和娘舅張四的對話更充滿了機智，因此張竹坡說她是一個「乖人」，[12]「佳人心愛西門慶，說破咽喉總是閑」說明孟玉樓是個頭腦清楚，堅定尋求自己幸福的人。再如第十二回：

金蓮容貌更溫柔，恃寵爭妍惹寇仇。不是春梅當日勸，父娘皮肉怎禁抽。

西門慶梳籠桂姐後，連日不回家，潘金蓮難耐寂寞，竟與小廝私通，被結怨的李嬌兒和孫雪娥告密，受了一場屈辱，幸賴春梅解圍，這首詩就是針對此事而發，並終止「私僕受辱」這一情節。這裡可以看得出，春梅雖只是個丫鬟，但是很得主子的喜愛，無論是潘金蓮或西門慶，都沒有把她當個地位低下的人看待，第二十二回更能看出春梅的聲價：

習教歌妓逞家豪，每日閑庭弄錦槽。不意李銘遭譴斥，春梅聲價競天高。

這是第二十二回的回末詩，這一回回目為：「西門慶私淫來旺婦，春梅正色罵李銘」，

10 東吳弄珠客：〈金瓶梅序〉，齊煙、汝梅點校：《新刻繡像批評金瓶梅》（臺北：曉園出版社，1990年9月），頁1。

11 石鐘揚：〈「虎中美女」與「紙虎兒」——封建婚姻制度下的潘金蓮〉，陳益源主編：《2012 臺灣金瓶梅國際學術研討會》（臺北：里仁書局，2013年4月），頁467。

12 張竹坡：〈批評第一奇書金瓶梅讀法〉，黃霖編：《金瓶梅資料彙編》，頁74。

但是這一首詩並非針對全章回之情節而發，而是指射「春梅正色罵李銘」一事。春梅被西門慶收用後，氣焰越來越高，「春梅罵人，主要是抬高自己的聲價。」[13]她罵人往往加上一句：「你（他）還不知道我是誰哩！」第二十二回的回目以蕙蓮和春梅做一對比，兩個下人都得西門慶的寵愛，但性格大不同，「蕙蓮利財，春梅尚氣」，[14]第二十九回吳神仙為眾妻妾相面，吳月娘不信「春梅後日生貴子」，春梅對西門慶說：「凡人不可貌相，海水不可斗量。從來旋的不圓砍的圓，各人裙帶上衣食，怎麼料得定？莫不長遠只在你家做奴才罷！」充分顯出春梅趾高氣昂的一面。又如第六十回這首詩：

纖纖新月照銀屏，人在幽閨欲斷魂。益悔風流多不足，須知恩愛是愁根！

這裡敘及李瓶兒失去官哥兒後，身心狀況每況愈下，某日夢見花子虛抱著孩子來找她，驚醒後便嗚嗚咽咽哭到天明。這首詩隱含著瓶兒內心身處的罪惡感，此詩過後，接續來保押船來家的情節。這首詩同時隱隱預示了李瓶兒的下場：「人在幽閨欲斷魂」，同時也呼應第十四回的徵引詩詞：「功業如將智力求，當年盜跖卻封侯。行藏有義真堪羨，好色無仁豈不羞？浪蕩貪淫西門子，背夫水性女嬌流。子虛氣塞柔腸斷，他日冥司必報仇」，說起來李瓶兒是西門慶的眾妻妾裡最有情的人，張竹坡說：「瓶兒是痴人」，[15]她重病時反覆夢見花子虛前來索命，是源於她內心的罪孽感，她同潘金蓮一樣為了追求自己想要的生活，都愧對原本的丈夫，但是李瓶兒又和潘金蓮不同，李瓶兒在第六十二回說道：「還不知墮多少罪業哩」，證明了李瓶兒比潘金蓮多了社會道德的約束，故這首詩說：「須知恩愛是愁根」。黃霖將李瓶兒歸為「缺乏自覺的主體意識」，就是因為李瓶兒雖然也是追求情欲，但她的追求仍然是出於原始情欲的衝動，和潘金蓮那種清醒地擺脫社會禮法是不同的。[16]

「終止前段情節」和「總括章回情節」並不相同，「終止前段情節」特別針對章回中的某一特定情節而發，意在為這段情節作總結，以開啟另一段嶄新的情節。以詩終止前段情節能夠加深讀者的印象，而作者的議論和評價濃縮在精簡的詩句中，此種「以詩代言」的方式，較小說中的大量議論文字更能吸引讀者。

13　魯歌，馬征：《金瓶梅人物大全》，頁 93。
14　田曉菲：《秋水堂論金瓶梅》（天津：天津人民出版社，2003 年 1 月），頁 70。
15　張竹坡：〈批評第一奇書金瓶梅讀法〉，黃霖編：《金瓶梅資料彙編》，頁 74。
16　黃霖：《金瓶梅講演錄》（桂林：廣西師範大學出版社，2008 年 10 月），頁 176。

三、承接上下

所謂「承接上下情節」，是指詩詞出現在同一主要情節中，它的功用通常是複述情節，當一個主要情節敘述到一半時，以一首詩複述之，容易使讀者加深印象，也有稍作停頓的效果，以便再為情節的繼續發展作準備。牛貴琥論詩詞在古代小說中的作用，提到詩詞容易讓讀者留下深刻的印象，以後遇到這些內容，人們自然就會想起某些小說中的詩句。[17]這種複述情節的功能，除了能夠加深讀者的印象，還可以為小說情節留下具有代表性的詩詞，例如在第十二回「潘金蓮私僕受辱」這一情節裡：

　　甜言美語三冬煖，惡語傷人六月寒。金蓮只曉爭先話，那料旁人起禍端。

潘金蓮的一大特質就是「利」，[18]伶牙俐齒、愛逞口舌是她的致命傷，她說妓院：「十個九個院中淫婦，和你有甚情實？常言說的好，船載的金銀，填不滿烟花寨」，殊不知李嬌兒正隔牆竊聽，從此二人結仇，這首詩即出現於此處，旁人如何起禍端？接續於詩後說明。「甜言美語三冬煖，惡語傷人六月寒」是宋元以來話本、小說慣用的習語，因此在論及生活上人物的相關言行時，很容易令人聯想到這句詩，可以說是「禍從口出」的最佳註腳。這樣簡單的一首詩，沒有太多深奧的道理，也沒有過於艱深的詞彙，卻能夠抓住讀者的感受，銘刻於讀者的腦海中。另看第二十一回「吳月娘掃雪烹茶」這一情節：

　　私出房櫳夜氣清，滿庭香霧月微明。拜天盡訴衷腸事，那怕傍人隔院聽。

這一回敘及吳月娘和西門慶形同陌路，有夜月娘掃雪烹茶，於月下「拜天盡訴衷腸事」，誰料西門慶正隔院傾聽，這首詩寫月娘拜天的情景，但是情節尚未結束，西門慶聽後大感懊悔，兩人於是衍出一段夫妻重修舊好的情節來。前兩句「私出房櫳夜氣清，滿庭香霧月微明」渲染了夜晚庭院的紛圍，正適合「拜天盡訴衷腸事」，而「那怕傍人隔院聽」除了能夠引出接下來的劇情，還能夠製造一點懸念。簡簡單單的一首詩，卻能將夫妻重修舊好的曲折過程表露的既生動又鮮明。又如第二十五回「雪娥透露蝶蜂情，來旺醉謗西門慶」，作者以一首詩說明：

　　宋氏偷情專主房，來旺乘醉詈婆娘。雪蛾暗泄蜂媒事，致使干戈肘掖傍。

17　牛貴琥：《古代小說與詩詞》（太原：山西人民出版社，2005年6月），頁47。
18　曹煒、甯宗一：《金瓶梅的藝術世界》（臺北：文史哲出版社，2002年12月），頁101。

這一回提到宋惠蓮偷情的事被孫雪娥洩密給來旺知道。一日，來旺喝醉後口吐真言，夫妻兩起了一陣口角，「雪蛾暗泄蜂媒事，致使干戈肘掖傍」，同時暗喻雪娥洩密將會掀起一大風波，一句「致使干戈肘掖傍」點出了人與人之間那種摩擦的火光。四句詩概括了四個情節：蕙蓮偷情、雪娥洩密、來旺罪謗、金蓮怒起。潘金蓮的憤怒，第二十五回還有一首詩來說明：「來旺無端醉罵主，甘興懷恨架風波。金蓮聽畢真情話，咬碎銀牙怒氣多」，宋惠蓮自縊，很大原因是潘金蓮在背後挑撥。潘金蓮工於心計，心胸狹窄，常容不下一根針，為了剪除宋惠蓮這個情敵，她搬弄是非，使其家破人亡。「咬碎銀牙怒氣多」使人想到潘金蓮狠毒奸險的一面，田曉菲論及繡像本第二十五回的一首鞦韆詞，指出這闋詞：「刻畫了生活中的一個短小的瞬間，宛如現下的電視小品，不給出人物的來龍去脈，只是描繪他們在一個片段時空中對一件事情的反應，又好似街頭作剪紙肖像的藝人」，[19]這句「咬碎銀牙怒氣多」也是異曲同工。另看六十八回的詩：

> 誰信桃源有路通，桃花含露笑春風。桃源只在山溪裡，今許漁郎去問津。

這是第六十八回「玳安殷勤尋文嫂」的回末詩，同時也接續了第六十九回「文嫂通情林太太」的情節。作者將「桃源」比喻為溫柔鄉，暗喻了林太太；「漁郎」則指深諳門路的文嫂，簡單的譬喻為情節營造了氣氛。這一回只提到「玳安殷勤尋文嫂」，玳安帶文嫂回西門大宅來，這首詩的出現有預示作用，為下一回目「文嫂通情林太太」暗埋了伏筆。又如第九十四回：

> 窮途無奔更無投，南去北來休便休。一夜彩雲何處散，夢隨明月到青樓。

這首詩針對「酒家店雪娥為娼」而發，孫雪娥被領出守備府後，薛嫂將她賣與一個山東賣棉花客人，卻沒想到這人是一個水客，和孫雪娥過了一夜後，就把她領到娼家學習彈唱，此詩與吳神仙「不為婢妾必風塵」的預言不謀而合，這首詩過後，仍是敘述孫雪娥在酒店內的情形和遭遇。這首詩道出了孫雪娥悲慘的人生，她在西門慶家就已經是個「沒時運的人兒」，奴才出身的她雖被扶為四房，平日卻還是得領著媳婦在廚房上竈，漢子也不太進她房裡。西門慶死後，她和來旺私奔，想到鄉下過著平靜的生活，卻被官府抓到，賣進周守備府，成了被春梅凌虐的對象。一日春梅毒打了她一頓，又將她賣入了娼家，「窮途無奔更無投，南去北來休便休」非常能夠詮釋她坎坷的命運，有一種無家可回的悲涼。末句「一夜彩雲何處散，夢隨明月到青樓」則更顯悲涼，孫雪娥到底是不是

19　這闋詞為：「蹴罷鞦韆，起來整頓纖纖手。霧濃花瘦，薄汗輕衣透。見客人來，襪剗金釵溜。和羞走，倚門回首，卻把青梅嗅。」田曉菲：《秋水堂論金瓶梅》，頁78。

一個有夢的人呢？其實是有的，她和一直力求擠身到主子地位的春梅不同，[20]孫雪娥不看重名義上的主子地位，反而看上了有反抗性格的家僕來旺，她一直努力抗爭，想追求她所要的平等生活。孫雪娥是有夢的，只是這個夢一直無法成真，醒來之後她又墮落至另一個無底深淵。以這首詩來詮釋孫雪娥的命運，有一種無盡的淒涼。

　　一首好的詩詞若能串連起上下情節，則能使小說在承轉上更為順暢，另一方面作者的預告和評論雖然干預了讀者閱讀的主觀思考，但對於讀者掌握作者思想及小說意旨卻也起了不少幫助。

四、預示未來

　　《金瓶梅》中的原創詩詞有些在複述情節的同時，也預示了日後情節的發展，凡有預示情節功用的詩詞，都可歸於此類。預示情節的詩詞在古典小說中經常出現，有時候預示一回的情節，也可以預示一個人的命運，或預示一個作品的全內容。[21]以第二回的一首詩為例：

> 月老姻緣配未真，金蓮賣俏逞花容。只因月下星前意，惹起門旁簾外心。
> 王媽誘財施巧計，鄆哥賣果被嫌嗔。那知後日蕭牆禍，血濺屏幃滿地紅。

這是第二回的回首詩，這一回的情節發展是「西門慶簾下遇金蓮，王婆貪賄說風情」。西門慶因命運的巧合，打從武大家門前經過，被潘金蓮用放簾子的叉竿打在頭上。而後西門慶念念不忘潘金蓮，三番兩次到王婆店裡，拜託王婆能夠協助湊成這段姻緣。這首詩預示了第三回的王婆施巧計、第四回的鄆哥被嫌嗔、第八十七回的潘金蓮血濺屏幃。又如第九回：

> 英雄雪恨被刑纏，天公何事黑漫漫。九泉乾死食毒客，深閨笑殺一金蓮。

此為第九回的回末詩，武都頭誤打李外傳，被拴到了縣衙裡。這首詩預示了第五回武松充配孟州道，乃因衙內上上下下都被西門慶打點過，武松這個患害一除，西門慶和潘金蓮心中如一塊石頭落地，生活也自在起來，「英雄雪恨被刑纏」、「深閨笑殺一金蓮」預言了潘金蓮即將打贏這場戰役。再看第二十三回的詩：

> 金蓮好寵弄心機，宋氏怙容犯主闈。晨牝不圖今蓄禍，他日遭愆竟莫追。

20　黃霖比較孫雪娥和龐春梅的不同，相較之下龐春梅是奴才，卻努力想擠到主子地位。黃霖：《金瓶梅講演錄》，頁190-191。
21　林辰：《古代小說與詩詞》，頁93。

自從潘金蓮竊聽藏春塢，識破了宋惠蓮後，宋惠蓮便每日跟在潘金蓮旁邊獻殷勤，極盡阿諛諂媚之事，只為討潘金蓮歡心。但是潘金蓮的好弄心機並不會就此罷休，只是暫時將之藏在心底，這首詩預示了第二十六回「來旺兒遞解徐州，宋惠連含羞自縊」，這樣的預示極為明白。但小說中也有較為含蓄的預示，例如第四十八回這首詩：

> 污吏贓官濫國刑，曾公判刷雪冤情。雖然號令風霆肅，夢裡輸贏總未真。

西門慶貪財受賄，縱放殺人犯苗青逍遙法外，沒料到曾御史仗義直言，明察本案，連夜派人前往借提苗青。作者對曾御史充滿了褒揚與敬佩，以污吏贓官對比曾御史的清廉形象，似乎讓人感覺到在黑暗的世界裡多了一線曙光，然而接下來筆鋒一轉，「夢裡輸贏總未真」則隱隱暗示了勝負尚未分曉，為情節埋下了一個伏筆。

五、鋪敘場景

原創詩詞中，有些用以刻畫場景，刻畫的角度通常分為兩類，一類是從書中人物的角度來呈現，描寫他們眼中所見的景物；一類是從作者的角度來鋪寫，也就是作者為這些特定場面來營造和渲染，以增加情節的生動性和豐富性。林辰提到小說裡的「景」不是「良辰美景」的景，小說裡的景是用來襯托情節和人物的。他又把小說裡的景分為：「時代社會的背景」、「人物活動的場景」、「自然現象的風景」。[22]在《金瓶梅詞話》中，以描寫人物活動的場景最多也最出色，以第六十五回這首詩為例：

> 鑼鼓鼕鼕靄路塵，花攢錦簇萬人瞻。哀聲隱隱棺輿過，此殯誠然壓帝京。

這是從作者角度所描寫的李瓶兒送葬場景，詩的前面有一段韻文，鋪敘了喪禮的隆重和盛大，這首詩是針對前段韻文的濃縮和總述。詩中強調了鑼鼓喧天的強大氣勢，以及人山人海的觀望群眾，場面之盛大可與王皇親家相媲美，作者這麼寫的用意一方面是要突出西門慶的有錢有勢，李瓶兒過世時，正是他如日中天的時候，這場氣派的喪禮能夠對比往後西門慶的冷清喪禮，呈現世情的現實面與興衰榮華的輪轉。其實，小說中少了這首詩，並不妨礙內容的完整性，尤其在這首詩前已有一段敘述文字，已經清楚呈現了這場喪禮的隆重，但是這種織景狀物的詩詞有加強並渲染氣氛的效果，「表現這個人物活動的空間，用詩詞描寫，有時可以受到用敘述文字所達不到的效果」，[23]例如小說中第七十一回另有一處描寫豪華的宮殿，小說敘述西門慶與何千戶跟隨進朝，「先到待漏院

22　林辰：《古代小說與詩詞》，頁76。
23　林辰：《古代小說與詩詞》，頁77。

候時，等的開了東華門進入」，以下這首詩就是他們眼中所見到的宮殿：

> 星斗依稀禁漏殘，禁中環珮響珊珊。花迎劍戟星初落，柳拂旌旗露未乾。
> 瑞靄光中瞻萬歲，祥烟影裡擁千官。欲知今日天顏喜，遙觀蓬萊紫氣蟠。

這一段並沒有任何敘述性的文字來表述宮殿的外觀，僅以一首八言絕句刻畫。這首詩是從西門慶和何千戶等人的眼中所見到的王宮景象，但就這一首詩即可使讀者感受到王宮的氣派和巍峨。在星光和晨曦的殘影中，王皇宮殿的富麗堂皇與之相互輝映。又例如第七十一回描寫景物的詩：

> 石砌碑橫蔓草遮，迴廊古殿半欹斜。夜深宿客無燈火，月落安禪更可嗟！

西門慶與何千戶從東京起身準備回山東時，遇上一陣怪風，兩人被吹的寸步難行，天色漸晚，望見路邊一座古剎。這首詩是兩人眼中所見的古剎，呈現的是一種蕭條冷清的氛圍，這個殘敗的古廟到處是荒煙蔓草，夜深的時候沒有燈，只剩天上一輪明月，在行人趕路的郊外，有種蕭索、寂寥的氣氛。無須長篇大論，短短運用了四句詩，就能夠渲染或襯托氣氛，並把小說中人物的情緒表露無遺。又如第七十六回所描寫的宴席景象：

> 華堂非霧亦非烟，歌過行雲酒滿筵。不但紅蛾垂玉珮，果然綠鬢插金蟬。

這首詩出現在宋御史借西門慶住宅來宴請山東侯巡撫的酒席上，席間觥籌交錯、美女如雲，有美酒和美食，並佐以美歌妙舞，眼睛所見是花花綠綠、金光閃閃，充分展現了統治者奢華鋪張的一面。《金瓶梅詞話》中寫景詩詞多半和「時代社會背景」及「人物活動場景」相關，並經常藉由小說人物的視角來呈現，讓讀者有身歷其境之感。

第三節　人物型塑

原創詩詞有些用以描摹人物外貌及人物性格，作者亦會針對人物的所作所為及未來命運進行評論，這類詩詞可以呈現作者對筆下人物的評價，也能夠呈現作者所欲塑造的人物性格和命運發展。

一、出場介紹

對於新出場的人物，用韻文加以介紹，通常是人物自介，有點像戲劇開場的「自報家門」，有時候也以作者的角度來進行介紹，以第十八回一首介紹陳經濟的詩為例：

自幼乖滑伶俐，風流博浪牢成。愛穿鴨綠出爐銀，雙陸象棋幫襯。

琵琶笙阮蕭管，彈丸走馬圓情。只有一件不堪聞：見了佳人是命。

陳經濟在第十七回時來到西門慶家，但是這一回中還沒有他的戲分。從第十八回開始西門慶安排他同賁四管工記帳，一日，西門慶不在家，吳月娘首度安排酒飯招待經濟和大姐，這首詞〈西江月〉出現於此。陳經濟從第十七回登場以來，小說未有對他的詳細介紹，這首詞可說是首度對陳經濟做了全面的介紹。詞先描寫陳經濟的個性、本領，尤其最後一句更是點出了他的致命傷，作者是從一個負面的角度來傳遞陳經濟這個角色，說他自幼乖滑伶俐，公子哥兒不務正業的本分也一應俱全，當然更少不了女色，這和陳經濟日後逐漸露出的本性相符，在「嗜色如命方面」，他可以算是西門慶的接班人。在首度對陳經濟的介紹上即點出他的致命傷是「見了佳人是命」，也凸顯了作者安排這個角色的重要性。陳經濟不單只是西門慶的影子而已，還是為了使故事的下半部分能延續下去，並展示作者的創作意圖：貪淫者必敗。[24]另外，陳經濟和潘金蓮的不倫之戀，也反諷了西門慶引狼入室，呼應了第十二回的徵引詩：「一家歪斯胡纏，那討綱常禮數」。

　　《金瓶梅詞話》在介紹他人職業時，經常採用自報家門的方式，雖然影響了小說劇情的合理性，但卻帶有一種諧趣的意味，例如第七回薛嫂兒的自報家門：

我做媒人實可能，全憑兩腿走殷勤。唇鎗慣把鰥男配，舌劍能調烈女心。

利市花紅頭上帶，喜筵餅錠袖中撐。只有一件不堪處，半是成人半敗人。

這是第七回的回首詩，描寫幫孟玉樓說媒的薛嫂兒，不過這個自介帶有作者的諷刺和譴責意味，媒人這個角色在《金瓶梅》一書中是被醜化至極的，正如作者所言：「看官聽說：世上這媒人們，原來只一味圖賺錢，不顧人死活。無官的說做有官，把偏房說做正房。一味瞞天大謊，全無半點兒真實。」無論是薛嫂、王婆，還是文嫂，在作者筆下都是花言巧語、貪財勢利的模樣，這首詩一方面以打油詩的形式呈現趣味，一方面也蘊含作者在書中對媒人角色的貶斥。從撮和西門慶和潘金蓮的王婆到媒介孟玉樓婚姻的薛嫂兒，都是為了利益會見機行事的人，因此孟玉樓曾這樣說：「你這媒人們說謊的極多，初時說的天花亂墜，地湧金蓮，及到其間，並無一物，奴也吃人哄怕了」，整部小說中，直到潘金蓮慘死武松手下，都還可以見到媒人婆貪才財狠毒的一面。相較於媒婆，裁縫在《金瓶梅詞話》中則是未被醜化的職業：

我做裁縫姓趙，月月主顧來叫。針線緊緊隨身，剪尺常掖靴靿。

24　黃霖：《金瓶梅講演錄》，頁 190-191。

> 幅摺趄空走價，截彎病除手到。不論上短下長，那管襟扭領拗？
>
> 每日肉飯三餐，兩頓酒兒是要。剪截門首常空，一月不脫三廟。
>
> 有錢老婆嘴光，無時孩子亂叫，不拘誰家衣裳，且交印鋪睡覺。
>
> 隨你催討終朝，只拿口兒支調。十分要緊騰挪，又將後來頂倒。
>
> 問你有甚高強？只是一味靠落。（第四十回）

「我做某業姓某」是小說自報家門中常使用的手法，這裡我們看到的是下層階民討生活的艱辛，對於裁縫師這種依靠主顧生活的職業，富豪之家可說是他們的衣食父母，他們的生計來源端看是否有主顧上門，這種勞動人民在《金瓶梅詞話》的作者筆下是比較善良且值得憐憫的。

二、形象敘寫

《金瓶梅詞話》以韻文來描寫人物形象，這些詩詞能夠呈現作者所欲刻畫的人物性格，可以說是人物自抒心情的詩，有時作者也從旁觀者的立場加以敘述。以第八十八回描寫吳月娘為例：

> 守寡看經歲月深，私邪空色久違心。奴身好似天邊月，不許浮雲半點侵。

這首詩單道吳月娘的修善施僧。吳月娘是個恪守三從四德的婦人，深受傳統封建文化的薰陶，當然吳月娘有她負面的形象，說「私邪空色久違心」是言之過實，[25]吳月娘這個角色是褒貶參半的，「吳月娘就是這樣一個符合封建道德規範的賢良正妻，是作者賴以平衡眾多『淫婦』的『正面形象』」，[26]就守節、禮教等方面而言，她確實是獨善其身，但是她仍然擁有一個血肉之軀所具有的複雜性格，她一直想塑造自己無私、完善的形象，因此總是被歸類為虛偽的人物，張竹坡就說：「吳月娘是奸險好人」，[27]其實作者正是用這樣的方式來寫活一個人，我們試看以下的評論：

> 《金瓶梅》的作者對吳月娘恪守封建禮教的人生態度不是從譴責的角度予以否定，而是從同情的角度予以暴露。西門慶死後，小說用了許多筆墨大描大寫月娘為了維護自己的名譽和人格尊嚴，不為強人、歹徒所屬，所盡的種種努力和抗爭。作

---

[25] 「私邪空色久違心」沒有被吳月娘完全實現。見孟昭連：《金瓶梅詩詞解析》，頁536-537。陳東有：《金瓶梅詩詞文化鑒析》（成都：巴蜀書社，1994年2月），頁310。

[26] 黃霖：《金瓶梅考論》（瀋陽：遼寧人民出版社，1989年10月），頁111。

[27] 張竹坡：〈批評第一奇書金瓶梅讀法〉，黃霖編：《金瓶梅資料彙編》，頁74。

者對這些努力和抗爭是讚美的，並給予該形象以最後完善的機會。至於她的這些
舉措中的不得當的部分及其心理、思想根源，作者十分清楚是禮教對人生的戕害
造成的。作者借月娘的形象披露婦女的苦難，同時對其愚貞給予善意的嘲笑。[28]

簡而言之，在作者的筆下吳月娘畢竟算是一個比較正面的形象，作者時時歌頌她，但又
寫出她令人詬病的一面，其實這才是血肉之軀，擁有正反面的複雜性格是真實的人性，
因為深受傳統封建的束縛，使她具有不少矯情面，儘管如此，相較於淫婦，她還是作者
標準裡屬於良善的一類。再看作者於第二十回對陳經濟的評價：

> 東林嬌婿實堪憐，況遇青春美少年。待客每令席側坐，尋常只在便門穿。
> 家前院後明嘲戲，呆裡撒乖暗做奸。空在人前稱半子，從來骨肉不牽連。

陳經濟是個紈褲子弟，這首詩寫的就是他那種狡猾乖覺的樣子，不過這首詩還帶有作者
的嘲諷意味，主要是西門慶和吳月娘引狼入室，還稱讚經濟「這等會做買賣」，以此重
用他，作者掀開他的真面目，這首詩展現陳經濟狡猾顛狂、不顧倫理、不知感恩、嗜色
如命的本性，與日後情結發展所呈現出的形象不謀而合。

三、預示命運

《金瓶梅》中經常透過算命來預示人物情節的未來命運，正如張國風所言：「作者為
了保持作品的懸念，常常不肯將結局過早地揭示給讀者。可是，作者也不能完全無視讀
者的好奇心。在這種情況下，小說的作者採取種種方式來暗示人物未來的命運」，[29]相
師相人，除了預示命運外，還含有作者對人物的好惡觀感，例如在第二十九回，西門慶
請吳神仙為大家算命，他說孫雪娥：

> 燕體蜂腰是賤人，眼如流水不廉真。常時斜倚門兒立，不為婢妾必風塵。

孫雪娥在西門慶的眾妻妾中是最為卑微的一個，地位甚至連身為奴婢的龐春梅都不如，
她原是西門慶先妻陳氏的陪床丫頭，吳神仙說她「不為婢妾必風塵」，指她是奴婢出身，
晚年必定落入風塵。孫雪娥在小說中的命運是極其悲慘的，儘管她努力想為自己爭取自
由，但作者對這個角色的安排似乎是殘忍的，她出身為奴婢，最後以娼家身分結束生命，
張竹坡說：「雪娥是蠢人」，[30]或許正是她的「蠢」造就了她的可憐命運。從和潘金蓮

28　魯歌，馬征：《金瓶梅人物大全》，頁 56-57。
29　張國風：《金瓶梅描繪的世俗人間》（北京：書目文獻出版社，1992 年 12 月），頁 166。
30　張竹坡：〈批評第一奇書金瓶梅讀法〉，黃霖編：《金瓶梅資料彙編》，頁 74。

為敵、向來旺洩密，以及後來和來旺私奔，可以看出她雖有心，處事卻不夠周至，故而在小說中總是一個被欺凌的人物。而和孫雪娥不同的是伶俐又尚氣的龐春梅。龐春梅又可和秋菊做對比，第十回有一首詩描寫了春梅和秋菊的雲泥之別：「燕雀池塘語話喧，皆因仁義說愚賢。雖然異數同飛鳥，貴賤高低不一般」，這首詩寫春梅和秋菊的命運大不同。春梅和秋菊同是丫鬟，春梅聰明伶俐，漂亮討喜；秋菊生性愚拙，長相醜陋。秋菊經常被打得殺豬般叫，受盡了屈辱，連同是奴才的春梅、小玉都對她加以辱罵和毆打。秋菊雖然低人一等，認真說來，她卻也是個守本分的丫頭，但是無論她怎麼做，都還是會被找麻煩。有次潘金蓮丟了一隻睡鞋，卻誣賴秋菊，秋菊三番兩次尋遍了，就是尋不著：

> 婦人教採出他院子裡跪著。秋菊把臉哭喪下水來，說：「等我再往花園裡尋一遍，尋不著，隨娘打罷。」春梅道：「娘休信他。花園裡也掃得乾乾淨淨的，就是針也尋出來，那裡討鞋來！」秋菊道：「等我尋不出來，教娘打就是了。你在傍戳舌兒怎的？」婦人向春梅道：「也罷，你跟著他這奴才，看他那裡尋去。」（第二十八回）

秋菊找到藏春塢的書房去，尋出了已死媳婦宋惠蓮的鞋子，免不了還是挨一頓打。命運乖舛的秋菊有強烈的反抗意識，當她發現潘金蓮和琴童私通後，立刻告訴小玉，傳得人盡皆知；潘金蓮和陳經濟的姦情也是她告發的，起初她挨了巴掌和鞭子，被怒斥為「賊葬弄主子的奴才」，但她還是不畏懼，繼續揭露主子的醜事，直到月娘識破了姦情。但是潘金蓮與陳經濟的姦情被識破後，秋菊並沒有得到任何讚揚，反而被視為葬送主子的奴才，最後以五兩銀子賣掉。秋菊這樣一個為人老實、守本分的丫鬟，無論如何努力、如何抗爭，都無法擺脫下人的地位；而天生條件好的，譬如春梅，靠這她的聰明伶俐，總是左右逢源，由奴才升遷為主子。第二十九回吳神仙相春梅，說她：

> 天庭端正五官平，口若塗硃行步輕；倉庫豐盈財祿厚，一生常得貴人憐。

在眾人中，龐春梅的命相得特別好，吳神仙預言她日後將會大翻身，由奴婢成為周守備正頭娘子，更可證明了人物性格左右了個人命運。前面曾提到努力抗爭卻還是改變不了自己命運的還有孫雪娥，孫雪娥原本是陪嫁丫頭，後來即使有妻妾之名，卻還是擺脫不了丫鬟的命運，在家中的地位還不如春梅。在那種階級分明的社會，貴賤似乎是天生注定的，奴才的命一輩子也無法翻身，這種下層人民的無奈和悲哀，《金瓶梅》中處處可見。

接下來再以小說中另一妻妾李瓶兒為例，第六十一回李瓶兒病重時，西門慶請了黃

先生為她相命：

> 莫道成家在晚時，止緣父母早先離。芳姿嬌媚生來美，百計周全更可思。
>
> 傳揚伉儷當龍至，應合屠羊看虎威。可憐情熱因情失，命入雞宮葉落裡。

吳月娘屬龍，西門慶屬虎，李瓶兒屬羊，五六句指出吳月娘與西門慶才是美滿夫妻，李瓶兒則無此福分，後兩句更直言她即將命入黃泉。[31]此詩預示李瓶兒凶多吉少，難逃此劫。李瓶兒的命運亦由她的性格造成，李瓶兒的性格在嫁給西門慶前後有了很大的轉變，尤其面對潘金蓮的節節逼退，她更顯得懦弱無助，只是一味地生暗氣，受了委屈亦不向他人透露，因此黃先生說她「可憐情熱因情失」，點出了心病是奪走她生命的主因之一。

四、品評善惡

作者在敘述與人物有關的韻文中，融有對人物善惡的批判與好惡，這一類的詩詞不單只有敘述人物，還包含品評人物及給予人物正面的讚美或反面的否定。

以第九回評論西門慶為例：

> 堪笑西門不識羞，先奸後娶醜名留。轎內坐著浪淫婦，後邊跟著老牽頭。

西門慶害死武大後，便將潘金蓮娶進家門，針對這種行為，作者直斥西門慶不知羞恥，還使用了「先奸後娶」、「浪淫婦」、「老牽頭」這種貶抑又粗俗的詞語，表達作者對西門慶及他身邊這些惡類的不滿與震怒。另外在第八十四回作者稱讚吳月娘，說：

> 平生志節傲冰霜，一點真心格上蒼。為夫遠許神州願，千里關山姓字香。

這首詩用以讚美吳月娘為夫遠赴泰山進香，「平生志節傲冰霜，一點真心格上蒼」是作者對賢妻良母形象的讚揚。另外在現實社會中，有一種看似恪守婦道，實則為披著道德外衣的虛偽分子，如林太太，第七十二回有兩首詩評曰：

> 從來男女不通酬，賣俏營奸真可羞。三官不解其中意，饒貼親娘還磕頭。
>
> 大家閨閣要嚴防，牝雞司晨最不良！不但悖得家聲喪，有愧當時節義堂。

這兩首詩諷刺的是林太太。林太太是王招宣之妻，王三官之母，二十多歲喪夫後，就專幹些「賣俏營奸」的工作，西門慶為了搭勾林太太，請文嫂兒作牽頭，兩位當事者雖心知肚明，卻還是假惺惺地以「討論王三官前程」為由，進行寡廉鮮恥的勾當。林太太貴

31　孟昭連：《金瓶梅詩詞解析》，頁370。

為上流社會的女子，屋內懸掛「世忠堂」、「節義堂」等牌額，背地作為卻形同暗娼，並自導自演一齣感恩劇，讓王三官拜西門慶為義父。在作者眼中，林太太這類的人物和妓女李桂姐、鄭愛月兒並無不同，差別只在於林太太打著節義名號，行賣俏之實，作者給她的批判並不客氣：「賣俏營奸真可羞」、「牝雞司晨最不良」，嚴厲諷刺了這種虛偽、浪蕩的行為。張竹坡談到了林太太這個角色，認為是「作者蓋深惡金蓮，而並惡及其出身之處，故寫林太太也」，[32]因為王招宣府是潘金蓮初學歌舞的地方，有了這樣的環境，出了個潘金蓮也就不足為怪。林太太身為貴婦，言行舉止卻與娼家女子無異，忠孝節義等傳家節操也只是虛假的外衣，這是作者對封建禮教的揭露和批判。

還有一類既是特指又是泛指，通常用以貶斥令作者反感的「職業」，例如媒婆、僧尼、妓女、幫閒分子等，這些在作者的眼中都是見錢眼開、唯利是圖的小人，如第八十四回這首詩：

> 琳宮梵剎事因何？道即天尊釋即佛。廣栽花草虛清意，待客迎賓假做作。
> 美衣麗服裝徒弟，浪酒閒茶戲女娥；可惜人家嬌養子，送與師父作老婆。

作者說：「但凡人家好兒好女，切記休要送與寺觀中出家，為僧作道，女孩兒做女冠姑子，都稱瞎男盜女娼，十個九個都著了道兒。」這首詩在第八十四回，是針對碧霞宮淫僧石伯才而發，同時也概括了作者眼中的晚明佛教是藏污納垢的地方，以佛教之名，行貪財、騙色之實，《金瓶梅》的尼僧都是這副嘴臉，有學者認為：「除普靜師起全書結構作用未加褒貶外，其餘的僧尼均不是好東西，他們的動機和追求都為色、財所左右、所操縱」。[33]這首詩將《金瓶梅詞話》中的僧尼言行高度濃縮，可視為僧尼形象的代表詩作。

第四節　價值建構

《金瓶梅》是一部描寫世態炎涼的小說，難免有作者的主觀評論在內，無論是對事或對人，作者心中都有一把善惡的量尺，並由中總結出對社會、對人生的經驗與感觸。其實這種預告性的評論在《金瓶梅詞話》中俯拾皆是，李志宏特別指出，《金瓶梅詞話》

32　張竹坡：〈批評第一奇書金瓶梅讀法〉，黃霖編：《金瓶梅資料彙編》，頁74。
33　尹恭弘：《金瓶梅與晚明文化》（北京：華文出版社，1997年2月），頁57-58。

作者在敘述過程中不斷通過敘述者的干預評論。[34]這種不斷放送給讀者的干預性或預言式評論，都可以視為是《金瓶梅詞話》的作者在寫作過程中，嘗試要建構出這本小說的核心價值，並引領讀者一起關注。

一、興衰之變

《金瓶梅》這一部書寫的是西門慶一家的興衰史。西門慶的敗亡，張二官的崛起；龐春梅的發跡，吳月娘的落沒……，宇宙中強弱、貧富、顯微的流轉，勾勒出現實人生的高低起伏，以第九十回的詩為例：

> 花開花落開又落，錦衣布衣更換著。豪家未必常富貴，貧人未必常寂寞；
> 扶人未必上青天，推人未必填溝壑：勸君凡事莫怨天，天意與人無厚薄。

人世無恆又有恆，世間的一切不停地在變動，變動中又有它的穩定性和恆常性，譬如花開花落，而後復始。自古《易經》即言：「窮則變，變則通，通則久。」[35]物極必反、器滿則傾、否極泰來等是宇宙中的自然規律，當一種事物發展到極點時，就要走向反面，舊事物滅亡，新事物出現。人世是無常的，興衰、貧富、貴賤並非恆常不變，當西門慶的人生如日中天的時候，便開始由盛轉衰，先是失去官哥兒，再來是李瓶兒病逝，當西門慶死後，更是樹倒猢猻散，妻妾死的死，逃的逃，原本是正頭娘子的吳月娘，也無昔日風光了，第九十六回有詩可證：

> 裏虛外實費張羅，待客酬人使用多。馬死奴逃難宴集，臺傾樓倒罷笙歌。
> 租田稅店歸舊主，玩好金珠托賣婆。欲向富家權借用，當人開口奈羞何。

這首詩寫在「春梅遊玩舊家池館」前，這時候的春梅貴為守備夫人，穿金戴銀，領著一群丫鬟奴僕，吳月娘相較之下就顯窮困了，但是月娘還是費盡心思招待春梅，所以說「裏虛外實費張羅，待客酬人使用多」。然而，昔日西門府的金碧輝煌、燈紅酒綠、笙歌鼎沸已不復見，取而代之的是下列這幅景象：

> 垣墻欹損，臺榭歪斜。兩邊畫壁長青苔，徧地花磚生碧草。山前怪石，遭塌毀不顯嵯峨；亭內涼床，被滲漏已無框檔。石洞口蛛絲結網，魚池內蝦蟆成群。狐狸

---

34 李志宏：〈《金瓶梅詞話》的情色書寫及其寓言建構〉，黃霖、杜明德主編：《金瓶梅與臨清——第六屆國際《金瓶梅》學術研討會論文集》，頁 211。
35 惠棟：《周易述》，收入任繼愈、傅璇琮等主編：《文津閣四庫全書》（北京：商務印書館，2005），經部，第一冊，頁 85。

常睡臥雲亭，黃鼠往來藏春閣。料想經年人不到，也知盡日有雲來。（第九十六回）

這種蒼涼的景象，令人有滄海桑田之感。西門慶死後，風光不再，正如月娘說的：「一言難盡。自從你爹下世，日逐只有出去的，沒有進來的。常言家無營活計，不怕斗量金。」東西能典當的都典當了，月娘雖不至於淪落到開口向人借錢的地步，但在富室夫人春梅前，的確是很難堪的，否則也不會阻止春梅遊舊家花園了。

二、因果報應

前面提到，《金瓶梅詞話》的主旨包含了「戒色」和「戒貪」，看似是個人的行為，但其實影響到的是整個社會的道德規範。例如從西門慶個人的行為往外延伸，能夠導致儒家價值體系中道德規範和倫理觀念的崩解，可以說是《金瓶梅詞話》作者對「家國之禍」的重視。[36]作者在書中對男主人公西門慶的批判最為著力，西門慶在書中是天下第一惡徒，沒有絲毫值得同情之處，他的人生奉行「色」和「財」，仗勢錢財為非作歹，是個寡廉鮮恥、心狠手辣的負面型人物，靠著錢財他買得一個官職，然而西門慶本身就是個作奸犯科的人，他何能判斷是非善惡？讓這種通姦殺人犯執法，在第七十六回作者認為：

宋朝氣運已將終，執掌提刑忒不公。畢竟難逃天地眼，那堪激濁與揚清。

原來西門慶在謀害武大時，受到何九的包庇，使能逃過一劫。多年後，何九的兄弟何十作盜賊的窩主，被提刑院拿去，西門慶將他無罪釋放，且拿弘化寺一名和尚頂缺，這種傷害無辜的行為令人髮指，而這竟是出於一個執政者手中，難怪作者感嘆「宋朝氣運已將終」，讓西門慶這類的惡霸為官，無非是拖倒國家的害蟲。面對如此不公事，作者只能訴諸天眼：「畢竟難逃天地眼」，這種貪贓枉法的事天地理應不容，報應不是不到，只是時候未到。又如第三十四回：

自恃官豪放意為，休將喜怒作公私。貪財不顧綱常壞，好色全忘義理虧。
狎客盜名求勢利，狂奴乘飲弄奸欺。欲占後世興衰理，今日施為可類知。

這是第三十四回的回首詩，首兩句針對西門慶為官坐大、斂財聚益而發，西門慶審理韓二搗鬼與嫂子通姦案，不僅收賄包庇通姦人，且反將捉姦人痛打一頓；次兩句則直指西門慶的好色已達敗壞綱常的地步，連家僕都要染指。作者譴責他這些醜陋的行為，「欲

36　李志宏：〈《金瓶梅詞話》的情色書寫及其寓言建構〉，頁 213。

占後世興衰理，今日施為可類知」即明言作惡多端的人，日後也不會有好的下場。西門慶的下場是很悽慘的，由於他縱慾過度，終於精乾髓枯，被寵妾潘金蓮玩弄致死。這種因果報應的思想，在小說中似乎很常見，下列這首詩出自第八十一回，也是一個例子：

> 萬事從天莫強尋，天公報應自分明。貪淫縱意奸人婦，背主侵財被不仁。
>
> 莫道身亡人弄鬼，由來勢敗僕忘恩。堪嘆西門成甚業，贏得奸徒富半生。

詩的一開始就提出告誡：「萬事從天莫強尋，天公報應自分明」。西門慶生前姦淫人婦，死後妻妾紛紛變節離去，僅剩吳月娘願為他守寡；在世時貪贓枉法，不顧儒家綱常禮教，死後奴僕捲款而逃，連應伯爵都另覓他主去了。面對這些忘恩負義的傢伙，作者加以譴責，但也不忘譏諷西門慶：「堪嘆西門成甚業，贏得奸徒富半生」。

　　從上述幾首詩可看出，因果報應在小說中處處被論及，關於這一點，廖肇亨特別指出：

> 前人論及明清小說與佛教之間的交涉，多從「因果報應」或「功利福報」等角度立論，以《金瓶梅》為例，這樣的描寫或感嘆在《金瓶梅》中俯拾即是，當然言之成理，但這種民間普遍心態如果可以概括《金瓶梅》的佛教思想，則反而模糊《金瓶梅》的文學成就，試想背反「因果報應」思想的傳統小說有幾？[37]

《金瓶梅》書寫了人世間最醜陋、最真實的一面，在敘述中夾雜了許多說教的成分，且將許多不公不義的事，歸結到「不是不報，只是時候未到」。《金瓶梅詞話》中這麼多因果報應的思想，追根究底其實是時代氛圍的影響，「佛道意識，輪迴報應思想，原是明朝一代人所共有的時代意識。蘭陵笑笑生作為一個具有開明觀點的作家，並不一定相信鬼神顯靈的實有。可是作為世情小說的《金瓶梅》，由於寫真寫實，所以逼真地描寫了這一時代意識和社會現象」，[38]與其說作者信奉因果報應，不如說這是一種時代的現象。作者在自己的價值觀上，選擇性地融入了時代的道德價值，再加上自己原有的價值基礎，成就了《金瓶梅》這部小說的道德標準，陳東有如此說：

> 其道德標準的構成主要是作為大眾行為準則的明代理學中若干訓條和融佛、道二教善惡觀、因果報應等為內容的民間宗教意識以及民眾的生活經驗。對於這種選

37　廖肇亨：〈晚明情愛觀與佛教交涉芻議〉，熊秉真主編：《欲掩彌彰 中國歷史文化中的「私」與「情」——私情篇》（臺北：中央研究院中國文哲研究所，2002年12月），頁162。

38　余岢、解慶蘭編：《金瓶梅與佛道》（北京：燕山出版社，1998年7月），頁156。

擇，作者有自己的哲學基礎。[39]

簡而言之，作者在時代中選擇了一些哲學議題，融入他的創作中，這些議題不見得能夠代表作者的信仰，但卻是《金瓶梅》一書所呈現的哲學信仰，也可以說是反映明代現實社會的《金瓶梅》所呈現的時代精神。真實世界或許沒有所謂的善報、惡報，所以人民由宗教中尋求慰藉，以消除心中的恐懼和不安。《金瓶梅詞話》暴露社會醜陋和不公的一面，雖然真實世界善人未必有善報，惡人未必有惡報，但是《金瓶梅詞話》不得不這麼寫，否則就無法捍衛任何真理：《金瓶梅詞話》可以說是為了捍衛儒家價值體系，因此把種種違反道德的行為借助因果報應的框架予以抑制，才能夠重建名教的價值。[40]我們再看小說中第七十九回的這首詩：

> 造物於人莫強求，勸君凡事把心收。你今貪得收人業，還有收人在後頭。

西門慶生前家私萬貫，有絕大部分是不義之財，例如謀害花子虛進而圖謀李瓶兒及其財產、貪贓枉法收賄的金錢等，可說他的一生都在為「財」、「色」費心費力，然而一撒手，家財就立刻被李三、應伯爵所設計。這首詩針對這兩個忘恩負義的人而發，警告他們小心報應，當然這個警告來自於西門慶一生的經驗，西門慶生前種什麼因，死後得什麼果，「你今貪得收人業，還有收人在後頭」就具有明顯的因果循環之理。而最能夠說明這種果報思想的，是全書的回末詩：

> 閒閱遺書思惘然，誰知天道有循環。西門豪橫難存嗣，經濟顛狂定被殲。
> 樓月善良終有壽，瓶梅淫佚早歸泉。可怪金蓮遭惡報，遺臭千年作話傳！
> （第一百回）

作者說，月娘活到七十歲，善終而亡，是「平日好善看經之報也」。人有善惡兩面存在，並非是全善、全惡的扁平人物，《金瓶梅》很忠實地呈現出人性的真實面，例如殺夫的潘金蓮，仍有施捨磨鏡叟的悲憫之心；好善看經的吳月娘，有時卻過於無情，她要春梅罄身出門，又把西門大姐送去虎口，使其被陳經濟迫害而亡……，種種說明，人不能二分為善惡，但是在芸芸眾生裡，還是有所謂善惡的對立。小說中西門慶豪橫，為了追求財色而視人命如草芥；經濟顛狂，違背道德倫理，且不知羞恥；潘金蓮和李瓶兒是典型的淫婦，尤以潘金蓮更甚，這些人都沒有很好的下場。相較於上述四個人，吳月娘和孟

39　陳東有：〈金瓶梅詞話道德說教中的哲學命題〉，收錄於中國金瓶梅學會編：《金瓶梅研究》（北京：知識出版社，2002 年 9 月），第七輯，頁 102。

40　李志宏：〈《金瓶梅詞話》的情色書寫及其寓言建構〉，頁 214。

玉樓算是比較良善的一類，兩人都得以善終。作者塑造吳月娘和孟玉樓這兩個人物，有意與潘金蓮作對比。月娘端莊賢淑，金蓮放浪淫佚；月樓溫婉善良，金蓮善忌善妒。在作者眼中，同時也在《金瓶梅》的人物裡，吳月娘和孟玉樓是「善」的一類：

> 作者在小說中對這兩個人物的描寫敘述，也多是從表現她們的「善」行出發的。不過，這種表現決不是脫離生活自身規律的誇飾、虛構，而是在客觀寫實的前提下，用對比的手法，烘托、映襯。潘金蓮是作者執意批判的「惡」女人，在其批判之中，作者時常將吳月娘的「善」行同潘金蓮的「惡」行對比，以突出月娘的良善、忠貞。[41]

李志宏指出，在小說的最後，作者著重為其他人物設置因果報應的倫理結局，是反映了天道循環的深層文化思維。[42]在這種善惡對比下，讀者很容易感受到善惡是分明的，並由天道循環的道理，產生棄惡揚善的心理。因果報應帶有宗教的神秘性，能夠約束人民使其合乎道德規範，並提供他們一種理想世界的嚮往。《金瓶梅詞話》中的天道循環、因果報應不僅在原創詩詞中被充分傳達，前章提到的徵引詩詞亦充滿這些宗教思想，從作者自創的詩詞到作者主觀由他書挑選的詩詞看來，我們不能否認這部小說在成書的過程中，經由時代的影響，反映了世間普遍的一種價值共識，「《金瓶梅》當然不是宗教文學，可它的某些人物、某些情節、某些場景，都富有宗教的色彩，或具有宗教的深邃的意蘊；它雖是世情小說，可它常從教義的立場上，來表現宗教與人生的關係。」[43]可以這麼說，《金瓶梅詞話》這部世情小說描摩了世態人情，當然不能無視民間宗教對人民的重要性，作者的評論摻雜這麼多果報思想，並非迷信，或可說它是一種表現手法——用民間宗教表現世間男女的關係，因此這種深邃的宗教意涵，可視為《金瓶梅詞話》對整個明代社會的反映。

小　結

　　原創詩詞是作者針對小說中的情節和人物特別予以創作的，相較於徵引詩詞，它們更能夠與小說內文貼合。本文所判定的原創詩詞約有九十首，這些詩詞在情節的鋪排和串連上起著重要的作用，它能夠引領下文、總結前文，也能夠在閱讀過程中讓上下兩段

41　陳東有：《金瓶梅——中國文化發展的一個斷面》（廣州：花城出版社，1990年4月），頁247。
42　李志宏：〈《金瓶梅詞話》的情色書寫及其寓言建構〉，頁219。
43　余岢、解慶蘭編：《金瓶梅與佛道》（北京：燕山出版社，1998年7月），頁12。

不同的情節得到停頓效果。另外在刻畫場景方面，精鍊的詩句又為劇情增色不少。此外在人物書寫方面，詩詞經常用來描寫人物外貌和人物性格，且難免含有作者的主觀好惡和褒貶，這些詩詞除了呈現人物個性，也可能預示人物的命運發展。我們還能夠從這些詩詞中看到作者對他筆下人物的觀感，作者的敘述方式、詞語應用皆反映他對人物的評價；從性格塑造和命運安排上，也隱含作者筆下可憎和可憐的對立形象。當然，《金瓶梅詞話》的作者在寫作過程中經常加入自己的主觀評論，在明代的複雜社會背景下，作者深受儒、釋、道三教影響，展現在作品中有對筆下人物的同情和撻伐，或對大環境風氣如僧尼、奴隸制等的批判，且由之總結出一些生命哲理，許多詩詞藉由因果報應欲導人向善，反映了明代社會的民間宗教內涵。

　　原創詩詞和徵引詩詞的來源雖不同，但仍然有相互輝映的地方，我們發現一些原創詩詞提到的內涵，在前章回的徵引詩詞就曾出現過，這能夠表示作者在運用這一些詩詞時，仍然有一套標準存在，尤其在藉由宗教維護儒家價值體系中的道德規範和倫理觀念上，兩者是共通的。

第五章　瑕瑜互見
——民間說書遺跡

前　言

　　前文將《金瓶梅詞話》的詩詞分為徵引及原創兩部分，並個別討論他們的使用方式，如此尚不能概括全書的詩詞，同時還有約百首的詩詞未被歸類。除了從徵引詩詞和原創詩詞的角度來瞭解《金瓶梅詞話》的詩詞外，將整部小說的詩詞做綜合觀察，也發現它們在情節運用及藝術技巧上有一些共同點，構成了讀者對《金瓶梅詞話》詩詞的整體印象。

　　另外，前文論及的徵引詩詞和原創詩詞並未包括《金瓶梅詞話》的第五十三回至第五十七回，有爭議的「這五回」由於情況特殊，故於此獨立論述。透過這五回的詩詞分析，特別將重點聚焦於回首詩詞，而後將其置於小說整體脈絡上，提出這五回詩詞的運用特色。

第一節　瑕——傳承的侷限

　　《金瓶梅詞話》的詩詞相當豐富，就詩詞來源還可分為徵引詩詞和原創詩詞，就不同來源而有不特的風貌，共同組成這部小說的內涵。但是在這四百首詩詞中，卻也因為詩詞來源複雜的關係，使小說中的詩詞呈現或大或小的拼貼痕跡。林辰論及小說詩詞時，提到小說詩詞是具有「從屬性的」，它們應該要從屬於小說：「小說的故事，是借助詩詞來加深、升華和延伸情節的，詩詞從屬於小說。」[1]但是在《金瓶梅詞話》中，一些詩詞是遊走於小說情節外的，似乎無助於情節的加深和延展。另有一些詩詞說教意味濃厚，這種干預式的評論在閱讀過程中難免令人有厭煩之感，但對於整部小說的內涵掌握

---

[1]　林辰：《古代小說與詩詞》（瀋陽：遼寧教育出版社，1992年10月），頁13。

卻功不可沒。將《金瓶梅詞話》和《新刻繡像批評金瓶梅》兩部書的詩詞一同比較,論者咸以為後者更勝一籌,很大原因在於《金瓶梅詞話》中的詩詞內容和詩詞運用上出現了一些瑕疵,這些狀況在徵引詩詞和原創詩詞上共同存在。由是而知,詞話本的作者在創作上對於詩詞的引用是存有特定寫作策略的,可惜這些策略在與其他小說比較後,成為詞話本詩詞的缺失,本節就《金瓶梅詞話》的整體詩詞共同提出這些缺失。

一、意在教化

此部分多集中在回首詩。一般來說,回首詩通常具有提綱挈領的功能,回末詩則以總結全文為主,再不然,也能夠以回首詩和回末詩引出下文,或賦予起承轉合的關鍵地位。上述這四種狀況在《金瓶梅詞話》中都能夠見到,在討論徵引詩詞和原創詩詞時,也曾舉過若干例子。但仍有不少回首詩、回末詩不具備上述功能,而是以各種姿態出現在讀者面前。例如第二十九回的回首詩:

> 百年秋月與春花,展放眉頭莫自嗟!吟幾首詩消世慮,酌二杯酒度韶華;
> 閒敲棋子心情樂,悶撥瑤琴興趣賒:人事與時俱不管,且將詩酒作生涯。

第二十九回為「吳神仙貴賤相人,潘金蓮蘭湯午戰」,內容分別敘述吳神仙為西門慶的眾妻妾看相,以及西門慶和潘金蓮的歡愛情節。由於詩境、詩意都與該回情節無明顯貼合處,只能由讀者牽強地為這首詩尋找一些可能的解釋,並順著這些解釋去合理化詩詞和小說的關係。陳東有就指出:「這首回首詩與情節內容關連不大,至多是對西門慶潘金蓮連連縱欲無拘的反論,至多是對故事中以相命論人生嘆年華的消極嘲諷。」[2]很明顯在閱讀的過程中,讀者對於回首詩所要傳達的直接內涵無法清楚地掌握,雖然無法體會出詩詞和章回內容的關係,但又囿於作者可能意欲透過詩詞傳達某些內涵或主旨,因此「至多是」的推測就成了讀者合理化小說時詞和小說內容的關係。胡衍南統計出《金瓶梅詞話》回首詩詞的勸誡比重高達六成以上,[3]但是這些勸誡的回首詩詞如果沒有辦法和當回的情節內容相關的話,還是難以讓讀者在閱讀過程中有太深刻的感受,回首詩詞似乎變成了一種裝飾品。

《金瓶梅》中有太多的道德勸諫詩,經常流於說教,有些勸諫詩確能起到良好的規勸作用,導人向善,同時也有許多教化意味過濃的詩,容易予人枯燥感,如第三十二回的

2　陳東有:《金瓶梅詩詞文化鑑析》(成都:巴蜀書社,1994年2月),頁95。

3　胡衍南:《金瓶梅到紅樓夢——明清長篇世情小說研究》(臺北:里仁書局,2009年2月),頁155。

回首詩：

　　　　常言富者貴之基，財旺生官眾所知。延攬宦途陪邀引，夤緣權要入遷推。
　　　　姻連黨惡人皆懼，勢倚豪強孰敢欺！好把炎炎思寂寂，豈容人力敵天時。

這還算是一首運用比較好的勸諫詩，因為西門慶生子加官的緣故，這一回李桂姐拜認吳
月娘，情願作個乾女兒，還寫到應伯爵的打諢趨時。因此作者要告訴大家，自古富貴無
雙，錢財可以買官、買人情、買女色，有錢令人羨慕，但是別忘了人事無常，古云：「富
不過三代」，「好把炎炎思寂寂，豈容人力敵天時」說的就是這個道理。不過作者透過
回首詩時時宣揚人生道理，有時難免予人枯燥之感。又如第九十九回的回首詩：

　　　　一切諸煩惱，皆從不忍生。見機而耐性，妙悟生光明。
　　　　佛語戒無倫，儒書貴莫爭。好個快活路，只是少人行。

這首詩談「忍」的重要性，用以評論陳經濟、張勝、劉二這三個因「不忍」而遭殺身之
禍的人，[4]陳經濟仗勢智昏，劉二個性魯莽衝動，張勝更因不能忍而為自己帶來禍害。這
是一首純粹講道理的格言詩，其實明智的讀者在閱讀小說的過程中，就可以從小說人物
的言行得到借鏡。這種回首詩雖然還能夠呼應小說的主題及情節，但是純粹的說教仍會
影響到小說閱讀的流暢性。又如第三十三回的回首詩。

　　　　人生雖未有前知，富貴功名豈力為。枉將財帛為根蒂，豈容人力敵天時。
　　　　世俗炎涼空過眼，塵氛離合漫忘機。君子行藏須用舍，不開眉笑待何如。

這首詩抒發富貴命定的思想，並強調人應該樂觀面對世俗。這一回的兩大情節是：「陳
經濟失鑰罰唱，韓道國縱婦爭鋒」，和這首詩並無明顯關聯。「這首回首詩的主旨接前
兩回回首詩之意，重複勸諫人們」，[5]無論扣的是前回或後回情節，都很難產生聚焦作用，
同樣的主題反覆說明，也容易給讀者繁瑣的感覺，這首詩非但沒有起到直接的勸喻作用，
給讀者的印象也不深刻。《金瓶梅》有許多說教詩有上述這些缺點，這些說教詩大部分
談貧富、談命運、談處世、談人生、談報應，同樣的主題，一而再、再而三以不同的詩
詞反覆敘述，甚有同首詩於書中出現過兩次以上。以說教為主的回首詩，筆者統計就達
四十首之多，更有三十多首直接以「因果循環」為主題，被批為「以善惡報應的宗教邏

4　陳東有：《金瓶梅詩詞文化鑒析》，頁346。
5　陳東有：《金瓶梅詩詞文化鑒析》，頁119。

輯，來演繹他書中人物在塵世間的命運」。[6]加上正文中因應情節出現的教化詩，使整部
書瀰漫說教的思想和氛圍，為人所詬病：

> 《金瓶梅》主要通過回首詩或格言，通過僧人尼姑的「佛口說經」這些外在於作品
> 的方式來進行說教，比如五十一回薛姑子的唱詞，歷數人事的種種榮枯悲歡，宣
> 揚了人生無常、萬境歸空的情調；而《紅樓夢》則把這種觀念鎔鑄到人物形象中，
> 成為他們複雜性格的組成部分。前者明顯直露，後者委婉含蓄；前者生硬做作，
> 後者自然流暢。[7]

同樣宣揚思想，把《金瓶梅》的寫作方式和《紅樓夢》一比，高下立見。當然就藝術真
實性來說，這種高低之別、雅俗之分，還是符合兩書的人物身分，但反覆、刻意的說教
方式，不能不說是《金瓶梅詞話》詩詞的一大缺點。

二、類比失誤

《金瓶梅詞話》的回首詩以教化勸懲為主，回末詩則有類比錯誤的毛病。回末詩顧名
思義是擺在章回之末，如文章的總結，重要性不言而喻，回末詩使用的好壞關係著讀者
閱讀完該章回的感受，也正因為它置於章回最末，是讀者進行後續閱讀的短暫停頓，可
提供讀者反思的空間，並為下一章回的開始作充分的準備和期待。因此回末詩運用的好，
非但能為該章回作一個完美的結束，也能讓下一章的閱讀有個好的開始。《金瓶梅詞話》
並不是每一章都以詩結場，總計只有六十一回擁有回末詩，使用的水平大致上是比回首
詩還要來得好，它們比較沒有回首詩那種游離於情節之外的狀況，但是卻有「類比失當」
的問題，如第二十八回：

> 漫吐芳心說向誰，欲於何處寄相思？相思有盡情難盡，一日都來十二時。

這回以潘金蓮失鞋風波為主題，牽扯出西門慶暗藏宋惠蓮的鞋子。這首相思詩可能指涉
此事，西門慶對宋惠蓮有無情感可言，必須回歸文本來討論。西門慶從勾搭上宋惠蓮，
直到陷害來旺，逼死宋惠蓮及其父親這段期間，我們看到宋惠蓮的悲傷和哀求，西門慶
雖然一度軟化，但仍聽信潘金蓮之言，當宋惠蓮上吊身亡時，西門慶只淡淡地說說：「他
恁個拙婦，原來沒福！」宋惠蓮之父宋仁心有不甘，一狀告上去，也被西門慶打到兩腿
棒瘡，嗚呼哀哉身亡。比起李瓶兒的身亡，文中沒有任何筆墨形容西門慶對宋惠蓮之死

6　李建中：《瓶中審醜》（臺北：文史哲出版社，1992 年 12 月），頁 147。
7　李建中：《瓶中審醜》，頁 149。

的感傷，西門慶雖然藏了一隻宋惠蓮的鞋，但不代表這就是對宋惠蓮有感情，針對西門慶對書中女人的感情問題，魏子雲說：「有人說，西門慶在他六房妻妾中，付與真摯愛情的，只有一個李瓶兒。實則，西門慶對任何一位肌膚過的女人，都沒有付與過真摯的愛情。……一個人的愛情表現，是恆常的遷就與犧牲。請大家仔細想想，西門慶的一生，他何嘗遷就過誰來？至於『犧牲』二字，卻不是西門慶品行中可以尋出的字眼。」[8]西門慶對宋惠蓮並無真正的感情可言，以一首深情的詩來形容，並言「相思有盡情難盡，一日都來十二時」，實難以令讀者感到共鳴。又如第四十四回：

> 畫樓明日轉窗寮，相伴嬋娟宿一宵。玉骨冰肌誰不愛，一枝梅影夜迢迢。

這首詩出現的情節在吳銀兒來訪，伴李瓶兒同宿之處。但是就詩本意看來，應該是寫男女歡愛。[9]以詩句前後營造的意境來看，這首詩的詩意是頗具深情的，而「玉骨冰肌誰不愛」用以形容男女歡愛似較為貼切。而這一回「吳月娘留宿李桂姐，西門慶醉拶夏花兒」，並無任何男歡女愛的情節，也不能指涉吳銀兒和李瓶兒相伴而眠的姊妹之情，因此放在回末是令人感到突兀和牽強的。又如第九十六回的回末詩：

> 白玉隱於頑石裡，黃金埋在污泥中。今朝貴人提拔起，如立天梯上九重。

這一回春梅使張勝尋找陳經濟，歷經千辛萬苦，終於在水月寺巧遇，於是便被張勝請上馬，在眾人的詫異中離去，作者說是「良人得意正年少，今夜月明何處樓？」並以詩證之。這首詩矛盾之處在於把陳經濟比為「白玉」、「黃金」，陳經濟不是什麼人才，相反地他是個顛狂、無賴的公子哥兒，雖然在《金瓶梅》中他被譽為第二男主人公，成為西門慶死後書中後半部的重要角色，如龐春梅之於潘金蓮，陳經濟也被認為是西門慶的接班人，可惜這個接班只表現在好色這一方面：「見了佳人是命」。對於經商，他還差西門慶一大截：「陳經濟也有與西門慶不相似的地方。這就是西門慶能經商、會理財，從一個鋪子，發展為四、五個鋪子，生意興隆，財源茂盛，是一個興家之主。陳經濟卻常常因酒色而誤了正事。」[10]例如西門慶逝後不久，吳月娘吩咐陳經濟去臨清碼頭打聽韓道國、來保船隻買貨的情況，他卻被誘騙至娼家中，結果被來保暗中搬走了八百兩銀子。陳經濟被趕出西門家後，他向母親要了二百兩銀子在家門首開布鋪，結果卻終日和狐群狗黨飲酒，把本錢弄光；之後，陳經濟帶著五百兩銀子去臨清販布，又被引去嫖妓，

8　魏子雲：《金瓶梅散論》（臺北：臺灣商務印書館，1990 年 7 月），頁 200-201。

9　孟昭連：《金瓶梅詩詞解析》（長春：吉林文史出版社，1991 年 4 月），頁 254。

10　魯歌，馬征：《金瓶梅人物大全》（長春：吉林文史出版社，1991 年 7 月），頁 72。

買賣沒經辦多少，卻花了一百兩銀子娶馮金寶回來；然後放著家中妻妾，跑去浙江嚴州府勾引有夫之婦孟玉樓，結果身陷囹圄，資產都被楊光彥拐走。最後一無所有的時候，只好淪落到冷舖中打梆，變成一個落魄乞丐，即使王杏庵好心接濟他，他也不知反省，更學不到教訓，儼然是個扶不起的阿斗，可以說他的人生是一連串的墮落過程。論品格、論能力，他都不是「白玉」、「黃金」，更不適合有「隱於頑石」、「埋在污泥」之說。

這種類比上的失誤也出現在第六十九回的回首詩：「信手烹魚覓素音，神仙有路足登臨。掃堦偶得任卿葉，彈月輕移司馬琴。桑下肯期秋有意，懷中可犯柳無心。黃昏誤入銷金帳，且把羔羊獨自斟」，取紅葉題詩和卓文君奔司馬相如的故事，來比附西門慶和林太太的通情；又如第六十九回回末詩「誰道天台訪玉真，三山不見海沉沉。侯門一入深如海，從此蕭郎是路人」，以崔郊和婢女的相戀來代指西門慶與李桂姐的疏離；第七十八回回末詩「燈月交輝浸玉壺，分得清光照綠珠。莫道使君終有婦，教人桑下覓羅敷」，以綠珠、羅敷等忠貞的女子形象，為西門慶和來爵媳婦的交歡作尾聲；第九十二回回末詩「風波平地起蕭墻，義重恩深不可忘。水溢藍橋應有會，雙星權且作參商」，水溢藍橋和牛郎織女都是美麗的愛情故事，卻以之拿來形容陳經濟和馮金寶。這幾首詩除了「誰道天台訪玉真」已知出自於《玉玦記》外，其他首詩詞的出處都尚未有著落，但是根據詩本意看來，這些詩詞可能也是其來有自，非《金瓶梅詞話》的作者根據小說情節和人物所創作。

除了上述這種人物上的類比失誤，還有一種意境營造或氣氛渲染上的類比失誤。《金瓶梅詞話》中的語言以淺白自然為主，表達方式也符合市井人物的風格，但有一些詩詞放在《金瓶梅詞話》中顯得相當突兀，它們寫得既文雅又含蓄，那種纏綿悱惻、多愁善感的情調，與小說中的情節主題和人物性格完全不能配合，如第三十六回回目：「翟謙寄書尋女子，西門慶結交蔡狀元」，回首詩為：

> 富川遙望劍江西，一片孤雲對夕暉。有淚應投烟樹斷，無書堪寄雁鱗稀。
> 問安已負三千里，流落空懷十二時。海闊天高都是念，憑誰為我說歸期！

這是一首遊子思鄉之作，中間兩聯對仗，寫的是流落三千里外的遊子淒涼孤獨之感，這首詩無論用詞和意境，都稱的上是一首「雅品」而非「俗句」。第三十六回出現的人物是蔡京乾兒子蔡一泉，他路過清河縣時，西門慶熱情款待，並藉此巴結。不過，蔡一泉可是「博得錦衣歸故里」，和這首詩的意境有天壤之別，作者用此詩可能僅是取遊子思歸之意助興而已。[11]不過，在中國浩瀚的詩史長流中，要找到一首「博得錦衣歸故里」

11　陳東有：《金瓶梅詩詞文化鑒析》，頁126。

的詩，並不是太難，這首詩的意境和小說內容差距太遠，並不是那麼適合做為這一回的回首詩。又如第五十八回的回首詩：

綉幃寂寂思懨懨，萬種新愁日夜添。一雁叫羣秋度塞，亂蛩吟苦月當簷。
藍橋失路悲紅線，金屋無人下翠簾。何似湘江江上竹，至今猶被淚痕沾。

這首詩寫悲婦的愁苦，影射的可能是潘金蓮。這一回回目為「懷妒忌金蓮打秋菊，乞臘肉磨鏡叟訴冤」，潘金蓮因西門慶多次在李瓶兒房裡歇息而醋意大發，借妒意毒打秋菊。做為富豪之家的妻妾，爭寵鬥爭的情況是難免的，潘金蓮的處境也確實令人同情，但是做為一個被冷落的妾，她仍然是盛氣凌人，毫不顯弱，反而以強者之姿欺壓比她弱小的女子，她並沒有詩中人物的柔情和多愁善感，表現出來的只有心眼和氣度的狹小。仔細檢視這一回的情節，發現小說中只是描寫潘金蓮如何尋秋菊打罵，並讓人見識到這位「虎中美女」的狠毒：

因叫他到跟前，叫春梅：「拿過燈來，教他瞧躪的我這鞋上的齷齪！我纔做的恁雙心愛的鞋兒，就教你奴才遭塌了我的！」哄得他低頭瞧，提著鞋拽巴兜臉就是幾鞋底子。打的秋菊嘴唇都破了，只顧搵著搽血。那秋菊走開一邊。婦人罵道：「好賊奴才，你走了！」教春梅：「與我採過跪著。取馬鞭子來，把他身上衣服與我扯了，好好教我打三十馬鞭子便罷。但扭一扭兒，我亂打了不算！」春梅於是扯了他衣裳。婦人教春梅把他手拴住，雨點般鞭子輪起來，打的這丫頭殺豬也似叫。（第五十八回）

如此驚心動魄的場面，實在無法讓人與回首詩那種溫婉的愁思聯想在一起。這首詩固然可以拿來描繪潘金蓮被冷落的心情：「綉幃寂寂思懨懨，萬種新愁日夜添」、「何似湘江江上竹，至今猶被淚痕沾」等詩句，俱能讓人感受到一個思婦為情所苦、香消玉殞的處境，但這一回小說並沒有描寫潘金蓮的內心感受，固有學者推測作者可能「意在用此詩補之」。[12]以這首詩的意境和小說內容搭配來看，將這首詩放於第三十八回的「潘金蓮血夜弄琵琶」或許更為適合。又如以下有兩首描寫李瓶兒之死的詩，先看第六十五回的回首詩：

齊眉相見喜柔和，誰料參商發浩歌。殘月雲邊懸破鏡，流光機上擲飛梭；
愁隨草色春深謝，苦入蓮心夜幾何。試問流乾多少淚，楓林秋色一般多。

12　陳東有：《金瓶梅詩詞文化鑒析》，頁199。

兩首詩都寫的纏綿悱惻。第一首寫於西門慶剛痛失李瓶兒的心情，李瓶兒的確是西門慶的寵妾，從小說中的描述看來，李瓶兒的死也確實帶給西門慶極大的哀傷：「西門慶不忍遽捨，晚夕還來李瓶兒房中，要伴靈宿歇。見靈床安在正面，大影挂在傍邊。靈床內安著半身，裡面小錦被褥床几衣服粧奩之類，無不畢具；下邊放著他的一對小小金蓮；卓上香花燈燭，金碟樽俎，般般供養。西門慶大哭不止。令迎春就在對面炕上搭鋪。到夜半，對著孤燈，半窗斜月，翻覆無寐，長吁短嘆，思想佳人」。這首詩：「試問流乾多少淚，楓林秋色一般多」，確實能與小說中哀傷的氣氛相互輝映，不過典雅的詩風和小說中其他詩詞確實大不同，再加上西門慶送走李瓶兒後，可能基於情感的投射，立刻收用如意兒，因此這首詩雖有渲染情節的功用，但對比小說卻予人一種矛盾感。再看第六十八回同樣描寫思念李瓶兒的詩：

> 雪壓殘紅一夜凋，曉來簾外正飄飄。數枝翠葉空相對，萬片香魂不可招。
> 長樂夢回春寂寂，武陵人去水迢迢。欲將玉笛傳遺恨，苦被東風透綺寮。

第六十八回這首詩仍然是寫李瓶兒之死，距離李瓶兒的死已經過了整整六回，李瓶兒的死的確令讀者感到同情，可以說她是妻妾鬥爭下的犧牲品。整首詩情調高雅，情感真摯，「數枝翠葉空相對，萬片香魂不可招」暗示李瓶兒已香消玉殞，使西門慶徒留哀傷，末句「欲將玉笛傳遺恨，苦被東風透綺寮」透露出春天即將到來。比對這一回的「鄭月兒賣俏透密意，玳安殷勤尋文嫂」，春風可能是暗指林太太。綜觀小說內容和詩意雖然能夠吻合，但是這種偷情苟和的勾當，以這種騷人墨客的吟詠來呈現，不但有違小說文辭敘述的淺白，對比其他如順口溜般的詩詞亦差異甚大。這種情調雅俗的詩詞是否也是作者借用自其他作品，則值得進一步的考證。

三、重複使用

《金瓶梅詞話》有大量的重現詩詞，為數究竟有多少？今統計共有二十一組（同一原型歸為一組），凡四十八首（見附錄表格二），[13]大部分都是重複使用兩次，但是有四組是重複使用三次，我們把這些詩詞出現的頻率和回目列成一章簡表（加註◎號者為重複出現三次）：

13　比較特別的是陳經濟寫給韓愛姐的「吳綾帕兒織廻紋」一詩，雖然出現在第九十八回和九十九回，
　　共二次，但應當視為一首，此處不計入。

首次出現的詩詞首句	出現章回
「色膽如天不自由」	第六回、第九回
「前車倒了千千輛」	第九回、第十八回
「紗帳輕飄蘭麝」	第十回、第十七回
「舞裙歌板逐時新」	第十一回、第七十六回
「人生雖未有十全」	第十三回、第八十六回
「記得書齋乍會時」◎	第十三回、第十七回、第八十二回
「柳底花陰壓路塵」	第十五回、第九十回
「堪歎西門慮未通」	第十八回、第八十三回
「花開不擇貧家地」◎	第十九回、第六十一回、第九十四回
「在世為人保七旬」	第二十回、第九十七回
「淡畫眉兒斜插梳」	第二十回、第八十三回
「巧厭多勞拙厭閒」	第二十二回、第七十三回
「閑居慎勿說無妨」	第二十六回、第七十九回
「朝隨金谷宴」◎	第二十七回、第五十八回、第九十七回
「萬井人烟錦綉圍」	第四十二回、第七十九回
「得失榮枯命裡該」	第四十八回、第九十五回
「彌勒和尚到神州」	第四十九回、第九十回
「帶雨籠烟匝樹奇」	第五十九回、第七十二回
「襄王臺下水悠悠」	第六十五回、第八十回
「誰道天台訪玉真」◎	第六十九回、第八十三回、第九十二回
「風拂烟籠錦斾揚」	第八十九回、第九十八回

作者在寫作的過程中是否時時出現搜索枯腸的窘境，因此只能拿同一首詩詞一而再、再而三地使用和修改？這些詩詞除了「舞裙歌板逐時新」（兩首）、「朝赴金谷宴」（第五十八回、第九十七回的兩首）、「襄王臺下水悠悠」（兩首）是原封不動地重複使用外，其他都經過或大或小的刪修，使這些詩詞呈現紊亂的狀況，如果說是情境不同必須調整，那麼無可厚非，但是檢視後發現往往相似的情境，作者也還是大費周章進行修改，並且更動的結果令人困惑：

首度出現的章回詩詞	重複出現的章回詩詞
記得書齋乍會時，雲踪雨跡少人知。 曉來鸞鳳栖雙枕，剔盡銀缸半吐輝。 思往事，夢魂迷。今宵喜得效于飛。 巔鸞倒鳳無窮樂，從此雙雙永不離。 （第十三回）	記得書齋乍會時，雲踪雨跡少人知。 晚來鸞鳳棲雙枕，剔盡銀燈半吐輝。 思往事，夢魂迷，今宵幸得效于飛。 （第十七回） 記得書齋乍會時，雲踪雨跡少人知。

	晚來鸞鳳栖雙枕，剔盡銀燈半吐輝。 思往事，夢魂迷。今宵喜得效于飛。 顛鸞倒鳳無窮樂，從此雙雙永不離。 （第八十二回）

同是一闋描寫情愛的詞。詞牌為〈鷓鴣天〉，五十五字，前後片各三平韻，前片第三、四句與過片三言兩句多作對偶，[14]定格為：

$$+\,|\,-\,-\,+\,|\,-\,(韻)\,+\,-\,+\,|\,|\,-\,-\,(韻)\,+\,-\,+\,|\,-\,-\,|\,(句)\,+\,|\,-\,-\,+$$
$$|\,-\,(韻)$$
$$-\,|\,|\,(句)\,|\,-\,-\,(韻)\,+\,-\,+\,|\,|\,-\,-\,(韻)\,+\,-\,+\,|\,-\,-\,|\,(句)\,+\,|\,-\,-$$
$$+\,|\,-\,(韻)$$

在《金瓶梅詞話》中大部分不押韻又出韻的詩詞中，這闋詞的水準算是很高的，格律大致都符合無誤，韻腳是支、微、齊通用，無出韻之病。第十七回少掉後面兩句，使詞不像詞。此外，「曉來」、「晚來」，「銀缸」、「銀燈」，「喜得」、「幸得」這些詞義相同或相似，也沒有平仄上的考量，這個問題在重現詩詞中經常出現，蓋為作者誤抄或刻意更改，都顯見作者創作上的隨性。另外這種重複引用的方式，還透露出作者似乎詩詞不分：

《水滸傳》	《金瓶梅詞話》
色胆如天不自由，情深意密兩綢膠。 只思當日同歡慶，豈想蕭墻有禍憂？ 貪快樂，恣優游，英雄壯士報冤仇。 請看褒姒幽王事，血染龍泉是盡頭。 （《水滸傳》第二十六回）	色膽如天不自由，情深意密兩綢膠。 貪歡不管生和死，溺愛誰將身體修？ 只為恩深情爨爨，多因愛闊恨悠悠。 要將吳越冤仇解，地老天荒難歇休。 （第六回） 色膽如天不自由，情深意密兩綢繆。 只思當日同歡愛，豈想蕭牆有後憂。 只貪快樂恣悠遊，英雄壯士報冤仇。 天公自有安排處，勝負輸贏卒未休。 （第九回）

這首詞在《水滸傳》為〈鷓鴣天〉，作者改詞為詩後，卻明言有〈鷓鴣天〉為證，事實

---

14 龍沐勛：《唐宋詞格律》（臺北：里仁書局，1995 年 8 月），頁 29。

上〈鷓鴣天〉的定格是第十三回、第八十二回的「記得書齋乍會時」：「記得書齋乍會時，雲踪雨迹少人知。曉來鸞鳳栖雙枕，剔盡銀釭半吐輝。思往事，夢魂迷。今宵喜得效于飛，巔鸞倒鳳無窮樂，從此雙雙永不離。」[15] 但作者在第十三回反云「以詩為證」，[16] 這種錯誤凸顯作者在創作過程的粗心，並令人進一步懷疑作者對小說中的詩詞的要求其實並不高。

由上述論述可知，《金瓶梅詞話》的詩詞大致有三點缺失，其一在過多勸諫教化的詩詞，有些說教又和小說內容無太大關連，難免予人生厭之感；其二在於詩詞類比上的錯誤，無法和小說中的人物形象及情節發展有良好的貼合，故使人有生硬套用之感；其三為詩詞的重複使用過多，而重複使用的詩詞又常經過作者改動，卻無法見出改動的意義。這三點缺失呈現《金瓶梅詞話》創作過程中粗糙的一面。

第二節　瑜──語言的生命力

以嚴格的標準來檢視《金瓶梅詞話》的詩詞，它們的藝術技巧是登不上大雅之堂的；這些詩詞的平仄、押韻經過檢驗，也幾乎呈現「不及格」狀態。[17] 這裡必須說明的是，《金瓶梅詞話》是通俗文學，當然具備通俗文學的一些特點，這些特點可能違背雅正文學的要求。不過通俗文學有通俗文學的美感，這些美感深具民間文學的特質，市井小民容易理解、容易背誦，此外，這些詩詞內容寫得就是他們的日常生活，論得也是他們能夠朗朗上口的人生道理，「正是在這樣的『俗』之中，蘊含著比『雅』更廣泛更深刻的文化意義」，[18] 以此看來，從通俗文學的角度去探討《金瓶梅詞話》的詩詞藝術特色，並給予它應得的評價是較為公允的：

> 一部百萬字的宏篇巨製，寫到了八百多各色各樣人物的言談舉止，而且主要人物都屬於市井細民，衣食住行，百態畢具。語言資料，特別是口語資料的豐富，是

15　這闋詞在第八十二回又出現於回首，並且經過改動：「記得書齋乍會時，雲踪雨跡少人知。晚來鶯鳳栖雙枕，剔盡銀燈半吐輝。思往事，夢魂迷。今宵喜得效于飛。顛鸞倒鳳無窮樂，從此雙雙永不離。」

16　潘慎：〈《金瓶梅》的詩詞創作和它的作者〉，《太原大學學報》，第 3 卷第 1 期，2002 年 3 月，頁 18。

17　相關研究可參考駱吉萍：《《金瓶梅詞話》中的韻文研究》，國立中山大學中國文學研究所碩士論文，1995 年 6 月。潘慎：〈《金瓶梅》的詩詞創作和它的作者〉，《太原大學學報》，第 3 卷第 1 期，2002 年 3 月。

18　陳東有：《金瓶梅詩詞文化鑒析·序言》，頁 5-6。

前此任何文獻都無法比擬的。[19]

以上雖然是針對《金瓶梅詞話》的通篇語言而言，但在詩詞上，《金瓶梅詞話》亦有別於《紅樓夢》那類的士大夫作品，呈現出市井小民親切、逗趣、寫實的一面，也將口語中自然、幽默、通俗、辛辣、諧趣等特點表現的淋漓盡致。

一、民間語言

　　語言白話自然是《金瓶梅詞話》最大的特色，《金瓶梅詞話》敘述語言和人物對話皆以淺近白話為主，並且參雜許多方言，有學者研究發現《金瓶梅》中的諧音資料以人名、地名、物名為多，並有大量的歇後語，[20]而在小說詩詞的表現上，下面這段話可做為註腳：

> 俗字俗詞，俗語俗句，讀起來通俗，理解下去也不困難，皆是俗情俗理俗事，有的簡直俗到了「不可耐」的程度。即使是談禪論道，敘禮說仁，辨是明非，勸善戒惡，也都深入淺出；至於敘事抒情，描寫人性，更是用百姓日用之事物、婦孺皆知之情理來打比方。[21]

小說中的許多詩詞不講究煉字、不講求含蓄，有話直說，不拐彎抹角，說得既清楚又明白，讓人覺得這根本就不是詩，而是順口溜。無論是作者選用的徵引詩詞，或是自創的原創詩詞，都有部分呈現這種傾向，以第三回的詩詞為例：

> 阿母牢籠設計深，大郎愚鹵不知音。帶錢買酒酬奸詐，卻把婆娘白送人。

「阿母」是直呼年長女性，[22]在這裡指王婆；「大郎」指稱排行老大的男子，[23]武大郎本名武植，不過在書中都以「武大」稱之。作者也可以使用「王婆」和「武大」，一樣可以協韻，但是「阿母」與「大郎」給人較親切的感覺，尤其接續後面的「婆娘」，這些都是民間慣用的稱謂。全詩通俗白話，「卻把婆娘白送人」更是直接又俚俗。又如第四回：

> 好事從來不出門，惡言醜行便彰聞。可憐武大親妻子，暗與西門作細君。

19 張鴻魁：《金瓶梅語音研究》（濟南：齊魯書社，1996年8月），頁1。
20 張鴻魁：《金瓶梅語音研究》，頁12-37。
21 陳東有：《金瓶梅詩詞文化鑒析》，頁5。
22 白維國編：《金瓶梅詞典》（北京：中華書局，1991年3月），頁1。
23 白維國編：《金瓶梅詞典》，頁103。

這首詩更是通篇白話了，連難字難詞都沒有。為了押韻，不用「大郎」與「西門」相對。對武大來說，潘金蓮是他明媒正娶的妻子，因此給個文雅的稱謂是必然的，但是對西門慶來說，潘金蓮是他私通的對象，作者的用詞就不客氣了，「細君」一般指稱小妾，[24]這裡講難聽一點，就是「姘頭」了。再如第九回：

> 堪笑西門不識羞，先奸後娶醜名留。轎內坐著浪淫婦，後邊跟著老牽頭。

這首詩是街坊鄰居編的口號。作者的用詞經常不加修飾，「先奸後娶」、「浪淫婦」、「老牽頭」這類的詞都出來了，詩的語調雖然輕鬆詼諧，但是諷刺的意味可是很辛辣的，正是得之於這些略顯粗俗的語言，使之符合市井小民不拐彎抹角、指桑罵槐的說話方式。又如第七十二回：

> 從來男女不通酬，賣俏營奸真可羞。三官不解其中意，饒貼親娘還磕頭。

作者在寫人間醜態時，習慣直言無諱，「從來男女不通酬，賣俏營奸真可羞」兩句話，就把林太太這種行為直比為妓女，並直言這種行為「真可羞」，後兩句更是明言王三官的愚蠢不察，並以他恭敬磕頭的可笑場面來凸顯這種愚蠢。再看第六十九回：

> 面膩雲濃眉又彎，蓮步輕移實匪凡。醉後情深歸帳內，始知太太不尋常！

這首詩寫的是林太太，開頭兩句還略有文采可言，使人腦中浮現出一個五官細緻、婀娜多姿的窈窕女子，但是筆鋒一轉，馬上進入俗豔的描寫，「醉後情深歸帳內，始知太太不尋常」一句既直接又辛辣，具有市井語言諧趣的一面。這種有話直說、不加修飾的特點，經常令人會心一笑，是講求委婉含蓄的典雅文學難以具備的。在《金瓶梅詞話》中，這類的詩有時用於道德教化，說教的主題反而因為這種寫作手法更加鮮明，使人印象深刻，也能夠避免說教式的枯燥，如第二十回「宿盡閑花萬萬千，不如歸去伴妻眠。雖然枕上無情趣，睡到天明不要錢」，西門慶在妓院被李桂姐擺了一道後，作者便趁機進行機會教育。在外眠花臥柳儘管能夠獲得情趣，但是惹了一肚子氣，又何必呢？所以規勸大家回家伴妻眠！而且這種風趣的說教方式容易讓人印象深刻。又如第三十七回：

> 媒人婆地裡小鬼，兩頭來回抹油嘴。一日走夠千千步，只是苦了兩隻腿。

作者批判媒人，也常常用這種譏諷嘲笑式的手法。這首詩把媒人寫的像一隻貪婪的蒼蠅一樣，到處沾腥，忙碌得不得了。綜觀全詩，沒有任何一句說理的成分，全部都是敘述

24　小妻曰妾，曰細君。見白維國編：《金瓶梅詞典》，頁 565。

句，但是這樣的敘述方式，就足以讓我們瞭解到媒人婆為了獲利而四處討好的醜態，即使苦了雙腿也在所不惜。再如第八十回：

> 人生最苦是無常，個個臨終手腳忙。地水火風相逼迫，精神魂魄各飛揚。
>
> 生前不解尋活路，死後知他去那廂？一切萬般將不去，赤條條的見閻王。

這首詩在西門慶喪禮上朗誦的偈詩，有些教化意味和生命哲理。不過因為描寫逗趣，表面上似乎感覺不到太深刻的批判意味，其實這首詩諷刺的意味相當濃厚，它針對的對象不只是西門慶，還包括了宇宙中的芸芸眾生。人在生前總是為了財、權、勢等身外之物斤斤計較，人類的貪婪表現在追求利益時的互相鬥爭，只要活在世界上就必須為了所有的蠅頭小利汲汲營營，在佛教看來，人生下來就是要受苦的，但是當人還活著的時候，永遠不會想到現在追求的一切，死後皆無法帶走。無論是王公大臣、億萬富翁，還是落魄乞丐，每個人即將斷氣時都必須經過一番痛苦的掙扎，死後又帶不走一切，人類生前的忙碌和操勞其實是既庸俗又愚蠢的。對照西門慶的一生，他永遠在為財色、權力計算，其他人何嘗不是隨波逐流？除了諷刺人類的貪婪和愚蠢外，這首詩也試圖告訴讀者，應該以更豁達、瀟灑的態度去面對人生。

又有以正反對比的手法來表現善惡對立、貧富差距的主題，如第九回：

> 英雄雪恨被刑纏，天公何事黑漫漫。九泉乾死食毒客，深閨笑殺一金蓮。

這首詩以「恨」、「笑」兩個對比強烈的字眼來代表武松和潘金蓮的心情。武松在《金瓶梅》裡雖然已經褪去了英雄形象的外衣，但他還是代表社會正義、良善的形象。只是孔武有力、堅持正義的堂堂男子漢，竟然也鬥不過姦夫淫婦，成為官商勾結的犧牲品，而為非作歹的人則逍遙法外。這首詩控訴統治階級的貪贓枉法，並感嘆善良百姓鬥不過惡勢力的可憐處境。再看第二十七回：

> 赤日炎炎似火燒，野田禾黍半枯焦。農夫心內如湯煮，樓上王孫把扇搖。

在這首詩之前，作者引了一首詞單道天氣炎熱：「祝融南來鞭火龍，火雲焰焰燒天紅。日輪當午凝不去，萬國如在紅爐中。五岳翠乾雲彩滅，陽侯海底愁波竭。何當一夕金風發，為我掃除天下熱！」並說明世界上有三等人怕熱：田間農夫、經商客旅、塞上戰士，三等人不怕熱：皇宮內院、王侯貴戚、富室名家。對照之下，富人和窮人的生活，根本是天差地遠，因此說在炎炎夏日時，「農夫心內如湯煮，樓上王孫把扇搖」，貧富差距顯而易見。

二、俗化說理詩

　　《金瓶梅》中有大量的說理詩，這些說理詩多半使用淺顯易懂的比喻，並總結人生的處世經驗，再以通順的口語表達出來，普遍來說並不艱澀難懂，這些詩作提供讀者思考的空間和為人處事的方針，例如第三回的詩：

　　　　色不迷人人自迷，迷他端的受他虧：精神耗散容顏淺，骨髓焦枯氣力微。

　　　　犯著姦情家易散，染成色病藥難醫。古來飽煖生閒事，禍到頭來總不知。

這首詩單道好色的壞處。《金瓶梅》這部書是以色慾為主題，書中凡男子必好色，女人必淫蕩，能夠找到潔身自愛者可謂寥寥可數。色慾的壞處，作者在第一回便開宗明義以英雄與美人的悲劇發為議論，認為女人因好色而命喪，再也不能施脂敷粉；男人因好色斷了堂堂六尺之軀，連帶丟了潑天產業，潘金蓮、李瓶兒、龐春梅、宋惠蓮、西門慶、陳經濟皆屬之，而且都下場悽慘。「飽煖生閒事」是老祖宗的遺訓，十之八九的人，富有會使他們墮落，西門慶和龐春梅就是最好的例子。又如第十三回：

　　　　吃食少添鹽醋，不是去處休去。要人知重勤學，怕人知事莫做。

這首詩寫在西門慶勾搭上李瓶兒之後。《金瓶梅詞話》的說理詩有時並不單純敘述說理，往往會以生活上的事物來比喻，例如「吃食少添鹽醋」，勸人莫無事自攬，不該多添的事就不要多添，不該去的地方當然也不要去，這當然是暗示西門慶了。此外當然也告誡讀者：潔身自愛，人恆敬之。再看第三十回：

　　　　得失榮枯總是閒，機關用盡也徒然！人心不足蛇吞象，世事到頭螳捕蟬。

　　　　無藥可延卿相壽，有錢難買子孫賢。家常本分隨緣過，便是消遙自在天。

本詩的主旨在最後兩句。這是第三十回的回首詩，這一回主要寫西門慶生子加官，但是回首詩卻反而充滿空無的思想，[25]應當是要和本回情節作強烈對比。作者在小說中經常表現出對榮華富貴的鄙夷，並充滿對下層民眾的同情，控訴社會的貧富不均等，人的慾望無窮無盡，貧窮富貴也是命定，何不安分、自在地過一生呢？用「蛇吞象」、「螳捕蟬」等世人熟悉的典故，並不難理解。

　　又如第三十一回：

　　　　家富自然身貴，逢人必讓居先。貧寒敢仰上官憐？彼此都看錢面。

25　孟昭連：《金瓶梅詩詞解析》，頁192。

　　　　婚嫁專尋勢要，通財邀結豪英。不知興廢在心田，只靠眼前知見。

　　這是首描寫世態炎涼的詩。社會的現實面自古皆然，即有錢能使鬼推磨，最好的例子當然是本書的男主人公西門慶了，西門慶財大氣粗，女人、僕人、官員……，哪個不拍他馬屁？在清河縣，西門慶幾乎是呼風喚雨，不過當他樹倒狐猻散的時候，原本環繞在他身邊的幫閒分子個個另覓他主去了。因此作者說：「不知興廢在心田，只靠眼前知見」，人家說為富不過三代，難保世界沒有倒反的一天，靠錢不如靠知見。再看第四十九回：

　　　　公道人情兩是非，人情公道最難為。若依公道人情失，順了人情公道虧。

西門慶款待蔡御史，目的是為了釋放苗青，蔡御史得了他人好處，當然要以「人情」相還，「封建統治階級就是這樣一個官官相連構成的罪惡羅網。他們的『人情』其實是私情，最終目的是為了謀取私利。這幾句詩表明作者對統治階級踐踏天理公道的批判態度。」[26]這種情理的矛盾，一直是人際互動中最令人困擾的地方，「公道」與「人情」似乎很難在天秤上取得一個平衡，也就是一種情理上的掙扎，如何做才能對得起自己的良心，就端看個人拿捏了。全詩淺顯易懂，語言白話，容易記憶。再看第八十回：

　　　　寺廢僧居少，橋塌客過稀；家貧奴婢懶，官滿吏民欺；

　　　　水淺魚難住，林疏鳥不棲；世情看冷煖，人面逐高低。

同樣是一首描寫世態炎涼的詩，作者說：「此八句詩，單說著這世態炎涼，人心冷煖，可嘆之甚也！」原來這一回的回目是：「陳經濟竊玉偷香，李嬌兒盜財歸院」，西門慶生前的幫閒分子紛紛謀叛。作者連用了六個貼切的比喻，最後兩句才總結論述：「世情看冷煖，人面逐高低」。

三、俗中寓雅

　　《金瓶梅》中描寫男歡女愛的部分一直備受爭議，也因此自明代以來一直被視為禁書。《金瓶梅》中的男女性愛描寫當然和晚明的性愛風氣息息相關，明代中後期，社會瀰漫著「人情以放蕩為快，世風以侈靡為高」的縱欲思潮，[27]晚明對於禁欲主欲的反動，以及從「抒情」到「縱欲」的盲進路徑，是由《金瓶梅》率先表現出來的。[28]《金瓶梅》

26　孟昭連：《金瓶梅詩詞解析》，頁285。

27　吳存存：《明清社會性愛風氣》（北京：人民文學出版社，2000年），頁59-113。

28　胡衍南：《飲食情色金瓶梅》（臺北：里仁書局，2004年4月），頁99。

中赤裸的性愛描寫，歷來被人斥為淫書，明代李日華云：「大抵市諢之極穢者」，[29]清代蒲松齡也說《金瓶梅》是一本淫史，[30]而面對這本書，世人畏懼，如沈德符所言：「此等書必遂有人板行，但一刻則家傳戶到，壞人心術，他日閻羅究詰始禍，何辭置對，吾豈以刀錐博泥犁哉？」[31]《金瓶梅》中的情色描寫，似乎成為人人「談之色變」的禁忌。

究之，《金瓶梅》中的性愛描寫是相當露骨，更有赤裸裸的韻文和敘述內文相互輝映，茲舉第十二回潘金蓮和西門慶偷歡的場面：「一個不顧綱常貴賤，一個那分上下高低。一個色膽歪邪，管甚丈夫利害；一個淫心蕩漾，從他律犯明條。一個氣暗眼瞪，好似牛吼柳影；一箇言嬌語澀，渾如鶯囀花間。一個耳畔訴雨意雲情，一個枕邊說山盟海誓。百花園內，翻為快活排場；主母房中，變作行樂世界。霎時一滴驪精髓，傾在金蓮玉體中。」由此可知這些韻文的描寫確實大膽又裸露，而小說中散文式的敘述文字則有過之而無不及了。

不過和這些韻文及小說中的敘述文字比起來，描寫性愛的詩詞相較之下則較為含蓄，從寫作手法的角度來看，這些詩詞不僅比喻貼切，而且生動有趣，使偷情、性事不再難以下筆。以第十八回為例，第十八回小說內文敘述了潘金蓮和西門慶的歡愛：「那時正值七月二十頭天氣，夜裡有些餘熱，這潘金蓮怎生睡得著，忽聽碧紗帳內一派蚊雷，不免赤著身子起身來，執著燭滿帳照蚊。照一個，燒一個。回首見西門仰臥枕上，睡得正濃，搖之不醒。其腰間那話，帶著托子，纍垂偉長。不覺淫心輒起，放下燭臺，用纖手捫弄。弄了一回，蹲下身去，用口吮之。吮來吮去，西門慶醒了。罵道：『怪小淫婦兒！你達達睡睡，就摑混死了。』一面起來，坐在枕上，一發叫他在下儘著吮咂；又垂首飲之，以暢其美」，如此露骨的書寫似顯低俗，而後以一闋詞做為此次性愛的結尾：

> 我愛他身體輕盈，楚腰膩細。行行一派笙歌沸。黃昏人未掩朱扉，潛身撞入紗廚內。款傍香肌，輕憐玉體。嘴到處胭脂記。耳邊廂造就百般聲，夜深不肯教人睡。
> （第十八回）

這首詞詞牌為〈踏莎行〉，以蚊子雙關男女情事，寫得是西門慶和潘金蓮的枕邊風月。作者抓住蚊子的特點，是「身體輕盈」、「拍翅有聲」、「喜叮人體」、「夜深擾眠」，以此來形容纏綿悱惻的歡愛，令人會心一笑。[32]原本露骨低俗的描寫最後收束在一首含

29 黃霖：《金瓶梅資料彙編》，頁229。
30 黃霖：《金瓶梅資料彙編》，頁251。
31 黃霖：《金瓶梅資料彙編》，頁230。
32 《金瓶梅詞話》中有另一首曲以鼠雙關男女歡愛，主角是潘金蓮和王潮兒，詩云：「你身軀兒小膽兒大，嘴兒尖忒潑皮。見了人藏藏躲躲，耳邊廂叫叫唧唧，攪混人半夜三更不睡。不行正人倫，偏

蓄的詞中,則有了俗中見雅的效果。又如第二十四回:

> 誰家院內白薔薇,暗暗偷攀三兩枝。羅袖隱藏人不見,馨香惟有蝶先知。

這首詩用在第二十四回元宵酒席上,潘金蓮與陳經濟兩個眉來眼去,等陳經濟敬酒時,婦人趁機向他手臂一捏,這經濟一面眼望眾人,一面在桌下踢了婦人小腳兒一下,兩人暗地調情玩耍,不想卻被宋惠蓮瞧了個不亦樂乎。潘金蓮和陳經濟的亂倫關係令人感到不堪,這首詩以「白薔薇」喻潘金蓮,「採花賊」喻陳經濟,「蝶」喻宋惠蓮,「暗暗偷攀三兩枝」寫陳經濟暗地向潘金蓮調情,詩的後兩句則指酒席上無人目睹,唯有宋惠蓮知曉。這首詩比喻不但貼切,也與情節有珠聯璧合之妙,更把原本低俗的調情寫得既生動又有趣。

再如第五十二回描寫西門慶和李桂姐男歡女愛,小說裡如此敘寫:「西門慶悉把吃胡僧藥,告訴了一遍。先教他低垂粉頸,款啟猩唇,品呷了一回。然後輕輕撧起他剛半扠、恰三寸、如錐靶、賽藕芽、步香塵、舞翠盤、千人愛、萬人貪兩隻小小金蓮來,跨在兩邊肐膊,——穿著大紅素緞白綾高底鞋兒,妝花金欄膝褲腿兒用紗綠綾帶扎著,——抱到一張椅兒上,兩個就幹起來。」接下來令人感到低俗的描寫是應伯爵中途進到屋裡,撞見兩人行房,便硬是要與李桂姐親個嘴,才肯出去。而後作者以一首詩為這場有「應伯爵山洞戲春嬌」為插曲的性愛作結尾:

> 海棠枝上鶯梭急,綠竹陰中燕語頻;閒來付與丹青手,一段春嬌畫不成。

同樣是一首描寫男女歡愛的詩,用以描寫西門慶和李桂姐。表面看來這首詩是為寫景,在春天的翠綠中鶯燕呢喃,清新可愛的自然美景,即便畫家也難以描摩。仔細玩味,實則別有寓意,作者以鶯燕來比擬男女,後兩句更透露這樣的場面令人臉紅心跳,連畫家都難以下筆。這樣的收束又使得原本露骨的性愛場景有了美感的點綴。

整體來說,詞話本的許多詩詞充滿了民間語言的生命力,無論是在敘述情節、評論事理,抑或令人臉紅心跳的情愛描寫上,這些詩詞都能以最自然、最生動的方式展現出來,對於《金瓶梅》這部世情小說而言,這些詩詞內化在小說中,使小說的藝術色彩更加燦爛。

好鑽穴隙。更有一樁兒不老實,到底改不了偷饞抹嘴!」(第八十六回)這兩首詞曲有異曲同工之妙。

第三節　補論第五十三回至第五十七回

《金瓶梅詞話》第五十三回至第五十七回有「陋儒補刻」之說，這五回總計有詩十三首、詞四首，特於全書詩詞論述結束後，於此補充討論，以便與全書詩詞作一比較。

一、回首詩細論

《金瓶梅詞話》其他章回回首詩詞的運用往往不能起到總括章回的作用，回首詩詞淪為作者干預式地評論，意在勸誡，成為道德說教詩。現在一一來檢視這五回的回首詩詞，先看第五十三回的回首詩：

> 人生有子萬事足，身後無兒總是空。產下龍媒須保護，欲求麟種貴陰功！
> 禱神且急酬心願，服藥還教暖子宮。父母好將人事盡，其間造化聽蒼穹。

這一回的回目是「吳月娘承歡求子息，李瓶兒酬願保兒童」，兩大主線分別是吳月娘服用薛姑子的保胎藥及李瓶兒為受驚的兒子求神問卜。中國人常說：「不孝有三，無後為大」，無後被列為不孝之首，乃因傳宗接代是人生大事，中國以宗法制度為基礎，家庭有無後繼，關係到了家族的延續，因此說「人生有子萬事足，身後無兒總是空」，女兒終會外嫁，只有生了兒子才能保證香火的延續，也無須擔心年老無人奉養。次句「產下龍媒須保護，欲求麟種貴陰功」，分別指李瓶兒和吳月娘。李瓶兒產下兒子，定要好好保護，將之撫養長大，免得讓人暗算；吳月娘沒有兒子，想要求一個來，就應該多作善事、多積功德，方能如願，而月娘誠心向佛，確實如願以償。「禱神且急酬心願，服藥還教暖子宮」，前句寫李瓶兒護子心切，到廟上還願之事；而月娘求子，不只是積功積德，還得搭配安胎藥來暖子宮，真可謂用心良苦。上述所言生兒育女這些事，都不是男女雙方盡人事就能如願的，還必須要靠天命的安排。李瓶兒是最後一個嫁入西門慶家的，卻最快生了兒子，得到西門慶的寵愛，地位馬上和正頭娘子並駕齊驅，而西門慶的其他愛妾，即使和西門慶行房多次，還是不見動靜，吳月娘、潘金蓮又何嘗不想生兒子呢？只能說是「造化聽蒼穹」了。這首詩統領、概括了第五十三回的兩大主線，將眾妻妾因子而貴、求子心切刻畫的極為真實。

而第五十四回的回首詩，乍看之下和情節並無直接關係，但是仔細玩味，會發現它其實預示了日後情節的發展：

> 來日陰晴未可商，常言極樂起憂惶。浪遊年少耽紅陌，薄命嬌娥怨綠窗。
> 乍入杏村沽美酒，還從橘井問奇方，人生多少悲歡事，幾度春風幾度霜。

這一回的回目是「應伯爵郊園會諸友，任醫官豪家看病症」，應伯爵幫李三、黃四借到銀子，得了中人錢，便與西門慶商量，決定請弟兄到郊外劉太監庄上聚會，由應伯爵來作東道。於是請來兩條舡船，帶了妓女、樂工，直划到劉太監庄上，眾人談笑飲酒，正熱鬧處，小廝來告西門慶，說李瓶兒身子不好了。西門慶趕緊回家，果然發現娘兒兩個都病了。細看這回目，郊園聚會是喜，醫官看病是憂，不正是樂極生悲嗎？回首詩揭示的正是這樣的主題，天氣的陰晴不可預測，樂極必有哀來，常言：「全則必缺，極則必反，盈則必虧」，[33]老子亦說：「禍兮福之所倚，福兮禍之所伏」，[34]西門慶與眾人飲酒，情緒正高，卻得知愛妾病急，情節由高潮瞬間盪到低潮，正是「福禍相倚」。這首詩的思想非但符合本回情節的發展，還隱隱暗示了日後的結局。這時候的西門慶生子加官，人生道路如日中天，李瓶兒在這一回吃了任醫官的藥，雖然身子好多了，但任醫官說：「養他轉來才好。不然，就要做牢病了。」暗示了李瓶兒的悲慘結局，而李瓶兒一死，西門家族也慢慢衰落下去。這首詩安放於此，有警告人「樂極生悲」之意，如先賢所闡示的「物極必反」，西門慶終將會敗亡，而這就是他貪樂縱欲，不知持盈慎滿的後果。這首詩雖然有勸戒意味，但相較於《金瓶梅詞話》中的其他俗言俗語的說教詩，這首詩則較有美感，中間兩聯對仗，並運用了《神仙傳》「橘葉井水」的典故，[35]唐杜牧有詩云：「借問酒家何處有，牧童遙指杏花村」，後世因以杏村代指賣酒處；橘井則出於葛洪《神仙傳》，記載桂陽人蘇仙公成仙前，告其母明年有役，可取橘葉井水，以療疫疾，好事者因傳之。[36]《文心雕龍·事類》云：「蓋文章之外，據事以類義，援古以證今者也。」[37]用典不但能夠豐富詩篇的內容，增加讀者的聯想，亦能為作品的藝術價值加分，相較於前述提到的其他章回的回首詩，這一首詩較有詩歌的韻味。不過若就詩歌格律來嚴格檢視，可發現並未符合格律要求：

> 來日陰晴未可商，常言極樂起憂惶。浪遊年少耽紅陌，薄命嬌娥怨綠窗。
> －｜－－｜｜－，－－｜｜｜－－。｜－－｜－－｜，｜｜－－｜｜－。
> 乍入杏村沽美酒，還從橘井問奇方，人生多少悲歡事，幾度春風幾度霜。
> ｜｜－－－｜｜，－－｜｜｜－－。－－｜｜－－｜，｜｜－－｜｜－。

33 王利器：《呂氏春秋注疏》（成都：巴蜀書社，2002 年 1 月），冊四，頁 2923。

34 朱謙之：《老子校釋》（臺北：漢京文化公司，1985 年 10 月），頁 235。

35 梅節校注：《金瓶梅詞話》，頁 839。

36 典出《神仙傳·卷九·蘇仙公》。收錄於〔清〕王謨輯：《增訂漢魏叢書》（臺北：大化書局，1988 年 4 月再版），冊二，頁 1566-1567。

37 王更生：《文心雕龍讀本》（臺北：文史哲出版社，1991 年 9 月），頁 167。

這一個格律當為「仄仄平平平仄仄，平平仄仄仄平平。平平仄仄平平仄，仄仄平平仄仄平。仄仄平平平仄仄，平平仄仄仄平平。平平仄仄平平仄，仄仄平平仄仄平」。此詩犯的錯誤在韻腳，「商」、「惶」、「方」、「霜」為下平陽韻，「窗」為上平江韻，犯了「出韻」之忌，而一韻到底是近體詩的要求之一。

再看第五十五回的回首詩：

> 千歲蟠桃帶露攜，攜來黃閣祝期頤。八仙下降稱觴日，七鳳團花織錦時。
> 六合五溪輸賀軸，四夷三島獻珍奇。羲和莫遣兩丸速，願壽中朝帝者師。

第五十五回的回目是：「西門慶東京慶壽旦，苗員外揚州送歌童」，這一首詩寫的是東京蔡太師壽旦的盛況。蔡京身為左丞相、崇政殿大學士，兼吏部尚書、太師魯國公，地位是「一人之下，萬人之上」，各方官吏無不獻媚取寵，趁此機會結交權貴，於是爭相來拜壽，西門慶也不例外。詩中「千歲蟠桃」、「八仙下降」、「七鳳團花」等雖是誇大的用詞，但一方面也是在諷刺文武百官為了巴結權貴，無不搜刮人民膏脂，用各種珍奇物品示愛，例如西門慶，就採辦了龍袍錦繡等二十來箱大禮，要認蔡太師作乾爹。這首詩的藝術技巧在《金瓶梅詞話》中亦是較為上乘之作，「八仙」、「七鳳」、「六合」、「五溪」、「四夷」、「三島」、「兩丸」等用法，豐富了詩歌的詞彙，中間兩聯對仗工整，充分渲染了蔡太師壽旦的華麗場面。

接下來再看小說第五十六回的回首詩，這一回回目為「西門慶周濟常時節，應伯爵舉荐水秀才」，回首詩應當是針對周濟常時節而發，詩云：

> 斗積黃金侈素封，蘧蘧莊蝶夢魂中。曾聞郿塢光難駐，不道銅山運可窮。
> 此日分纍推鮑子，當年沉水笑龐公。悠悠末路誰知己，惟有夫君尚古風。

作者在回首詩後，作了一番解釋：「這八句單說人生世上，榮華富貴，不能常守。有朝無常到來，恁地堆金積玉，出落空手歸陰。因此西門慶仗義疏財，救人貧難，人人都是讚嘆他的。」作者向來對西門慶極為鄙夷，在這裡竟然歌頌起西門慶來，說他「仗義疏財」、「救人貧難」，有學者認為，這是一種「意味深長的諷刺」，具有貶意，[38]魏子雲則認為：「無論詩也罷文也罷，都比況的不倫不類」。[39]綜觀全書，西門慶對錢財、美色和權力的追求慾望是很強烈的，他的錢財有部分來自為貪贓枉法、剝削他人、強行

38　舟揮帆：《譯注評析金瓶梅詩選》（長沙：湖南文藝出版社，1992 年 3 月），頁 130。
39　魏子雲：〈《金瓶梅》這五回〉，收錄於中國金瓶梅學會：《金瓶梅研究》第一輯（南京：江蘇古籍出版社，1990 年 9 月），頁 118。

掠奪等不義之財。不過西門慶雖然擁有萬貫家財，卻不吝嗇，相反地他很懂得利用錢財去鞏固自己的地位、拓展自己的權力，僅是宴請蔡太師和宋巡按，他就花了一千兩，送給蔡太師的龍袍錦繡，高達二十箱，并黃金三百兩，這些在在說明他很懂得使錢。這一回裡常時節向西門慶借銀子來尋房安身，其實常時節已經開口多次，只是西門慶裡外皆忙，因此遲遲未伸出援手，這次看在應伯爵的面上，他拿出蔡太師賞封剩下的十二兩銀子來，這十二兩銀子對西門慶來說，不過是九牛一毛。這首詩句句用典，「蓬蓬莊蝶夢魂中」典出莊周夢蝶、「曾聞郿塢光難駐」典出董卓築塢於郿、「不道銅山運可窮」典出鄧通銅山鑄錢，皆比喻富貴難長久。而「此日分籯推鮑子」典出管鮑一同經商，鮑叔將所得推讓給管仲，只因管仲家貧且有母待養；「當年沉水笑龐公」，一說為唐代龐蘊舉家信佛，將其家所有沉入水中，以售賣手編竹器為生，[40]一說為「沉水」是比喻龐公不受劉表延請，以明龐公隱居深山不出之志。[41]鮑叔和龐公都不是貪愛財物的人，在這裡可用以比喻西門慶周濟常時節。而最末「惟有夫君尚古風」應是一種質樸、高尚的風華和氣度。以這首詩的境界來比喻西門慶，並不是非常適合，西門慶雖然有仗義疏財的一面，但是西門慶畢竟是家財萬貫，他捨的錢財不過是他財產的九牛一毛，對於錢財的積攢，西門慶還是很積極的，並非如鮑叔那樣無私、龐公那樣淡泊，因此這首詩在類比上不夠恰當。這裡還可以和第五十六回的另一首回中詩相比較：

積玉堆金始稱懷，誰知財寶禍根荄，一文愛惜如膏血，仗義翻將笑作呆。
親友人人同陌路，存形心死定堪哀。料他也有無常日，空手傳伶到夜臺。

此詩單道金銀的壞處。西門慶撥了十二兩銀子給常時節後，應伯爵便說了一段輕財好施、天道好還的奉承話，西門慶聽後回道：「兀那東西是好動不喜靜的，曾肯埋沒在一處？也是天生應人用的，一個人堆積，就有一個人缺少了。因此積下財寶，極有罪的。」此詩寫的就是這個意思，錢財是身外之物、禍患之根，但是「世人都曉神仙好，只有金銀忘不了」，[42]多少人一生汲汲營營，為了追求錢財，即使背義忘仁、精神耗弱，也在所不惜。這裡不太合理之處在於這個道理是由西門慶說出來，西門慶向來極會斂聚錢財，而且得的錢財裡不少是不義之財，一個這麼會積財的人說積財是極有罪的，實在不符常理。而作者在這裡顯然肯定並讚揚西門慶的「樂善好施」，並把西門慶塑造成一個有清

---

40 梅節校注：《金瓶梅詞話》，頁839。
41 陳東有：《金瓶梅詩詞文化鑒析》，頁188。
42 語出《紅樓夢》。馮其庸等校注：《彩畫本紅樓夢校注》（臺北：里仁書局，2000年1月），頁12。

醒價值判斷的人，關於這點，潘承玉先生有段評論可資參考：

> 西門慶短暫人生的最大特色在於，他從來就是一個行動者而不是思想者，看見漂亮的女子就要玩弄、佔有，凡是能撈的銀子都撈；一切行動都出於本能慾望支配而沒有半點理性與道德自覺，甚麼良心、體統、法律，統統不在考慮之內，更遑論形成對世界人生的系統觀點了。[43]

作惡多端如西門慶，從未思考過自己的言行舉止是否合於禮制和法統，當他收了幾百兩賄賂，縱放殺人犯苗青和孫文父子時，他怎沒想到這和積財一樣罪惡？西門慶對積財的言論和作者安排的這兩首詩，和西門慶在小說中的前後形象並不太相符。

最後看第五十七回的回首詩：

> 本性圓明道自通，翻身跳出網羅中。修成禪那非容易，煉就無生豈俗同，
> 清濁幾番隨運轉，闢門數仞任西東。逍遙萬億年無計，一點神光永注空。

這首詩的回目是「道長老募修永福寺，薛姑子勸捨陀羅經」。第五十七回一開始先描寫萬迴老祖的的身世，可以看出他是一個出身不凡、道行高深的僧人，小說中有一首詩描寫他的外貌：「身上禪衣猩血染，雙環掛耳是黃金；手中錫杖光如鏡，百八胡珠耀日明。開覺明路現金繩，提起凡夫夢亦醒；龐眉紺髮銅鈴眼，道是西天老聖僧」，「禪衣」、「錫杖」、「金繩」都是僧人配戴的東西，「龐眉紺髮」泛指僧道姿容。這個道長老是西印度出身的，在永福寺面壁九年，不言不語，如今要向西門慶募款修建永福寺，西門慶慷慨解囊，吳月娘知道後心裡歡喜，便趁機告訴西門慶應該多積陰德，而貪財好色的事應少做，西門慶卻說：「咱只消儘這家私廣為善事，就使強姦了嫦娥，和姦了織女，拐了許飛瓊，盜了西王母的女兒，也不減我潑天富貴！」明白了小說內容後，再回過頭來看這首詩，這應當是一首描寫人物的詩，有學者認為是針對西門慶的施捨行為而發，但是儘管西門慶捐了五百兩銀子給道長老，還是不可能「翻身跳出網羅中」，成為一個虔誠的佛教徒；[44]另有學者指出這首詩是描寫萬迴老祖，充滿作者對萬迴老祖的景仰。[45]筆者的看法傾向於後者，西門慶捐了五百兩銀子給道長老，是因為他「新得官哥，心下十分歡喜，也要幹些好事保佑孩兒」，西門慶是很懂得使錢的，無論一個人是否虔誠信仰宗教，當他有足夠的經濟基礎時，拿些錢財來替親人孩子求個保佑，是合情合理之事。

潘承玉：《金瓶梅新證》（合肥：黃山書社，1999 年 1 月），頁 31-32。
孟昭連：《金瓶梅詩詞解析》，頁 331-332。
陳東有：《金瓶梅詩詞文化鑒析》（成都：巴蜀書社，1994 年 2 月），頁 192。

就詩的內容看來，「本性圓明」、「修禪」等不太能夠和西門慶的形象相符，在《金瓶梅》中西門慶是深惡佛教的。而作者在這首詩後立刻接述了萬迴老祖的不凡與超俗，可看出應當是用來讚揚萬迴老祖「道德高妙，神通廣大」。提到「本性圓明」，是指萬迴老祖生性領悟透徹且有智慧，能夠跳脫世俗的生活，下句「禪那」、「無生」都是佛教用語，佛教認為萬物的實體都無生無滅，只有濁退清存時，才能修成「禪那」，達到任我來往的世界，而後，逍遙自在不受時間所限，如「一點神光」，永不滅息。[46]

綜觀這五回的回首詩，由第五十三回第五十七回，分別有「照應正文」、「預示情節」、「渲染情節」、「點撥人物」的功能，《金瓶梅詞話》中大量以回首詩勸懲說教的情形，在這五回中則較為不明顯。這五回的回首詩也還不能夠充分起到總括章回情節的作用，但整體來說「作者干預式的評論」成分較為減低，而在詩歌的意境和寫作技巧上，雅的成分更高一些。這五首詩出處不明，但從詩歌的意境和風格看來，有很大的可能性是引用自他書，值得進一步考證。

二、雅俗兼具之展現

第五十三回至第五十七回的回首詩相較於《金瓶梅詞話》的其他章回，可以算是「雅品」。在這五回中有其他詩詞與小說風格迥異不同，如第五十五回出現的四首〈滿江紅〉，意境幽美，詞風淡雅，有別於風花雪月之作，依序描寫了春、夏、秋、冬四節之美，由苗員外所送的兩歌童口中唱出，是全書中難得可見的典雅之作，試列舉一首：

> 試裂齊紈，施鉛槧爰圖春牧。草淺淺細鋪平野，散騎黃犢。
> 一卷殘書牛背穩，數聲短笛烟光綠。想按圖題詠賦新詞，勞心曲。
> 文章妙，傳芸局；音調促，偕絲竹。倚清歌追和，〈陽春〉難續。
> 一代風流誇好事，可堪膾炙人爭錄。羨先生想像賦〈高唐〉，情詞足。

這闋詞描寫了一個令人嚮往的世外桃源，在平坦青蔥的原野上，乘著黃牛，吟詩填曲、執筆作畫，享受絲竹管弦之樂，感受自然無限風光，這樣的生活相當愜意逍遙，與《金瓶梅》所描寫的污穢世界恰成對比。而後依序有夏、秋、冬三首詞作，皆為白雪之作，歌童將這四首詞吟唱給大家聽，搏得一陣喝采，只是西門慶為世俗中人，如何解得詞中滋味！不過除了這些「雅品」，「俗句」也還是有的，以第五十四回的回末詩為例：

> 西施時把翠蛾顰，幸有仙丹妙入神；信是藥醫不死病，果然佛度有緣人。

46　陳東有：《金瓶梅詩詞文化鑒析》，頁192。

這一回的回末寫任醫官為李瓶兒診病，開了降火滋榮湯和加味地黃丸，由玳安、書童前去取藥，李瓶兒吃了這些藥，隔天起來心腹都不疼了。作者以此詩結場，認為李瓶兒大難不死，是「佛度有緣人」。此詩後兩句出自《琵琶記》第二十三齣，原詩作：「公公病裏莫生嗔，員外寬心保自身。正是醫藥不死病，果然佛度有緣人。」也是針對公公病癒而發。這首詩結束後，下一章回仍從任醫官診息開始，故具有承上起下的功能。就詩歌在小說中的功能來說，這首詩有描述性質；就詩歌的藝術技巧來說，這首詩淺顯明白，若嚴格要求格律，經檢視後發現結果如下：

> 西施時把翠蛾顰，幸有仙丹妙入神；信是藥醫不死病，果然佛度有緣人。
> －－－｜｜－－，｜｜－－｜｜－；｜｜｜｜－｜｜｜，｜－｜｜｜－－。

這首詩的韻腳是「顰」、「神」、「人」，屬上平真韻。按七絕的格律，這一個格式是「平平仄仄仄平平，仄仄平平仄仄平。仄仄平平平仄仄，平平仄仄仄平平」，而這首詩犯的錯誤有兩處，其一是在第三句字尾犯「仄三聯」之忌，其二為第四句首字用了仄，第三字又沒有改成平，遂犯了「孤平」大忌，以上所犯的錯誤都是作詩的大毛病。押韻不符，造成了「仄三聯」這種拗體，而「孤平」更是科舉考試中的大忌。

　　由是觀之，這五回回首詩雖以「雅品」為主，但回中詩和回末詩則明顯地呈現雅、俗參半。第五十三回的〈淨壇呪〉是道教的呪詩、第五十六回的水秀才的〈別頭巾詩〉為應伯爵所吟誦、第五十七回〈滿江紅〉四首為歌妓所吟唱，這些都與小說情節沒有關聯，也無法起到點撥人物的作用，因此繡像本《金瓶梅》皆予以刪除。而這五回的回中詩和回末詩則一如小說其他章回，以淺顯直白、自然生動為主要風格，如「人生有子萬事足，身後無兒總是空」、「信是藥醫不死病，果然佛度有緣人」、「親友人人同陌路，存形心死定堪哀」、「料他也有無常日，空手伶俜到夜臺」、「珠和玉珀寶和珍，誰人拿得見閻君」、「若使年齡財可買，董卓還應活到今」等，幾乎沒有詩歌煉字、煉句的技巧可言。將這些宛如順口溜般的詩歌和那些典雅之作放在同一部小說中，使小說呈現雅俗兼具的表現。

小　結

　　《金瓶梅》被視為一部由民間說書藝人集體創作向作家個人獨立創作的過渡作品，在詞話本《金瓶梅》中，我們發現小說中存留著民間說書的痕跡，以小說中的詩詞為例，為數眾多的徵引作品就已經代表了這部小說並非「無所依傍」，這種多樣性地取材使小說缺少獨創性，素材的分雜也使小說呈現出一定的糟粕。由話本和小說的載道性看來，

《金瓶梅詞話》在詩詞上呈現非常濃厚的勸誡意味,表現了傳承上的侷限。就小說的創造力來論說,《金瓶梅詞話》大量移植、改編不少現成之作,使整部書出現了內容和藝術上的不協調感。周中明認為這種美中不足,是「歷史使然」,[47]我們如能站在小說歷史的進程上來看,就不應給這些糟粕太多的苛責。也正因為詞話本《金瓶梅》存在著太多詩詞加工上的痕跡,才有繡像本《金瓶梅》的大筆刪改,而《紅樓夢》那種高度藝術化的詩詞成就也並非一蹴可幾。《金瓶梅詞話》除了蹈襲所呈現的藝術侷限,也有不少徵引詩詞的改動能夠符合小說的內文,而許多詩詞以順口溜的方式描繪市井生活,其俗詞俗語更能彰顯民間文學的生命力。

就《金瓶梅詞話》第五十三回至第五十七回的詩詞看來,我們發現這五回的回首詩相較於其他章回,道德說教的成分低一些,詩詞藝術的美感多一些。而回中詩和回末詩則與其他章回無異,都同時呈現了雅俗並存的情況。這五回的詩詞所能發現的徵引詩詞僅有一首,[48]不過就其他回首詩與其他詩作風格不太統一的情況看來,極可能也有所依傍。這五回的回首詩與其他章回的差異並無太大,斧鑿痕跡、雅俗共存等問題都是共同存在的,許多學者致力於這五回是否為「陋儒補刻」的問題,截至目前為止似乎還很難達到共識,關於這五回的小說內容、人物形象、詩詞韻文、方音俗語等問題,在其他章回也一樣存有矛盾之處,所有的分析難免落入主觀的認定當中,但是不同層面的解讀都不是白費的,多樣的研究能夠使讀者更加認識《金瓶梅詞話》,並有助於更多問題的釐清。

47　周中明:《金瓶梅藝術論》(臺北:貫雅文化事業公司,1990 年 8 月),頁 369。

48　第五十四回:「西施時把翠蛾顰,幸有仙丹妙入神;信是藥醫不死病,果然佛度有緣人」出自《琵琶記》第二十二齣。

第六章 結 論

本文旨在通過對《金瓶梅詞話》的詩詞研究，探討詩詞在小說中的運用層面及蘊含理念。《金瓶梅》就版本來說可分為兩大系統，分別為《金瓶梅詞話》及《新刻繡像批評金瓶梅》，前者又稱詞話本，後者又稱繡像本。本文選定以詞話本《金瓶梅》為研究對象，「詞話本」顧名思義，即存有豐富的詩詞、曲文及韻文。

從詞話本到繡像本，這段歷史進程在詩詞上也呈現出迥異的風格。首先就詩詞數量來說，詞話本比繡像本的詩詞多了約百首，這百首詩詞為何被繡像本所刪除？此則牽涉到了詩詞在小說中的必要性，過多的詩詞破壞了小說敘述的流暢，也會影響到讀者的閱讀，就小說的藝術性而言是不必要的。繡像本《金瓶梅》對詞話本《金瓶梅》詩詞的刪繁就簡，展現的是小說文體的進步。繡像本《金瓶梅》刪除的部分主要集中在回中詩和回末詩，將無關於情節指涉或點撥人物的詩詞大筆刪除，有助於敘述的流暢。繡像本《金瓶梅》同詞話本《金瓶梅》，均保留了以詩開場的形式，但是改詩為詞，風格也漸趨典雅，並將詞話本《金瓶梅》以回首詩意圖勸誡的模式，變更為以回首詞主抒情，對於情節渲染起到了一定的作用。另外，就詩詞的刪修和更動而言，繡像本《金瓶梅》並非只能以一句「刪繁就簡」來概括，以繡像本《金瓶梅》第五十三回至第五十七回為例，我們發現其中包括了單純的濃縮篇幅、因情節更動所做的刪改，及可能因政治因素所做的刪改。繡像本《金瓶梅》對詞話本《金瓶梅》所作的修改，除了反映兩位作者不同的創作立場，也代表著小說逐漸擺脫口頭文學的影響，因此胡衍南以繡像本《金瓶梅》做為「紅樓夢模式」的開展，和詞話本《金瓶梅》代表的「金瓶梅模式」平分了長篇世情小說史上的地位。[1]

而就《金瓶梅詞話》的詩詞而言，本文所指稱的「徵引詩詞」有所依傍，可謂文備眾體。它們分別徵引自《水滸傳》、宋元話本、元明中篇傳奇小說、元明戲曲及歷代詩詞，這種多面性地移植雖然使詩詞的風格因之豐富，但是除了部分詩詞的改動能夠青出於藍外，還是有不少詩詞呈現「削足適履」的情況，使全書的風格因而呈現出生硬、不協調的情況，損害了作品的完整性和統一性。另外，本文又發現這些徵引詩詞在徵引過

---

[1] 胡衍南：《金瓶梅到紅樓夢——明清長篇世情小說研究》（臺北：里仁書局，2009 年 2 月）。

程中出現明顯的文類集中性，例如《水滸傳》的徵引集中在小說的第一回至第十回，宋元話本、元明中篇傳奇小說、宋元戲曲這三大類則以全書後半回的引用為多。在歷代詩詞方面，薛逢的三首詩出現在第三十九回、第四十三回、第四十四回，也是一種集中性的表現。這種集中性地引用、改動後的良莠不齊及重複徵引的情況，凸顯作者在創作過程中似乎不夠嚴謹，而作者對於詩詞藝術技巧的掌握也不是那麼嫻熟，關於歷代以來對於《金瓶梅詞話》的作者是否為大名士之說，提供了另一個思考角度。

就《金瓶梅詞話》的原創詩詞而言，它們無所依傍，相較於徵引詩詞，原創詩詞更能夠與小說的內文貼合，或複述情節、或總結情節、或預示情節，此外還用以鋪敘場景，渲染場面氛圍。在人物描寫上，以介紹人物、描寫性格、預示命運、品評人物為主。至於在作者評論方面，則可以總括為對人事的感慨、對社會現象的批評、對人生經驗的總結等。這些詩詞在使用上都能緊扣情節，加深讀者的印象。它們以通俗、活潑的語言，描寫人生百態，並抓住人性中最細膩的部分，以親切的方式訴說人事道理，詮釋世態的炎涼，照應劇情的波折。無論是刻畫人世百態或述說生命哲理，皆淺明易懂。值得注意的是，原創詩詞和徵引詩詞的內涵有相互輝映的地方，它們在藉由宗教維護儒家價值體系中的道德規範和倫理觀念上是相通的。徵引詩詞在鑲嵌入文的過程中，難免要「削足適履」，因此小說中會出現大小不等的拼貼痕跡，小說的人物形象或情節發展也偶有矛盾之處，這一部分可藉由原創詩詞補足。原創詩詞建構出一條主要的書寫脈絡，在這條脈絡下，作者得以將劇情發展和小說主旨開展成一幅家庭百景圖。

再就全書的詩詞綜合觀察，我們發現其中存在了不少不夠完美的地方，本文認為過多的教化詩詞，時而僅扣主題、時而遊走情節之外，是造成小說閱讀過程中單調繁瑣之因。而小說人物形象、情節發展上的類比失誤，也使整部小說呈現前後不統一的問題。這些運用上的瑕疵，造成整部小說的詩詞瑕瑜互見。在《金瓶梅詞話》中，有許多詩詞充滿了民間口語的生命力，它們粗鄙、逗趣、直接、庸俗，如實地展現在讀者面前，符合小說中的人物身分，詩詞和小說是互為彰顯的。站在小說發展的歷史進程上來看，《金瓶梅詞話》中的詩詞精粗是民間說書藝人集體創作向作家個人獨立創作的過渡痕跡。而小說中俗化的詩詞，和《金瓶梅詞話》的世情內容相得益彰，將之與《紅樓夢》高度藝術化的詩詞比較，各有其特色和價值。

《金瓶梅詞話》第五十三回至第五十七回，歷來有「陋儒補刻」之說，後世學者從情節發展、人物形象、方言俗語等方面進行考證，希望能夠釐清「陋儒補刻說」的真實性。本文亦嘗試從詩詞運用的角度來觀察，發現這五回的回首詩詞相較於其他章回，道德說教的成分低一些，而詩詞藝術技巧的展現則高一些。但在回中詩和回末詩上，那種俗雅相兼的矛盾風格仍是一致的。整體來說，這五回詩詞運用所出現的特質，在其他章回上

亦同時展現，若要就「不統一」的情況看來，全書的詩詞都是「不統一的」，很難據以
判斷是否出自他人補刻。在不同層面的解讀上難免會落入主觀的窠臼，是否為「陋儒補
刻」或許難以就現有的資料加以斷定，但是更多的研究或許有助於問題的釐清，並增進
對《金瓶梅詞話》這部小說的認識。

　　我們不可否認，《金瓶梅詞話》的詩詞確實存在不少侷限，但它畢竟是一部劃時代
的寫實主義開山祖，在此之的《三國演義》、《水滸傳》、《西遊記》等長篇小說都為
英雄、神魔立傳，是典型的浪漫主義作品。《金瓶梅》是首部為平民百姓立傳的長篇世
情小說，前所未有，作者嘗試這個創舉，必然還未能徹底擺脫傳統小說觀念和創作方法
的束縛，將它拿來和《紅樓夢》這類成熟的長篇小說相比，《金瓶梅詞話》有它一定的
粗糙程度。我們看見《金瓶梅詞話》詩詞運用上的混亂現象，但同時也發現它們存在著
相同的優點和缺點，無論是徵引詩詞或原創詩詞，無論在小說的前半回或後半回，它們
總是高雅與粗俗並存、優秀與拙劣共融，不盡然呈現所謂的前後不一。小說前半部所犯
的錯誤，在後半部依然重蹈覆轍；引用《水滸傳》詩詞出現的缺失，於引用宋元話本、
元明文言小說、宋元戲曲、歷代詩詞等任何作品時也同時存在。也就是說，詩詞運用看
似不統一，其實是統一的。由這些分析所呈現的資料來判斷，本文認為《金瓶梅詞話》
是一部個人獨立創作的小說，而且作者應當是中下層的書會文人。由於在此之前的長篇
小說多為世代累積型，《金瓶梅詞話》在歷史使然的因素下，依然還帶有不少集體創作
的色彩，它無法真正獨立並且無所依傍，詩詞展現的不少矛盾現象正是從集體創作過渡
到個人創作的反映。

參考書目

一、古籍（依作者筆畫排列）

卜鍵箋校：《李開先全集》（北京：文化藝術出版社，2004 年 8 月）

王利器：《呂氏春秋注疏》（成都：巴蜀書社，2002 年 1 月）

王謨輯：《增訂漢魏叢書》（臺北：大化書局，1988 年 4 月再版）

毛晉編：《六十種曲》（北京：中華書局，1958 年 5 月）

古本小說集成編委會：《李卓吾批評忠義水滸傳》（上海：上海古籍出版社，1994 年）

古本小說集成編委會：《燕居筆記》（上海：上海古籍出版社，1994 年）

古本小說集成編委會：《國色天香》（上海：上海古籍出版社，1994 年）

古本小說集成編委會：《清平山堂話本》（上海：上海古籍出版社，1994 年）

古本小說叢刊編委會：《剪燈餘話》（北京：中華書局，1990 年）

朱謙之：《老子校釋》（臺北：漢京文化公司，1985 年 10 月），頁 235

赤心子、吳敬所：《繡古春容》（含《國色天香》）（南京：江蘇古籍出版社，1994 年 8 月）

何大掄：《燕居筆記》（上海：上海古籍出版社，1994 年）

沈德符：《萬曆野獲編》，收錄於《筆記小說大觀》十五編（臺北：新興書局，1978 年）

林辰，苗壯主編：《嬌紅雙美》（北京：線裝書局，2003 年 12 月）

林辰，苗壯主編：《賈雲華還魂記》（北京：線裝書局，2003 年 12 月）

林辰，苗壯主編：《鍾情麗集》（北京：線裝書局，2003 年 12 月）

林辰，苗壯主編：《金谷懷春》（北京：線裝書局，2003 年 12 月）

段成式：《酉陽雜俎》，收錄於《景印摛藻堂四庫全書薈要》（臺北：世界書局，1986 年），子部，
　　　第 278 冊

洪楩編：《清平山堂話本》（臺北：河洛圖書出版社，1980 年 11 月）

唐圭璋編：《新校標點全宋詞》（臺北：文光出版社，1983 年 1 月）

凌濛初：《拍案驚奇》（南京：江蘇古籍出版社，1990 年 3 月）

清聖祖御定：《全唐詩》（臺北：文史哲出版社，1987 年 12 月）

梅節校注：《金瓶梅詞話》（臺北：里仁書局，2007 年 11 月）

惠棟：《周易述》，收入仁繼愈、傅璇琮等主編：《文津閣四庫全書》（北京：商務印書館，2005 年），
　　　經部，第一冊

馮其庸等校注：《彩畫本紅樓夢校注》（臺北：里仁書局，2000 年 1 月）

馮夢龍：《喻世明言》（臺北：河洛圖書出版社，1980 年 2 月）

馮夢龍：《古今小說》（南京：江蘇古籍出版社，1991 年 9 月）

馮夢龍:《警世通言》(南京:江蘇古籍出版社,1991 年 9 月)

馮夢龍:《醒世恆言》(南京:江蘇古籍出版社,1991 年 9 月)

無名氏著,曹濟平校點:《宣和遺事》(南京:江蘇古籍出版社,1993 年 3 月)

無名氏著,程毅中等校點:《京本通俗小說》(南京:江蘇古籍出版社,1991 年 12 月)

齊煙,汝梅校點:《新刻繡像批評金瓶梅》(臺北:曉園出版社,1990 年 9 月)

二、專著 (依作者筆畫排列)

丁朗:《金瓶梅與北京》(北京:中國社會出版社,1996 年 11 月)

王年双:《金學》(高雄:復文圖書出版社,1995 年 2 月)

王平等編:《金瓶梅文化研究》(北京:中國文聯出版社,1999 年 4 月)

王平等編:《金瓶梅文化研究》(北京:華藝出版社,2000 年 9 月)

王平、程冠軍主編:《金瓶梅文化研究第五輯》(北京:群言出版社,2007 年 5 月)

王汝梅:《金瓶梅探索》(長春:吉林大學出版社,1990 年 9 月)

王更生:《文心雕龍讀本》(臺北:文史哲出版社,1991 年 9 月)

王利器主編:《金瓶梅詞典》(長春:吉林文史出版社,1988 年 11 月)

王利器主編:《國際金瓶梅研究集刊》(成都:成都出版社,1991 年 7 月)

王景琳、徐匋:《金瓶梅中的佛踪道影》(北京:文化藝術出版社,1991 年 11 月)

王璦玲、胡曉真主編:《經典轉化與明清敘事文學》(臺北:聯經出版社,2009 年 8 月)

尹恭弘:《金瓶梅與晚明文化》(北京:華文出版社,1997 年 2 月)

中國金瓶梅學會編:《金瓶梅研究》第一輯(南京:江蘇古籍出版社,1990 年 9 月)

中國金瓶梅學會編:《金瓶梅研究》第二輯(南京:江蘇古籍出版社,1991 年 7 月)

中國金瓶梅學會編:《金瓶梅研究》第三輯(南京:江蘇古籍出版社,1992 年 6 月)

中國金瓶梅學會編:《金瓶梅研究》第四輯(南京:江蘇古籍出版社,1993 年 7 月)

中國金瓶梅學會編:《金瓶梅研究》第六輯(北京:知識出版社,1999 年 6 月)

中國金瓶梅學會編:《金瓶梅研究》第七集(北京:知識出版社,2002 年 9 月)

中國金瓶梅學會編:《金瓶梅研究》第八集(北京:中國文史出版社,2005 年 12 月)

白維國:《金瓶梅詞典》(北京:中華書局,1991 年 3 月)

包振南等編選:《金瓶梅及其他》(長春:吉林文史出版社,1991 年 3 月)

田曉菲:《秋水堂論金瓶梅》(天津:天津人民出版社,2003 年 1 月)

朱星等著:《金瓶梅考證》(臺北:木鐸出版社,1983 年 9 月)

舟揮帆:《譯注評析金瓶梅詩選》(長沙:湖南文藝出版社,1992 年 3 月)

李洪政:《金瓶梅解隱——作者、人物、情節》(臺北:臺灣商務印書館,2000 年 8 月)

李建中:《瓶中審醜》(臺北:文史哲出版社,1992 年 12 月)

吳存存:《明清社會性愛風氣》(北京:人民文學出版社,2000 年)

吳志達:《中國文言小說史》(濟南:齊魯書社,1994 年 9 月)

吳晗、鄭振鐸:《論金瓶梅》(北京:文化藝術出版社,1984 年 12 月)

吳敢:《20 世紀《金瓶梅》研究史長編》(上海:文匯出版社,2003 年 1 月)

邱勝威、王仁銘:《解讀金瓶梅》(臺北:雲龍出版社,1999 年 1 月)

呂正惠：《詩詞曲格律淺說》（臺北：大安出版社，1995 年 11 月）

余峀、解慶蘭：《金瓶梅與佛道》（北京：北京燕山出版社，1998 年 7 月）

孟昭連：《金瓶梅詩詞解析》（長春：吉林文史出版社，1991 年 4 月）

孟祥榮：《李開先與《寶劍記》》（濟南：山東文藝出版社，2004 年 10 月）

林辰：《古代小說與詩詞》（瀋陽：遼寧教育出版社，1992 年 10 月）

周中明：《金瓶梅藝術論》（臺北：貫雅文化事業公司，1990 年 8 月）

周積明主編：《市井風月話金瓶》（武昌：華中理工大學出版社，1994 年 5 月）

周鈞韜：《金瓶梅探謎與藝術賞析》（長春：吉林文史出版社，1990 年 6 月）

周鈞韜：《金瓶梅資料續編》（北京：北京大學出版社，1990 年 6 月）

周鈞韜：《金瓶梅素材來源》（鄭州：中州古籍出版社，1991 年 2 月）

胡士瑩：《話本小說概論》（北京：中華書局，1980 年 5 月）

胡衍南：《飲食情色金瓶梅》（臺北：里仁書局，2004 年 4 月）

胡衍南：《金瓶梅到紅樓夢——明清長篇世情小說研究》（臺北：里仁書局，2009 年 2 月）

姜世棟等人主編：《三國演義、水滸傳、西遊記詩詞注析》（哈爾濱：哈爾濱出版社，1993 年 2 月）

姚靈犀：《瓶外卮言》（天津：天津書局，1940 年 8 月）

徐朔方編選：《金瓶梅西方論文集》（上海：上海古籍出版社，1987 年 7 月）

徐朔方：《論金瓶梅的成書及其他》（濟南：齊魯書社，1988 年 1 月）

高明誠：《金瓶梅與金聖歎》（臺北：水牛出版社，1988 年 7 月）

陳大康：《明代小說史》（上海：上海文藝出版社，2000 年 10 月）

陳東有：《金瓶梅——中國文化發展的一個斷面》（廣州：花城出版社，1990 年 4 月）

陳東有：《金瓶梅文化研究》（臺北：貫雅文化事業公司，1992 年 11 月）

陳東有：《金瓶梅詩詞文化鑒析》（成都：巴蜀書社，1994 年 2 月）

陳昌恆：《馮夢龍‧金瓶梅‧張竹坡》（武漢：武漢出版社，1994 年 9 月）

陳翠英：《世情小說之價值觀考察——以婚姻為定位的考察》（臺北：國立臺灣大學出版委員會，1996 年 6 月）

陳益源：《元明中篇傳奇小說研究》（香港：學峰文化事業公司，1997 年 12 月）

陳益源主編：《2012 臺灣金瓶梅國際學術研討會》（臺北：里仁書局，2013 年 4 月）

陳詔：《金瓶梅六十題》（上海：新華書店，1993 年 12 月）

馮文樓：《四大奇書的文本文化學闡釋》（北京：中國社會科學出版社，2003 年 5 月）

馬征：《金瓶梅中的懸案》（成都：四川人民出版社，1994 年 6 月）

夏志清：《中國古典小說史論》（南昌：江西人民出版社，2001 年 9 月）

許志強：《金瓶梅蘭陵笑笑生之謎》（北京：中國文聯出版社，2000 年 5 月）

許清雲：《近體詩創作理論》（臺北：國立編譯館，1997 年 9 月）

許建平：《金學考論》（石家莊：河北教育出版社，1999 年 12 月）

許麗芳：《古典短篇小說之韻文》（臺北：里仁書局，2001 年 3 月）

莊嚴出版社編輯部編校：《校註蘇東坡詞全集》（臺北：莊嚴出版社，1982 年 9 月）

黃竹三等編：《六十種曲評注》（長春：吉林人民出版社，2001 年 9 月）

黃霖編：《金瓶梅資料彙編》（北京：中華書局，1987 年 3 月）

黃霖：《金瓶梅考論》（瀋陽：遼寧人民出版社，1989 年 10 月）

黃霖：《黃霖說金瓶梅》（北京：中華書局，2005 年 9 月）

黃霖：《金瓶梅講演錄》（桂林：廣西師範大學出版社，2008 年 10 月）

黃霖、杜明德主編：《金瓶梅與臨清——第六屆國際《金瓶梅》學術研討會論文集》（濟南：齊魯書社，2008 年 6 月）

黃霖、吳敢、趙杰主編：《金瓶梅與清河》（長春：吉林大學出版社，2010 年 7 月）

張丹、天舒：《金瓶梅中的歷史謎團與懸案》（北京：大眾文藝出版社，1999 年 8 月）

張岳琦、張昕：《詩詞格律簡捷入門》上下冊（北京：中國文史出版社，2003 年 4 月）

張業敏：《金瓶梅的藝術美》（北京：教育科學出版社，1992 年 10 月）

張國風：《金瓶梅描繪的世俗人間》（北京：書目文獻出版社，1992 年 12 月）

張鴻魁：《金瓶梅語音研究》（濟南：齊魯書社，1996 年 8 月）

孫遜、詹丹：《金瓶梅概說》（上海：上海古籍出版社，1994 年 3 月）

崔永清編：《海峽兩岸明清小說論文集》（南京：河海大學出版社，1991 年 8 月）

曹煒、甯宗一：《金瓶梅的藝術世界》（臺北：文史哲出版社，2002 年 12 月）

梅節：《瓶梅閒筆硯——梅節金學文存》（北京：北京圖書館出版社，2008 年 2 月）

傅憎享、楊愛群：《金瓶梅書話》（瀋陽：遼寧人民出版社，1993 年 4 月）

彭莊編：《太平廣記人名書名索引》（臺北：文史哲出版社，1981 年 11 月）

曾慶雨、許建平：《金瓶梅中的女人們》（昆明：雲南大學出版社，2000 年 6 月）

程毅中：《宋元話本》（臺北：木鐸出版社，1987 年 9 月）

甯宗一：《說不盡的金瓶梅》（天津：新華書店，1990 年 5 月）

楊義：《中國古典小說史論》（北京：中國社會科學出版社，1995 年 12 月）

葉桂桐等著：《金瓶梅作者之謎》（瀋陽：遼寧人民出版社，1988 年 5 月）

熊秉真主編：《欲掩彌彰 中國歷史文化中的「私」與「情」——私情篇》（臺北：中央研究院中國文哲研究所，2002 年 12 月）

趙興勤：《理學思潮與世情小說》（北京：文物出版社，2010 年 6 月）

劉師古：《金瓶梅研究》（臺北：宋氏照遠出版社，1996 年 5 月）

劉烈：《西門慶與潘金蓮》（哈爾濱：黑龍江教育出版社，1989 年 2 月）

劉輝、楊揚：《金瓶梅之謎》（北京：書目文獻出版社，1989 年 6 月）

樂衡軍：《古典小說散論》（臺北：大安出版社，2004 年 11 月）

魯迅：《中國小說史略》，收錄於《魯迅小說史論文集》（臺北：里仁書局，1994 年）

魯歌、馬征：《金瓶梅人物大全》（長春：吉林文史出版社，1991 年 7 月）

魯歌、馬征：《金瓶梅縱橫談》（北京：北京燕山出版社，1992 年 2 月）

蔡敦勇：《金瓶梅劇曲品探》（南京：江蘇文藝出版社，1989 年 6 月）

歐麗娟：《詩論紅樓夢》（臺北：里仁書局，2001 年 1 月）

潘承玉：《金瓶梅新證》（合肥：黃山書社，1999 年 1 月）

龍沐勛：《唐宋詞格律》（臺北：里仁書局，1995 年 8 月）

蕭相愷：《世情小說史話》（瀋陽：遼寧教育出版社，1992 年 10 月）

魏子雲：《金瓶梅探原》（臺北：巨流圖書公司，1979 年 4 月）

魏子雲：《金瓶梅的問世與演變》（臺北：時報文化出版公司，1981 年 8 月）

魏子雲：《金瓶梅審探》（臺北：臺灣商務印書館，1982 年 6 月）

魏子雲：《金瓶梅劄記》（臺北：巨流圖書公司，1983 年 12 月）

魏子雲：《金瓶梅原貌探索》（臺北：臺灣學生書局，1985 年 3 月）

魏子雲主編：《金瓶梅研究資料彙編——序跋、論評、插圖》（臺北：天一出版社，1987 年 1 月）

魏子雲：《小說金瓶梅》（臺北：臺灣學生書局，1988 年 2 月）

魏子雲：《金瓶梅的幽隱探照》（臺北：臺灣學生書局，1988 年 10 月）

魏子雲：《金瓶梅散論》（臺北：臺灣商務印書館，1990 年 7 月）

魏子雲：《明代金瓶梅史料詮釋》（臺北：貫雅文化事業公司，1992 年 6 月）

魏子雲：《金瓶梅研究二十年》（臺北：臺灣商務印書館，1993 年 10 月）

魏子雲：《深耕《金瓶梅》逾卅年》（臺北：文史哲出版社，2003 年 12 月）

魏子雲：《金瓶梅餘穗》（臺北：里仁書局，2007 年 1 月）

羅宗強、陳洪主編：《明代文學研究國際學術研討會論文集》（天津：南開大學出版社，2006 年 4 月）

三、單篇論文（依作者筆畫排列）

牛貴琥：〈略談古代通俗小說中詩詞之弊端〉，《廈門教育大學》，1996 年第 8 卷第 2 期

方綱：〈金瓶梅詩詞漫評〉，《內蒙古民族師院學報（哲社版）》，1996 年第 1 期

王年双：〈從詩歌在《金瓶梅詞話》中的運用看小說的發展〉，收錄於（彰化師大國文系出版：《中國詩學會議論文集》，1992 年 9 月）

成曉輝：〈《金瓶梅》的佛教精神〉，《甘肅社會科學》，2005 年第 2 期

朱越立：〈論《金瓶梅詞話》中的佛道教描寫〉，收錄於杜維沫、劉輝編：《金瓶梅研究集》（濟南：齊魯書社，1988 年 1 月）

周進芳：〈詩詞韻文在古典小說中的多維敘事功能〉，《明清小說研究》，2003 年第 15 期

周琳：〈《金瓶梅》與中國古代哲學初探〉，收錄於中國金瓶梅學會編：《金瓶梅研究》第四輯（南京：江蘇古籍出版社，1993 年 7 月）

胡衍南：〈《金瓶梅》於《紅樓夢》之影響研究〉，《中國學術年刊》，2006 年第 28 期

張家英：〈由《金瓶梅》回前詩看其作者〉，《學習與探索》，1991 年第 3 期

耿振華：〈明代神道數述與社會建構之關係——《金瓶梅詞話》之分析研究〉，《臺北市立師範學院學報》，1990 年第 21 期

楊緒容：〈論《金瓶梅》勸誡的三種方式〉，《明清小說研究》，2002 年第 2 期

韓南：〈金瓶梅的版本及其他〉，《國立編譯館館刊》第 4 卷第 2 期，1975 年 12 月

潘承玉：〈佛、道教描寫與《金瓶梅》的成書時代新探〉，《中外文學》第 26 卷第 10 期，1998 年 3 月

潘承玉：〈《金瓶梅》五十三至五十七回真偽考論〉，《中外文學》第 27 卷第 3 期，1998 年 9 月

潘慎：〈《金瓶梅》的詩詞創作和它的作者〉，《太原大學學報》，第 3 卷第 1 期，2002 年 3 月

四、學位論文

林鶯如：《《金瓶梅》的敘事研究》，國立彰化師範大學國文學系研究所碩士論文，2006 年

林玉惠：《崇禎本《金瓶梅》回首詩詞功能研究》，國立臺灣師範大學國文學系碩士專班論文，2012 年 6 月

秦佳慧：《《金瓶梅》王婆形象之塑造及其影響》，國立中正大學中國文學研究所碩士論文，2004 年
　　　6 月
梁欣芸：《《金瓶梅》男女偷情主題研究》，國立中興大學中國文學研究所碩士論文，2004 年
莊文福：《《金瓶梅詞話》人物形象研究》，私立文化大學中國文學研究所碩士論文，1996 年
駱吉萍：《《金瓶梅詞話》中的韻文研究》，國立中山大學中國文學研究所碩士論文，1995 年 6 月
潘嘉雯：《《金瓶梅詞話》人物論》，私立玄奘大學中國語文學系研究所碩士論文，2005 年

附　錄

一、《金瓶梅詞話》徵引詩詞考索

(一)徵引詩詞與《水滸傳》詩詞

《水滸傳》	《金瓶梅詞話》
無形無影透人懷，四季能吹萬物開。就樹撮將黃葉去，入山推出白雲來。（第二十三回）	無形無影透人懷，四季能吹萬物開。就地撮將黃葉去，入山推出白雲來。（第一回）
景陽崗頭風正狂，萬里陰雲埋日光。燄燄滿川楓葉赤，紛紛遍地草芽黃。觸目晚霞掛林藪，侵人冷霧滿穹蒼。忽聞一聲霹靂響，山腰飛出獸中王：昂頭湧躍逞牙爪，谷口麋鹿皆奔忙；山中狐兔潛踪跡，澗內獐猿驚且慌。卞莊見後魂魄散，存孝遇時心膽強。清河壯士酒未醒，忽在崗頭偶相迎。上下尋人虎飢渴，撞著猙獰來撲人。虎來撲人似山倒，人去迎虎如岩傾。臂腕落時墜飛砲，爪牙攎處幾泥坑。拳頭腳尖如雨點，淋漓兩手鮮血染。穢污腥風滿松林，散亂毛鬚墜山奄。近看千鈞勢未休，遠觀八面威風斂。身橫野草錦斑銷，緊閉雙睛光不閃。（第二十三回）	景陽崗頭風正狂，萬里陰雲埋日光。焰焰滿川紅日赤，紛紛遍地草皆黃。觸目晚霞掛林藪，侵人冷霧滿穹蒼。忽聞一聲霹靂響，山腰飛出獸中王：昂頭踴躍逞牙爪，谷裡獐鹿皆奔降；山中狐兔潛蹤跡，澗內獐猿驚且慌。卞莊見後魂魄散，存孝遇時心膽亡。清河壯士酒未醒，忽在崗頭偶相迎。上下尋人虎飢渴，撞著猙獰來撲人。虎來撲人似山倒，人去迎虎如岩傾。臂腕落時墜飛砲，爪牙攎處幾泥坑。拳頭腳尖如雨點，淋漓兩手鮮血染。穢污腥風滿松林，散亂毛鬚墜山崦。近看千鈞勢未休，遠觀八面威風減。身橫野草錦斑消，緊閉雙睛光不閃。（第一回）
別意悠悠去路長，挺身直上景陽岡。醉來打殺山中虎，揚得聲名滿四方！（第二十三回）	壯士英雄藝略芳，挺身直上景陽崗。醉來打死山中虎，自此聲名播四方！（第一回）
柔軟安身之本，剛強惹禍之胎。無爭無競是賢才，虧我些兒何碍？純斧鎚磚易碎，快刀劈水難開。	柔軟立身之本，剛強惹禍之胎。無爭無競是賢才，虧我些兒何礙？青史幾場春夢，紅塵多少奇才。

但看髮白齒牙衰，惟有舌根不壞。 （第七十九回·詞牌〈西江月〉）	不須計較巧安排，守分而今見在。 （第一回·詞牌〈西江月〉）
金蓮容貌更堪題，笑靨春山八字眉。 若遇風流清子弟，等閑雲雨便偷期。 （第二十四回）	金蓮容貌更堪題，笑靨春山八字眉。 若遇風流清子弟，等閑雲雨便偷期。 （第一回）
叔嫂萍踪得偶逢，嬌嬈遍逞秀儀容。 私心便欲成歡會，暗把邪言釣武松。 （第二十四回）	叔嫂萍踪得偶逢，嬌嬈遍逞秀儀容。 私心便欲成歡會，暗把邪言釣武松。 （第一回）
可怪金蓮用意深，包藏婬行蕩春心。 武松正大元難犯，耿耿清名抵萬金。 （第二十四回）	可怪金蓮用意深，包藏淫行蕩春心。 武松正大原難犯，耿耿清名抵萬金。 （第一回）
武松儀表甚溫柔，阿嫂婬心不可收。 籠絡歸來家裡住，要同雲雨會風流。 （第二十四回）	武松儀表甚搠搜，阿嫂淫心不可收。 籠絡歸來家裡住，要同雲雨會風流。 （第一回）
萬里彤雲密佈，空中祥瑞飄簾，瓊花片片舞前簷。 剡溪當此際，凍住子猷船。 頃刻樓臺如玉，江山銀色相連。 飛鹽撒粉漫遙天，當時呂蒙正，窰內嘆無錢。 （第二十四回·詞牌〈臨江仙〉）	萬里彤雲密佈，空中祥瑞飄簾，瓊花片片舞前簷。 剡溪當此際，濡滯子猷船。 頃刻樓臺都壓倒，江山銀色相連。 飛鹽撒粉漫連天，當時呂蒙正，窰內嗟無錢。 （第一回·詞牌〈臨江仙〉）
潑賤操心太不良，貪婬無恥壞綱常。 席間尚且求雲雨，反被都頭罵一場。 （第二十四回）	潑賤操心太不良，貪淫無恥壞綱常。 席間尚且求雲雨，反被都頭罵一場。 （第一回）
雨意雲情不遂謀，心中誰信起戈矛。 生將武二搬離去，骨肉番令作寇讐！ （第二十四回）	雨意雲情不遂謀，心中誰信起戈矛。 生將武二搬離去，骨肉番令作寇仇！ （第一回）
苦口良言諫勸多，金蓮懷恨起風波。 自家惶愧難存坐，氣殺英雄小二哥！ （第二十四回）	苦口良言諫勸多，金蓮懷恨起風波。 自家惶愧難存坐，氣殺英雄小二哥！ （第二回）
風日清和漫出遊，偶從簾下識嬌羞。 只因臨去秋波轉，若起春心不肯休。 （第二十四回）	風日清和漫出遊，偶從簾下識嬌羞。 只因臨去秋波轉，若起春心不肯休。 （第二回）
西門浪子意猖狂，死下工夫戲女娘。 虧殺賣茶王老母，生教巫女就襄王。 （第二十四回）	西門浪子意猖狂，死下工夫戲女娘。 虧殺賣茶王老母，生教巫女會襄王。 （第二回）
兩意相投似蜜脾，王婆撮合更稀奇； 安排十件挨光事，管取交歡不負期。 （第二十四回）	兩意相投似蜜甜，王婆撮合更稀奇； 安排十件挨光計，管取交歡不負期。 （第三回）

阿母牢籠設計深，大郎愚魯不知音。 帶錢買酒酬奸詐，卻把婆娘白送人。 （第二十四回）	阿母牢籠設計深，大郎愚魯不知音。 帶錢買酒酬奸詐，卻把婆娘白送人。 （第三回）
水性從來是女流，背夫常與外人偷。 金蓮心愛西門慶，婬蕩春心不自由。 （第二十四回）	水性從來是女流，背夫常與外人偷。 金蓮心愛西門慶，淫蕩春心不自由。 （第三回）
從來男女不同筵，賣俏迎奸最可憐。 不獨文君奔司馬，西門慶亦遇金蓮。 （第二十四回）	從來男女不同筵，賣俏迎奸最可憐。 不獨文君奔司馬，西門今亦遇金蓮。 （第三回）
酒色端能誤國邦，由來美色陷忠良。 紂因妲己宗祧失，吳為西施社稷亡。 自愛青春行處樂，豈知紅粉笑中鎗。 武松已殺貪淫婦，莫向東風怨彼蒼。 （第二十四回）	酒色多能誤國邦，由來美色喪忠良。 紂因妲己宗祀失，吳為西施社稷亡。 自愛青春行處樂，豈知紅粉笑中鎗。 西門貪戀金蓮色，內失家麋外趦猖。 （第四回）
好事從來不出門，惡言醜行便彰聞。 可憐武大親妻子，暗與西門作細君。 （第二十四回）	好事從來不出門，惡言醜行便彰聞。 可憐武大親妻子，暗與西門作細君。 （第四回）
參透風流二字禪，好因緣是惡因緣。 痴心做處人人愛，冷眼觀時個個嫌。 野草閒花休采折，貞姿勁質自安然。 山妻稚子家常飯，不害相思不損錢。 （第二十六回）	參透風流二字禪，好姻緣是惡姻緣。 痴心做處人人愛，冷眼觀時個個嫌。 野草閑花休採折，貞姿勁質自安然。 山妻稚子家常飯，不害相思不損錢。 （第五回）
虎有悵兮鳥有媒，暗中牽陷恣施為。 鄆哥指訐西門慶，他日分屍竟莫支。 （第二十五回）	虎有悵兮鳥有媒，暗中牽陷自狂為。 鄆哥指訐西門慶，虧殺王婆撮合奇。 （第五回）
雲情雨意兩綢繆，戀色迷花不肯休。 畢竟難逃天地眼，武松還砍兩人頭。 （第二十五回）	雲情雨意兩綢繆，戀色迷花不肯休。 畢竟世間有此事，武大身軀喪粉頭。 （第五回）
可恨狂夫戀野花，因貪淫色受波查。 亡身喪己皆因此，破業傾資總為他。 半晌風流有何益，一般滋味不須誇。 一朝禍起蕭牆內，血污遊魂更可嗟。 （第二十五回）	可怪狂夫戀野花，因貪淫色受波喳。 亡身喪命皆因此，破業傾家總為他。 半晌風流有何益，一般滋味不須誇。 一朝禍起蕭牆內，虧殺王婆先做牙。 （第六回）
色胆如天不自由，情意密兩綢膠。 只思當日同歡慶，豈想蕭牆有禍憂？ 貪快樂，恣優游，英雄壯士報冤仇。 請看褒姒幽王事，血染龍泉是盡頭。 （第二十六回·詞牌〈鷓鴣天〉）	色膽如天不自由，情深意密兩綢膠。 貪歡不管生和死，溺愛誰將身體修？ 只為恩深情爵爵，多因愛闊恨悠悠。 要將吳越冤仇解，地老天荒難歇休。 （第六回）

	色膽如天不自由，情深意密兩綢繆。 只思當日同歡愛，豈想蕭牆有後憂。 只貪快樂恣悠遊，英雄壯士報冤仇。 天公自有安排處，勝負輸贏卒未休。 （第九回・詞牌〈鷓鴣天〉）
色中餓鬼獸中狨，弄假成真說祖風。 此物只宜林下看，豈堪引入畫堂中。 （第四十五回）	色中餓鬼獸中狨，壞教貪淫玷祖風。 此物只宜林下看，不堪引入畫堂中。 （第八回）
前車倒了千千輛，後車到了亦如然。 分明指與平川路，錯把忠言當惡言。 （第二十三回）	前車倒了千千輛，後車過了亦如然。 分明指與平川路，却把忠言當惡言。 （第九回） 前車倒了千千輛，後車到了亦如然； 分明指與平川路，錯把忠言當惡言。 （第十八回）
朝看楞伽經，暮念華嚴呪。 種瓜還得瓜，種豆還得豆。 經呪本慈悲，冤結如何救？ 照見本來心，方便多竟究。 心地若無私，何用求天祐。 地獄與天堂，作者還自受。 （第四十五回）	朝看瑜伽經，暮誦消災呪。 種瓜須得瓜，種荳須得荳。 經呪本無心，冤結如何究？ 地獄與天堂，作者還自受。 （第十回）
孔目推詳秉至公，武松垂死又疏通。 今朝遠戍恩州去，病草萋萋遇煖風。 （第三十回）	府尹推詳秉至公，武松垂死又疏通。 今朝刺配牢城去，病草萋萋遇暖風。 （第十回）
功業如將智力求，當年盜跖合封侯。 行藏有義真堪羨，富貴非仁實可羞？ 鄉黨陸梁施小虎，江湖任俠武都頭。 巨林雄寨俱侵奪，方把平生志願酬！ （第二十八回）	功業如將智力求，當年盜跖卻封侯。 行藏有義真堪羨，好色無仁豈不羞？ 浪蕩貪淫西門子，背夫水性女嬌流。 子虛氣塞柔腸斷，他日冥司必報仇！ （第十四回）
堪嘆人心毒似蛇，誰知天眼轉如車： 去年妄取東鄰物，今日還歸北舍家； 無義錢財湯潑雪，倘來田地水推沙。 若將奸狡為生計，恰似朝雲與暮霞。 （第五十三回）	堪歎人心毒似蛇，誰知天眼轉如車： 去年妄取東鄰物，今日還歸北舍家； 無義錢財湯潑雪，倘來田地水推沙。 若將奸狡為活計，恰似朝雲與暮霞。 （第十八回）
花開不擇貧家第，月照山河到處明。 世間只有人心惡，萬事還須天養人， 育聾瘖瘂家豪富，智慧聰明却受貧！ 年月日時該載定，算來由命不由人。	花開不擇貧家地，月照山河處處明。 世間只有人心歹，百事還教天養人， 痴聾瘖啞家豪富，伶俐聰明却受貧！ 年月日時該載定，算來由命不由人。

（第三十三回）	（第十九回） 花開不擇貧家地，月照山河到處明。 世間只有人心歹，萬事還教天養人。 癡聾瘖瘂家豪富，伶俐聰明卻受貧： 年月日時該載定，算來由命不由人。 （第九十四回）
在世為人保七旬，何勞日夜弄精神？ 世事到頭終有盡，浮花過眼總非真。 貧窮富貴天之命，事業功名隙裡塵。 得便宜處休歡喜，遠在兒孫近在身。 （第七回）	在世為人保七旬，何勞日夜弄精神？ 世事到頭終有悔，浮華過眼恐非真。 貧窮富貴天之命，得失榮華隙裡塵。 不如且放開懷樂，莫使蒼然兩鬢侵。 （第二十回） 在世為人保七旬，何勞日夜弄精神。 世事到頭終有盡，浮華過眼恐非真。 貧窮富貴天之命，得失榮枯隙裡塵。 不如且放開懷樂，莫待無常鬼使侵。 （第九十七回）
假意虛脾却似真，花言巧語弄精神。 幾多伶俐遭他陷，死後應知拔舌根。 （第二十一回）	假意虛脾恰似真，花言巧語弄精神。 幾多伶俐遭他陷，死後應知拔舌根。 （第二十回）
孔目推詳秉至公，武松垂死又疏通。 今朝遠戍恩州去，病草萋萋遇煖風。 （第三十回）	當案推詳秉至公，來旺遭陷出牢籠。 今朝遞解徐州去，病草淒淒遇暖風。 （第二十六回）
頭下青天只恁欺，害人性命霸人妻。 須知奸惡千般計，要使英雄一命危。 忠義縈心由秉賦，貪嗔轉念是慈悲。 林冲合是災星退，却笑高俅枉作為。 （第八回）	頭下青天自恁欺，害人性命霸人妻。 須知奸惡千般計，要使人家一命危。 淫嬸從來由濁富，貪嗔轉念是慈悲。 天公尚且含生育，何況人心忒妄為。 （第二十七回）
縣官貪污重可嗟，得人金帛售奸邪。 假將歌女為婚配，却把忠良做賊拏。 （第三十回）	縣官貪污更堪嗟，得人金帛售奸邪。 宋仁為女歸陰路，致死冤魂塞滿衙。 （第二十七回）
祝融南來鞭火龍，火旗燄燄燒天紅。 日輪當午凝不去，萬國如在紅爐中。 五岳翠乾雲彩滅，陽矦海底愁波竭。 何當一夕金風起，為我掃除天下熱！ （第十六回）	祝融南來鞭火龍，火雲焰焰燒天紅。 日輪當午凝不去，萬國如在紅爐中。 五岳翠乾雲彩滅，陽侯海底愁波竭。 何當一夕金風發，為我掃除天下熱！ （第二十七回）
赤日炎炎似火燒，野田禾黍半枯焦。 農夫心內如湯煮，樓上王孫把扇搖。 （第十六回）	赤日炎炎似火燒，野田禾黍半枯焦。 農夫心內如湯煮，樓上王孫把扇搖。 （第二十七回）

麗質溫柔更老成，玉壺明月逼人情。 步搖寶髻尋春去，露濕凌波步月行。 丹臉笑面花尊麗，朱絃歌罷綵雲停。 願教心地常相憶，莫學章臺贈柳情。 （第六十五回）	麗質溫柔更老成，玉壺明月適人情。 輕回玉臉花含媚，淺蹙蛾眉雲髻鬆。 勾引蜂狂桃蕊綻，潛牽蝶亂柳腰新。 令人心地常相憶，莫學章臺贈淡情。 （第三十八回）
玉漏銅壺且莫催，星橋火樹徹明開。 鰲山高聳青雲上，何處遊人不看來。 （第三十三回）	萬井人烟錦繡圍，香車駿馬鬧如雷； 鰲山聳出青雲上，何處遊人不看來。 （第四十二回） 玉漏銅壺且莫催，星橋火樹徹明開。 萬般傀儡皆成妄，使得遊人一笑回。 （第四十二回） 大平時序好風催，羅綺爭馳鬪錦廻。 鰲山高聳青雲上，何處遊人不看來。 （第七十九回）
萬里長江水似傾，重湖七澤共流行。 滔滔駭浪應知險，渺渺洪濤誰不驚。 千古戰爭思晉宋，三分割據想英靈， 乾坤艸昧生豪傑，搔動貔貅百萬兵。 （第四十一回）	萬里長洪水似傾，東流海島若雷鳴； 滔滔雪浪令人怕，客旅逢之誰不驚！ （第四十七回）
神明照察，難除奸狡之心； 國法昭彰，莫絕冗頑之輩。 損人益己，終非悠遠之圖； 害眾成家，豈是久長之計？ 福緣善慶，皆因德行而生； 禍起傷財，蓋為不仁而至。 知廉識恥，不遭羅網之灾。 舉善薦賢，必有榮幸之地； 行慈行孝，乃後代之昌榮。 懷妬懷奸，是終身之禍患； 廣施恩惠，人生何處不相逢？ 多結冤讎，路逢狹處難迴避。 （第三十一回）	知危識險，終無羅網之門； 譽善薦賢，自有安身之地。 施恩布德，乃後代之榮昌； 懷妬藏奸，為終身之禍患。 損人利己，終非遠大之圖； 害眾成家，豈是長久之計？ 改名異體，皆因巧語而生； 訟起傷財，蓋為不仁之召。 （第四十八回）
芳容麗質更妖嬈，秋水精神瑞雪標。 鳳眼半彎藏琥珀，朱唇一顆點櫻桃。 露來玉指纖纖軟，行處金蓮步步嬌。 白玉生香花解語，千金良夜實難消。 （第八十一回）	芳姿麗質更妖嬈，秋水精神瑞雪標。 鳳目半彎藏琥珀，朱唇一顆點櫻桃。 露來玉筍纖纖細，行處金蓮步步嬌。 白玉生香花解語，千金良夜實難消。 （第六十八回）

晴日照開青鎖闥，天風吹下御爐香。 千條瑞靄浮金闕，一朵紅雲捧玉皇。 （第八十二回）	晴日明開青鎖闥，天風吹下御爐香。 千條瑞靄浮金闕，一朵紅雲捧玉皇。 （第七十一回）
盡道豐年瑞，豐年瑞若何？ 長安有貧者，宜瑞不宜多！ （第二十四回）	盡道豐年瑞，豐年瑞若何？ 長安有貧者，為瑞不宜多！ （第七十七回）
二八佳人體似酥，腰間仗劍斬愚夫。 雖然不見人頭落，暗里教君骨髓枯。 （第四十四回）	二八佳人體似酥，腰間仗劍斬愚夫。 雖然不見人頭落，暗里教君骨髓枯。 （第七十九回）
平生作善天加福，若是剛強受禍殃。 舌為柔和終不損，齒因堅硬必遭傷。 杏桃秋到多零落，松栢冬深愈翠蒼。 善惡到頭終有報，高飛遠走也難藏。 （第二十七回）	平生作善天加福，若是剛強定禍殃。 舌為柔和終不損，齒因堅硬必遭傷。 杏桃秋到多零落，松栢冬深愈翠蒼。 善惡到頭終有報，高飛遠走也難藏。 （第八十七回）
宋江重賞陞官日，方臘當刑受剮時。 善惡到頭終有報，只爭來早與來遲。 （第九十九回）	人生雖未有前知，禍福因由更問誰？ 善惡到頭終有報，只爭來早與來遲。 （第八十七回）
上臨之以天鑒，下察之以地祇； 明有王法相繼，暗有鬼神相隨。 忠直可存於心，喜怒戒之在氣； 為不節而忘家，因不廉而失位。 勸君自警平生，可嘆可驚可畏！ （第三十六回）	上臨之以天鑒，下察之以地祇； 明有王法相制，暗有鬼神相隨。 忠直可存於心，喜怒戒之在氣； 為不節而亡家，因不廉而失位。 勸君自警平生，可笑可驚可畏！ （第八十八回）
風拂烟籠錦旆揚，太平時節日初長。 能添壯士英雄膽，善解佳人愁悶腸。 三尺曉垂楊柳外，一竿斜插杏花旁。 男兒未遂平生志，且樂高歌入醉鄉。 （第三回）	風拂烟籠錦旆揚，太平時節日初長。 多添壯士英雄胆，善解佳人愁悶腸。 三尺繞垂楊柳岸，一竿斜插杏花旁。 男兒未遂平生志，且樂高歌入醉鄉。 （第八十九回）
	風拂烟籠錦旆揚，太平時節日初長。 能添壯士英雄膽，善解佳人愁悶腸。 三尺曉垂楊柳岸，一竿斜插杏花旁。 男兒未遂平生志，且樂高歌入醉鄉。 （第九十八回）
暑往寒來春復秋，夕陽西下水東流。 雖然富貴皆由命，運去貧窮亦自由。 事遇機關須進步，人逢得意早回頭。 將軍戰馬今何在，野草閑花滿地愁。 （第三回）	暑往寒來春復秋，夕陽西下水東流。 雖然富貴皆由命，運去貧窮亦自由。 事遇機關須進步，人逢得意早回頭。 將軍戰馬今何在，野草閑花滿地愁。 （第九十二回）

柄柄芰荷枯，葉葉梧桐墜。 蛩吟腐草中，鴈落平沙地； 細雨濕楓林，霜重寒天氣。 不是路行人，怎諳秋滋味。 （第二十二回）	柄柄芰荷枝，葉葉梧桐墜。 蛩鳴腐草中，鴈落平沙地； 細雨濕青林，霜重寒天氣。 不是路行人，怎曉秋滋味。 （第九十二回）
心安茅屋穩，性定菜羹香。 世味薄方好，人情澹最長。 因人成事業，避難遇豪強。 他日梁山泊，高名四海揚。 （第三十八回）	心安茅屋穩，性定菜根香。 世味薄方好，人情淡最長。 因人成事業，避難遇豪強。 今日崢嶸貴，他年身必殃。 （第九十八回）
一切諸煩惱，皆從不忍生。 見機而耐性，妙悟生光明。 佛語戒無論，儒書貴莫爭。 好個快活路，只是少人行。 （第三十回）	一切諸煩惱，皆從不忍生。 見機而耐性，妙悟生光明。 佛語戒無倫，儒書貴莫爭。 好個快活路，只是少人行。 （第九十九回）
冤仇還報難迴避，機會遭逢莫遠圖。 踏破鐵鞋無覓處，得來全不費工夫。 （第三十六回）	冤仇還報當如此，機會遭逢莫遠圖。 踏破鐵鞋無覓處，得來全不費工夫。 （第九十九回）
人生切莫恃英雄，術業精粗自不同。 猛虎尚然逢惡獸，毒蛇猶自怕蜈蚣。 七擒孟獲奇諸葛，兩困雲長羨呂蒙。 珍重宋江真智士，呼延頃刻入囊中。 （第五十七回）	人生切莫恃英雄，術業精粗自不同。 猛虎尚然遭惡獸，毒蛇猶自怕蜈蚣。 七擒猛獲奇諸葛，兩困雲長羨呂蒙。 珍重李安真智士，高飛逃出是非門。 （第一百回）

（二）徵引詩詞與宋元話本詩詞

宋元話本	《金瓶梅詞話》
丈夫隻手把吳鉤，欲斬萬人頭。 如何鐵石，打成心性，卻為花柔？ 君看項籍并劉季，一以使人愁。 只因撞著，虞姬戚氏，豪傑都休。 （〈刎頸鴛鴦會〉）	丈夫隻手把吳鉤，欲斬萬人頭。 如何鐵石，打成心性，卻為花柔？ 請看項籍并劉季，一怒使人愁。 只因撞著，虞姬戚氏，豪傑都休。 （第一回・詞牌〈眼兒媚〉）
琉璃鍾，琥珀濃，小槽酒滴真珠紅。 烹龍炮鳳玉脂泣，羅幃繡幕圍香風。 吹龍笛，擊鼉鼓；皓齒歌，細腰舞。 況是青春日將暮，桃花亂落如紅雨。 勸君終日酩酊醉，酒不到劉伶墳上土！ （《大宋宣和遺事》）	琉璃鍾，琥珀濃，小槽酒滴珍珠紅。 烹龍炮鳳玉脂粒，羅幃繡幕圍香風。 吹龍笛，擊鼉鼓；皓齒歌，細腰舞。 況是青春莫虛度，銀缸掩映嬌娥語： 酒不到劉伶墳上土！ （第十一回）

喫食少添鹽醋，不是去處休去。 要人知重勤學，怕人知事莫做。 （〈合同文字記〉）	吃食少添鹽醋，不是去處休去。 要人知重勤學，怕人知事莫做。 （第十三回）
歸去只愁紅日晚，思量猶恐馬行遲。 橫財紅粉歌樓酒，誰為三般事不迷？ （〈至誠張主管〉）	歸去只愁紅日短，思卿猶恨馬行遲。 世財紅粉歌樓酒，誰為三般事不迷？ （第十八回）
淡畫眉兒斜插梳，不歡拈弄繡工夫。 雲窗霧閣深深處，靜拂雲牋學草書。 多豔麗，更清姝，神仙標格世間無。 當初只說梅花似，細看梅花卻不如。 （〈簡帖和尚〉・詞牌〈鷓鴣天〉）	淡畫眉兒斜插梳，不忺拈弄倩工夫。 雲窗霧閣深深許，蕙性蘭心款款呼。 相憐愛，情人扶，神仙標格世間無。 從今罷卻相思調，美滿恩情錦不如。 （第二十回・詞牌〈鷓鴣天〉） 淡畫眉兒斜插梳，不欣拈弄綉工夫。 雲窗霧閣深深許，靜拂雲箋學草書。 多豔麗，更清姝，神仙標格世間無。 當初只說梅花似，細看梅花卻不如。 （第八十三回・詞牌〈鷓鴣天〉）
外作禽荒內色荒，濫沾些子又何妨。 早晨架出蒼鷹去，日暮歸來紅粉香。 （〈崔衙內白鷂招妖〉）	外作禽荒內色荒，連沾些子又何妨。 早辰跨得雕鞍去，日暮歸來紅粉香。 （第二十四回）
二八嬌娥美少年，綠楊影裏戲鞦韆。 兩雙玉腕挽腹挽，四隻金蓮顛倒顛。 紅粉面朝紅粉面，玉酥肩並玉酥肩。 遊春公子停鞭打，一對飛仙下九天。 （〈解學士詩〉）	紅粉面朝紅粉面，玉酥肩並玉酥肩。 兩雙玉腕挽腹挽，四隻金蓮顛倒顛。 （第二十五回）
得失榮枯總在天，機關用盡也徒然。 人心不足蛇吞象，世事到頭螳捕蟬。 無藥可延卿相壽，有錢難買子孫賢。 甘貧守分隨緣過，便是逍遙自在天。 （〈張員外義撫螟蛉子，包龍圖智賺合同文〉）	得失榮枯總是閑，機關用盡也徒然！ 人心不足蛇吞象，世事到頭螳捕蟬。 無藥可延卿相壽，有錢難買子孫賢。 家常本分隨緣過，便是消遙自在天。 （第三十回）
甘羅發早子牙遲，彭祖顏回壽不齊； 范丹貧窮石崇富，算來都是只爭時。 （〈三現身包龍圖斷冤〉）	甘羅發早子牙遲，彭祖顏回壽不齊； 范丹家貧石崇富：算來各是只爭時。 （第四十六回）
顛狂彌勒到明州，布袋橫拖柱杖頭。 饒你化身千百億，一身還有一身愁。 （〈鄭節使立功神臂弓〉）	彌勒和尚到神州，布袋橫拖拄杖頭。 饒你化身千百億，一身還有一身愁。 （第四十九回） 布袋和尚到明州，策杖芒鞋任意遊。 饒你化身千百億，一身還有一身愁。 （第九十回）

湛湛青天不可欺，未曾舉意早先知。 勸君莫作虧心事，古往今來放過誰？ （〈沈小官一鳥害七命〉）	湛湛青天不可欺，未曾舉意早先知。 休道眼前無報應，古往今來放過誰？ （第五十九回）
權姦誤國禍機深，開國承家戒小人。 六賊盡誅何足道，奈何二聖遠蒙塵。 （《大宋宣和遺事》）	權姦誤國禍機深，開國承家戒小人。 六賊深誅何足道，奈何二聖遠蒙塵。 （第七十回）
暫時罷鼓膝間琴，閒把遺編閱古今。 常歡賢君務勤儉，深悲庸主事荒淫； 致平端自親賢哲，稔亂無龍近佞臣。 說破興亡多少事，高山流水有知音。 （《大宋宣和遺事》）	整時罷鼓膝間琴，閒把遺篇閱古今。 常嘆賢君務勤儉，深悲庸主事荒淫； 治平端目親賢恪，稔亂無龍近佞臣。 說破興亡多少事，高山流水有知音。 （第七十一回）
禪家法教豈非凡，佛祖流傳在世間。 鐵樹開花千載易，墜落阿鼻要出難！ （〈五戒禪師私紅蓮記〉）	禪家法教豈非凡，佛祖流傳在世間。 落葉風飄著地易，等閒復上故枝難！ （第七十三回）
一枝菡萏瓣兒張，相伴蜀葵花正芳。 紅榴似火復如錦，不如翠蓋芰荷香。 （〈五戒禪師私紅蓮記〉）	一枝菡萏瓣兒張，相伴蜀葵花正芳。 紅榴似火開如錦，不如翠蓋芰荷香。 （第七十三回）
春來桃杏柳舒張，千花萬蕊鬥芬芳。 夏賞芰荷真可愛，紅蓮爭似白蓮香！ （〈五戒禪師私紅蓮記〉）	春來桃杏柳舒張，千花萬蕊鬪芬芳。 夏賞芰荷如燦錦，紅蓮爭似白蓮香！ （第七十三回）
吾年四十七，萬法本歸一； 只為念頭差，今朝去得急。 傳語悟和尚，何勞苦相逼？ 幻身如雷電，依舊蒼天碧。 （〈五戒禪師私紅蓮記〉）	吾年四十七，萬法本歸一； 只為念頭差，今朝去得急。 傳語悟和尚，何勞苦相逼！ 幻身如閃電，依舊蒼天碧。 （第七十三回）
自到川中數十年，曾在毘盧頂上眠。 欲透趙州關捩子，好姻緣做惡姻緣。 桃紅柳綠還依舊，石邊流水冷湲湲。 今朝指引菩提路，再休錯意念紅蓮。 （〈月明和尚度柳翠〉）	自到川中數十年，曾在毘盧頂上眠。 欲透趙洲關捩子，好姻緣做惡姻緣。 桃紅柳綠還依舊，石邊流水響潺潺。 今朝指引菩堤路，再休錯意念紅蓮。 （第七十三回）
窗外日光彈指過，簾前花影座間移。 一杯未盡笙歌送，階下辰牌又報時。 （《大宋宣和遺事》）	窗外日光彈指過，席前花影坐間移。 一杯未盡笙歌送，堦下申牌又報時。 （第七十四回）
萬里新墳盡少年，修行莫待鬢毛斑。 前途黑暗路途險；十二時中自著研。 （〈月明和尚度柳翠〉）	萬里新墳盡十年，修行莫待鬢毛斑。 死生事大宜須覺，地獄時常非等閒。 道業未成何所賴，人身一失幾時還。 前途暗黑路途險，十二時中自著研。 （第七十五回）

二八佳人巧樣粧，洞房夜夜換新郎。 兩隻玉腕千人枕，一點明珠萬客嘗。 做出百般嬌體態，生成一片歹心腸。 迎新送舊多機變，假作相思淚兩行。 （〈曹伯明錯勘贓記〉）	堪嘆烟花不久長，洞房夜夜換新郎。 兩隻玉腕千人枕，一點朱唇萬客嘗。 做就百般嬌艷態，生成一片假心腸。 饒君總有牢籠計，難保臨時思故鄉。 （第八十回）
雲淡淡天邊鸞鳳，水沉沉交頸鴛鴦。 寫成今世不休書，結下來生雙縮帶。 （〈西山一窟鬼〉）	雲淡淡天邊鸞鳳，水沉沉波底鴛鴦。 寫成今世不休書，結下來生懂喜帶。 （第八十六回）
清明何處不生烟，郊外微風挂紙錢。 人笑人歌芳草地，乍晴乍雨杏花天。 海棠枝上綿蠻語，楊柳堤邊醉客眠。 紅粉佳人爭畫板，綵絲搖拽學飛仙。 （〈志誠張主管〉）	清明何處不生烟，郊外微風掛紙錢。 人笑人歌芳草地，乍晴乍雨杏花天。 海棠枝上綿鶯語，楊柳堤邊醉客眠。 紅粉佳人爭畫板，綵繩搖拽學飛仙。 （第八十九回）
百禽啼後人皆喜，惟有鴉鳴事若何？ 見者都嫌聞者唾，只為人前口嘴多。 （〈西湖三塔記〉）	百禽啼後人皆喜，惟有鴉鳴事若何？ 見者多嫌聞者唾，只為人前口嘴多。 （第九十一回）
白玉隱於頑石裡，黃金埋入污泥中。 今朝遇貴相提掇，如立天梯上九重。 （〈趙伯昇茶肆遇仁宗〉）	白玉隱於頑石裡，黃金埋在污泥中。 今朝貴人提拔起，如立天梯上九重。 （第九十六回）
碧紗窗下啟緘封，一紙從頭徹底空。 知爾欲歸情意切，相思盡在不言中。 （〈簡帖和尚〉）	碧紗窗下啟箋封，一紙雲鴻香氣濃。 知你揮毫經玉手，相思都付不言中。 （第九十八回）
為人切莫用欺心，舉頭三尺有神明。 若還作惡無報應，天下兇徒人吃人。 （〈錯認屍〉）	為人切莫用欺心，舉頭三尺有神明。 若還作惡無報應，天下兇徒人食人。 （第九十九回）
勸君莫結冤，冤深難解結， 一日結成冤，千日解不徹。 若將恩報冤，如湯去潑雪。 若將冤報冤，如狼重見蝎。 我見結冤人，盡被冤磨折。 （〈呂洞賓飛劍黃龍〉）	勸爾莫結冤，冤深難解結， 一日結成冤，千日解一徹。 若將冤報冤，如湯去潑雪。 若將冤報冤，如狼重見蝎。 我見結冤人，盡被冤磨折。 我見此懺晦，各把性悟徹。 照見本來心，冤愆自然雪。 仗此經力深，薦拔諸惡業。 汝當各托生，再勿將冤結！ 改頭換面輪迴去，來世機緣莫再攀！ （第一百回）

(三)徵引詩詞與元明中篇傳奇小說

元明文言小說	《金瓶梅詞話》
壁上鶯還在,梁間燕已分。 軒中人不見,無語自消魂。 (《鍾情麗集》)	枕上言猶在,于今恩愛淪。 房中人不見,無語自消魂。 (第十九回) 耳畔言猶在,于今恩愛分。 房中人不見,無語自消魂。 (第八十五回)
巧語言成拙語言,好姻緣化惡姻緣。 回頭恨撚章臺柳,赧面慚看大華蓮。 只為玉盟輕蕩泄,遂教鈿誓等閑遷。 誰人為挽天河水,一洗前非共往愆。 (《鍾情麗集》)	脉脉傷心只自言,好姻緣化惡姻緣。 回頭恨罵章臺柳,赧面羞看玉井蓮。 只為春光輕易泄,遂教鸞鳳等閒遷。 誰人為挽天河水,一洗前非共往愆。 (第二十一回)
百年秋露與春花,展放眉頭莫自嗟! 吟幾首詩消世慮,酌三杯酒度韶華; 閒敲棋子心情樂,慢撥瑤琴興趣賒: 分外不須多著意,且將風月作生涯。 (《鍾情麗集》)	百年秋月與春花,展放眉頭莫自嗟! 吟幾首詩消世慮,酌二杯酒度韶華; 閒敲棋子心情樂,悶撥瑤琴興趣賒: 人事與時俱不管,且將詩酒作生涯。 (第二十九回)
帶雨籠烟匝樹奇,妖嬈身勢似難支。 紅推西國無雙色,春占河陽第一枝。 濃豔正宜吟鄭子,功夫何用寫王維。 含情故把芳心束,留住東風不放歸。 (《懷春雅集》)	帶雨籠烟匝樹奇,妖嬈身勢似難支。 紅推西國無雙色,春占河陽第一枝。 濃豔正宜吟鄭子,功夫何用寫王維。 含情欲把芳心束,留住東風不放歸。 (第五十九回) 帶雨籠烟世所稀,妖嬈身勢似難支。 終宵故把芳心訴,留在東風不放歸。 (第七十二回)
著人情思覺初闌,試把鮫綃仔細看。 到老春蠶絲乃盡,成灰蛺燭淚方乾。 顛鸞倒鳳驚花外,軟綠輕紅異世間。 兩字風流誇未了,鷄鳴殘月五更寒。 (《懷春雅集》)	著人情思覺初闌,失把鮫綃仔細看。 到老春蠶絲乃盡,成灰蠟燭淚初乾。 鸞交鳳友驚風散,軟玉嬌香異世間。 兩字風流誇未了,鷄鳴殘月五更寒。 (第六十四回)
襄王臺下水悠悠,一種相思兩地愁。 月色不知人事改,夜深還到粉墻頭。 (《懷春雅集》)	襄王臺下水悠悠,一種相思兩地愁。 月色不知人事改,夜深還到粉墻頭。 (第六十五回) 襄王臺下水悠悠,一種相思兩地愁。 月色不知人事改,夜深還到粉墻頭。 (第八十回)

八面明窗次第開，佇看環珮下瑤臺。 閨門春色連新柳，嶺角寒香帶早梅。 影動花稍明月上，風敲竹徑故人來。 合歡一幅鴛鴦錦，都付東風自剪裁。 （《懷春雅集》）	八面明窗次第開，佇看環珮下瑤臺。 閨門春色連新柳，嶺角寒香帶早梅。 影動花梢明月上，風敲竹徑故人來。 佳人留下鴛鴦錦，都付東君仔細裁。 （第六十六回）
細雨飄飄入紙窗，地爐灰燼冷浸床。 個中正罷相思夢，風撲梅花斗帳香。 （《懷春雅集》）	殘雪初晴照紙窗，地爐灰燼冷侵牀。 個中邂逅相思夢，風撲梅花斗帳香。 （第六十七回）
夜深偷展紗窗綠，小桃枝上留鶯宿。 花嫩不禁操，春風卒未休。 千金身已破，脉脉愁無那， 特地囑檀郎，人前口謹防。 （《嬌紅記》·詞牌〈菩薩蠻〉）	花嫩不禁揉，春風卒未休。 花心猶未足，脉脉情無極。 低低喚粉郎，春宵樂未央。 （第六十八回）
信手烹魚覓素葉，神仙有路早登臨。 掃階偶得任卿葉，彈月輕移司馬琴。 桑下肯期秋有意，懷中可犯柳無心。 黃昏誤入銷金帳，且把羔兒獨自斟。 （《懷春雅集》）	信手烹魚覓素音，神仙有路足登臨。 掃堦偶得任卿葉，彈月輕移司馬琴。 桑下肯期秋有意，懷中可犯柳無心。 黃昏誤入銷金帳，且把羔羊獨自斟。 （第六十九回）
蘭房幾曲深悄悄，香騰寶鴨清煙裊； 夢回繡帳月溶溶，展轉牙床春窈窕。 無心誤入少年坊，但聞絲竹生宮商； 殢情欲起嬌無任，須教宋玉云高堂。 洞開重重無鎖鑰，露出十雙紅芍藥。 （《懷春雅集》）	蘭房幾曲深悄悄，香勝寶鴨清烟裊； 夢回夜月淡溶溶，展轉牙牀春色少。 無心今遇少年郎，但知敲打須宮商； 殢情欲共嬌無力，須教宋玉赴高唐。 打開重門無鎖鑰，露浸一枝紅芍藥。 （第六十九回）
玉宇微茫白雪傾，疏簾淡月逼人清。 凄涼睡到無聊處，怪殺寒雞不肯鳴。 （《懷春雅集》）	玉宇微茫霜滿襟，疎窗淡月夢魂驚。 凄涼睡到無聊處，恨殺寒鷄不肯鳴。 （第七十一回）
寒暑相催春復秋，他鄉故國兩悠悠。 囊中空乏無顏色，身上凋零有驢裘。 風雨裡，任沈浮，隨花遇酒且寬愁。 傷心滿眼悽惶淚，留到黃昏獨自流。 （《懷春雅集》）	寒暑相推春復秋，他鄉故國兩悠悠。 清清行李風霜苦，蹇蹇王臣涕淚流。 風波浪裡任浮沉，逢花遇酒且寬愁。 蝸名蠅利何時盡，幾向青童笑白頭。 （第七十二回）
一掬陽和動物華，深紅淺綠總萌芽。 野梅亦足供清玩，何必辛夷樹上花！ （《懷春雅集》）	一掬陽和動物華，深紅淺綠總萌芽。 野梅亦足供清玩，何必辛夷樹上花！ （第七十二回）
有美人兮迥出羣，輕風斜拂石榴紅。 花開金谷春三月，漏轉銅壺夜十分。 玉雪精神聯仲琰，瓊林才貌迥文君。	有美人兮迥出羣，輕風斜拂石榴裙。 花開金谷春三月，月轉花陰夜十分。 玉雪精神聯仲琰，瓊林才貌過文君。

少年情思應須旦，莫使無心托白雲。 （《懷春雅集》）	少年情思應須慕，莫使無心托白雲。 （第七十七回）
聚散無憑似夢中，起來斜日映窗紅。 鍾情自古多神會，誰道陽臺路不通。 （《懷春雅集》）	聚散無憑在夢中，起來殘燭映紗紅。 鍾情自古多神會，誰道陽臺路不通。 （第七十七回）
聞道西園欲早春，偶憑幽鳥語來真。 不知好景偏何地，試向梅花問主人。 （《懷春雅集》）	聞道揚州一楚雲，偶憑青鳥語來真。 不知好物都離隔，試把梅花問主人。 （第七十七回）
滿眼風光轉眼移，殘花委地欲如泥。 舍琴暫息商陵操，靜聽山禽遶樹啼。 （《懷春雅集》）	滿眼風流滿眼迷，殘花何事濫如泥？ 拾琴暫息商陵操，惹得山禽遶樹啼。 （第七十八回）
盡日懨懨對畫樓，眉頭纔放又心頭。 桃花莫謂劉郎老，浪把輕紅逐水流。 （《懷春雅集》）	盡日思君倚畫樓，相逢不捨又頻留。 劉郎莫謂桃花老，浪把輕紅逐水流。 （第七十八回）
翠眉雲鬢畫中人，裊娜宮腰迥出塵。 天上嫦娥元有種，嬌羞釀出十分春。 （《懷春雅集》）	翠眉雲鬢畫中人，嬝娜宮腰迥出塵。 天上嫦娥元有種，嬌羞釀出十分春。 （第七十八回）
檻竹敲聲入小齋，滿腔春事浩無涯。 一身徑藉東君愛，不管床頭墜金釵。 （《懷春雅集》） 臨風隨意薦霞盃，笑指桃花上臉來。 且問醉鄉佳景好，絳紗深處玉山頭。 （《懷春雅集》）	任君隨意薦霞盃，滿腔春事浩無涯。 一身徑藉東君愛，不管床頭墜寶釵。 （第七十八回）
玉輪冷侵一秋壺，分得清光照綠珠。 莫道使君終有婦，令人無處覓羅敷。 （《懷春雅集》）	燈月交輝浸玉壺，分得清光照綠珠。 莫道使君終有婦，教人桑下覓羅敷。 （第七十八回）
半掩重門春畫長，為誰展轉怨流光。 更憐無似秋波眼，默地懷人淚兩行。 （《懷春雅集》）	靜掩重門春日長，為誰展轉怨流光。 更憐無似秋波眼，默地懷人淚兩行。 （第八十回）
暮雨朝雲少定蹤，空勞神女下巫峰。 襄王自是無情者，醉臥月明花影中。 （《賈雲華還魂記》）	獨步書齋睡未醒，空勞神女下巫雲。 襄王自是無情緒，辜負朝朝暮暮情。 （第八十二回）
紅綿拭鏡照窗紗，畫就雙蛾八字斜。 蓮步輕移何處去，階前笑折石榴花。 （《賈雲華還魂記》）	紅綿掩鏡照窗紗，畫就雙蛾八字斜。 蓮步輕移何處去，堦前笑折石榴花。 （第一百回）
雪為容貌玉為神，不遺風流涴此身。 顧影自憐還自愛，新粧好好為何人？ （《賈雲華還魂記》）	雪為容貌玉為神，不遺風流涴此身。 顧影自憐還自惜，新粧好好為何人？ （第一百回）

（四）徵引詩詞與元明戲曲詩詞

元明戲劇	《金瓶梅詞話》
舞裙歌曲逐時新，散盡黃金只此身！ 寄語富兒休暴殄，儉如良藥可醫貧。 （《玉玦記》第二十二齣）	舞裙歌板逐時新，散盡黃金只此身！ 寄語富兒休暴殄，儉如良藥可醫貧。 （第十一回） 舞裙歌板逐時新，散盡黃金只此身！ 寄語富兒休暴殄，儉如良藥可醫貧。 （第七十六回）
堪笑窮兒暴富，有錢便是主顧。 不是常久夫妻，也算春風一度。 （《玉玦記》第八齣）	堪笑西門暴富，有錢便是主顧。 一家歪斯胡纏，那討綱常禮數！ 狎客日日來往，紅粉夜夜陪宿。 不是常久夫妻，也算春風一度。 （第十二回）
柳底花陰壓路塵，一回遊賞一回新。 不知買盡長安笑，活得蒼生幾戶貧。 （《玉玦記》第十二齣）	柳底花陰壓路塵，一回遊賞一回新。 不知買盡長安笑，活得蒼生幾戶貧。 （第十五回） 柳底花陰壓路塵，一回遊賞一回新。 有緣千里來相會，無緣對面不相親。 （第九十回）
萬里山河秋寂寂，千門市井月漫漫； 此生此夜不長見，明月明年何處看？ （《繡襦記》第三十一齣）	萬井風光春落落，千門燈火夜漫漫； 此生此夜不長見，明月明年何處看？ （第四十五回）
公公病裏莫生嗔，員外寬心保自身。 正是醫藥不死病，果然佛度有緣人。 （《琵琶記》第二十三齣）	西施時把翠蛾顰，幸有仙丹妙入神； 信是藥醫不死病，果然佛度有緣人。 （第五十四回）
念我太醫姓趙，門前常有人叫。 只會賣杖搖鈴，那有真材實料。 行醫不按良方，看脉全憑嘴調。 要說治病無能，下手取積不妙。 頭疼須用鑿開，害眼全憑艾醮。 心疼定用刀剜，耳聾宜將針套。 得錢一味胡醫，圖利不圖見效。 尋我的少吉多凶，到人家有哭無笑。 （《寶劍記》第二十八齣）	我做太醫姓趙，門前常有人叫。 只會賣杖搖鈴，那有真材實料。 行醫不按良方，看脉全憑嘴調。 撮藥治病無能，下手取積不妙。 頭疼須用繩箍，害眼全憑艾醮。 心疼定敢刀剜，耳聾宜將針掏。 得錢一味胡醫，圖利不圖見效。 尋我的少吉多凶，到人家有哭無笑。 （第六十一回）
法輪常轉圖生育，佛會僧尼是一家。 （《寶劍記》第五十一齣）	佛會僧尼是一家，法輪常轉度龍華。 此物只好圖生育，枉使金刀剪落花。 （第六十八回）

重到天台訪玉真，三山不見海沉沉。 侯門一入深如海，從此蕭郎是路人。 （《玉玦記》第十六齣）	誰道天台訪玉真，三山不見海沉沉。 侯門一入深如海，從此蕭郎是路人。 （第六十九回） 幾向天台訪玉真，三山不見海沉沉。 侯門一日深如海，從此蕭郎是路人。 （第八十三回） 趕到嚴州訪玉人，人心難忖似石沉。 侯門一旦深如海，從此蕭郎落陷坑。 （第九十二回）
命犯刑星必主低，身輕煞重有灾危。 時日若逢真太歲，就是神仙也皺眉！ （《寶劍記》第十齣）	命犯災星必主低，身輕煞重有灾危。 時日若逢真太歲，就是神仙也縐眉！ （第七十九回）
卦裡陰陽仔細尋，無端閒事莫關心。 平生積善天加慶，心不欺天禍不侵。 （《寶劍記》第十齣）	卦裡陰陽仔細尋，無端閑事莫閑心。 平生作善天加慶，心不欺貧禍不侵。 （第七十九回）
待月西廂下，迎風戶半開； 拂牆花影動，疑是玉人來。 （《西廂記》第十齣）	待月西廂下，迎風戶半開； 隔墻花影動，疑是玉人來。 （第八十二回）
堪誇女貌與郎才，天合姻緣禮所該。 十二巫山雲雨會，襄王今夜上陽臺。 （《玉環記》第十二齣）	堪誇女貌與郎才，天合姻緣禮所該。 十二巫山雲雨會，兩情願保百年偕。 （第九十一回）
多情燕子樓，馬足空馳驟。 欲探武陵春，迷卻桃源口。 （《玉環記》第十七齣）	多情燕子樓，馬道空回首。 載得武陵春，陪作鸞鳳友。 （第九十二回）
風波平地起蕭牆，義重恩深不可忘。 雪擁藍關應有會，三星暫且作參商。 （《玉環記》第十六齣）	風波平地起蕭墻，義重恩深不可忘。 水溢藍橋應有會，雙星權且作參商。 （第九十二回）
倦倚繡牀愁不寐，緩垂綠帶髻鬟低。 玉郎一去無消息，一日想思十二時。 （《繡襦記》第三十一齣）	倦倚綉床愁懶動，閒垂綉帶鬢鬟低。 玉郎一去無消息，一日想思十二時。 （第九十九回）
帳冷芙蓉夢不成，知心人遠轉傷情。 枕邊淚似階前雨，隔了窗兒滴到明。 （《繡襦記》第二十七齣）	帳冷芙蓉夢不成，知心人去轉傷情。 枕邊淚似堦前雨，隔著窗兒滴到明。 （第九十九回）
菱花獨對試新妝，消瘦容顏祇為郎。 閉門不管窗前月，一任梅花自主張。 （《繡襦記》第二十四齣）	羞對菱花拭淨粧，為郎瘦損減容光。 閉門不管閒風月，分付梅花自主張。 （第九十九回）

馬遲心急路途窮，身似浮萍類轉蓬。 只有都門樓上月，照人離恨各西東。 （《玉環記》第二齣）	馬遲心急路途窮，身似浮萍類轉蓬。 只有都門樓上月，照人離恨各西東。 （第九十九回）
四方盜起如屯蜂，狼烟烈焰薰天紅。 將軍一怒天下息，腥羶掃盡夷從風。 公爾忘私願已久，此身許國不知有。 金戈挽日酬戰征，麒麟圖畫功為首。 雁門關外秋風烈，鐵衣披戍臥寒月。 汗馬心勤二十年，羸卻斑斑鬢如雪。 天子明見萬里餘，幾番勞勸來旌書。 肘懸金印大如斗，無負堂堂七尺軀。 （《玉環記》第二十一齣）	四方盜起如屯蜂，狼烟烈焰薰天紅。 將軍一怒天下息，腥膻掃盡夷從風。 公事忘私願已久，此身許國不知有。 金戈抑日酬戰征，麒麟圖畫功為首。 鴈門關外秋風烈，鐵衣披張臥寒月。 汗馬卒勤二十年，羸得斑斑鬢如雪。 天子明見萬里餘，幾番勞勸來旌書。 肘懸金印大如斗，無負堂堂七尺軀。 （第一百回）
定國安邦美丈夫，心存正道氣吞胡。 謨謀國事如家事，軍用陰符合虎符。 風雨順，倒奸除，文修武偃樂無虞。 盡將兵器為農器，燈火千村犬吠無。 （《玉環記》第三齣·詞牌〈鷓鴣天〉）	定國安邦美丈夫，心存正道氣吞胡。 謨謀國事如家事，軍用陰符佩虎符。 胡騎盛，武功弛，兵不用命將驕痴。 可憐身死沙場內，千載英魂恨未舒。 （第一百回·詞牌〈鷓鴣天〉）

（五）徵引詩詞與歷代詩詞

歷代詩詞	《金瓶梅詞話》
彩袖殷勤捧玉鍾，當年拚卻醉顏紅。 舞低楊柳樓心月，歌盡桃花扇影風。 從別後，憶相逢，幾回魂夢與君同。 今宵賸把銀釭照，猶恐相逢是夢中。 （晏幾道〈鷓鴣天〉）	情濃胸緊湊，欸洽臂輕籠； 賸把銀缸照，猶疑是夢中。 （第十六回）
仁者難逢思有常，平居慎論待無傷。 爭先徑路機關惡，近後語言滋味長。 爽口物多終作疾，快心事過必為殃。 與其病後能求藥，熟若病前能自防？ （《繡谷春容》〈士民藻鑑·仁者吟〉）	閑居慎勿說無妨，纔說無妨便有妨。 爭先徑路機關惡，近後語言滋味長； 爽口物多終作疾，快心事過必為殃！ 與其病後能求藥，不若病前能自防。 （第二十六回） 仁者難逢思有常，閑居慎勿恃無傷。 爭先徑路機關惡，近後語言滋味長。 爽口物多終作病，快心事過必為殃。 與其病後能求藥，不若病前能自防。 （第七十九回）
漢武清齋夜築壇，自斟明水醮仙宮。 殿前玉女移香案，雲際金人捧露盤。	漢武清齋夜築壇，自斟明水醮仙宮。 殿前玉女移香案，雲際金人捧露盤。

絳節幾時還入夢，碧桃何處更驂鸞！ 茂陵烟雨埋弓劍，石馬無聲蔓草寒。 （薛逢〈漢武宮辭〉）	絳節幾時還入夢，碧桃何處更驂鸞！ 茂陵烟雨埋弓劍，石馬無聲蔓草寒。 （第三十九回）
細推今古事堪愁，貴賤同歸土一丘： 漢武玉堂人豈在，石家金谷水空流！ 光陰自旦還將暮，草木從春又到秋。 閒事與時俱不了，且將身暫醉鄉遊。 （薛逢〈悼古〉）	細推今古事堪愁，貴賤同歸土一丘： 漢武玉堂人豈在，石家金谷水空流！ 光陰自旦還將暮，草木從春又到秋。 閒事與時俱不了，且將身入醉鄉遊。 （第四十三回）
窮途日日困泥沙，上苑年年好物華。 荊棘不當車馬道，管絃長奏綺羅家； 王孫草上悠揚蝶，少女風前爛熳花。 懶出任從遊子笑，入門還是舊生涯。 （薛逢〈長安春日〉）	窮途日日困泥沙，上苑年年好物華。 荊棘不當車馬道，管絃長奏綺羅家； 王孫草上悠揚蝶，少女風前爛漫花。 懶出任從遊子笑，入門還是舊生涯。 （第四十四回）
日落水流西復東，春光不盡折何窮。 巫娥廟裡低含雨，宋玉宅前斜帶風。 莫將榆莢共爭翠，深感杏花相映紅。 灞上漢南千萬樹，幾人遊宦別離中。 （唐·杜牧〈柳長句〉）	日落水流西復東，春風不盡折何窮。 巫娥廟裡低含雨，宋玉門前斜帶風。 莫將榆莢共爭翠，深感杏花相映紅。 灞上漢南千萬樹，幾人遊宦別離中。 （第五十九回）
行藏虛實自家知，禍福因由更問誰？ 善惡到頭終有報，只爭來早與來遲！ 閒中點檢平生事，靜坐思量日所為： 常把一心行正道，自然天理不相虧。 （唐·元真禪師〈垂訓〉）	行藏虛實自家知，禍福因由更問誰？ 善惡到頭終有報，只爭來早與來遲！ 閒中點檢平生事，靜裡思量日所為： 常把一心行正道，自然天理不相虧。 （第六十二回）
昔年南去得娛賓，頓遜杯前共好春。 螘泛羽觴蠻酒膩，鳳銜瑤句蜀牋新； 花憐遊騎紅隨轡，草戀征車碧遶輪。 別後清清鄭南陌，不知風月屬何人。 （譚用之〈寄許下前管記王侍御〉）	昔年南去得娛賓，願遜塔前共好春。 螘泛羽觴蠻酒膩，鳳啣瑤句蜀箋新； 花憐遊騎紅隨後，草戀征車碧繞輪。 別後清清鄭南路，不知風月屬何人。 （第七十四回）
勸君莫惜金縷衣，勸君須惜少年時。 有花堪折直須折，莫待無花空折枝！ （杜秋娘〈雜詞〉）	人生莫惜金縷衣，人生莫負少年時。 見花欲折須當折，莫待無花空折枝！ （第九十三回）

二、《金瓶梅詞話》重現詩詞對照表

首度出現的章回詩詞	重複出現的章回詩詞
色膽如天不自由，情深意密兩綢膠。 貪歡不管生和死，溺愛誰將身體修？ 只為恩深情欝欝，多因愛闊恨悠悠。 要將吳越冤仇解，地老天荒難歇休。 （第六回·詞牌〈鷓鴣天〉）	色膽如天不自由，情深意密兩綢繆。 只思當日同歡愛，豈想蕭牆有後憂。 只貪快樂恣悠遊，英雄壯士報冤仇。 天公自有安排處，勝負輸贏卒未休。 （第九回·詞牌〈鷓鴣天〉）
前車倒了千千輛，後車過了亦如然。 分明指與平川路，却把忠言當惡言。 （第九回）	前車倒了千千輛，後車到了亦如然； 分明指與平川路，錯把忠言當惡言。 （第十八回）
紗帳輕飄蘭麝，娥眉慣把簫吹。 雪白玉體透房幃，禁不住魂飛魄碎。 玉腕款籠金釧，兩情如醉如痴。 才郎情動囑奴知。慢慢多呷一會。 （第十回·詞牌〈西江月〉）	紗帳香飄蘭麝，蛾眉輕把簫吹。 雪白玉體透簾幃，禁不住魂飛魄颺。 一點櫻桃小口，兩隻手賽柔荑。 才郎情動囑奴知，不覺靈犀味美。 （第十七回·詞牌〈西江月〉）
舞裙歌板逐時新，散盡黃金只此身！ 寄語富兒休暴殄，儉如良藥可醫貧。 （第十一回）	舞裙歌板逐時新，散盡黃金只此身！ 寄語富兒休暴殄，儉如良藥可醫貧。 （第七十六回）
人生雖未有十全，處世規模要放寬！ 好歹但看君子語，是非休聽小人言。 徒將世俗能歡戲，也畏人心似隔山。 寄語知音女娘道：莫將苦處語為甜。 （第十三回）	人生雖未有十全，處事規模要放寬。 好事但看君子語，是非休聽小人言。 但看世俗如幻戲，也畏人心似隔山。 寄與知音女娘道，莫將苦處認為甜。 （第八十六回）
記得書齋乍會時，雲踪雨跡少人知。 曉來鸞鳳栖雙枕，剔盡銀缸半吐輝。 思往事，夢魂迷。今宵喜得效于飛。 顛鸞倒鳳無窮樂，從此雙雙永不離。 （第十三回·詞牌〈鷓鴣天〉）	記得書齋乍會時，雲踪雨跡少人知。 晚來鸞鳳棲雙枕，剔盡銀燈半吐輝。 思往事，夢魂迷，今宵幸得效于飛。 （第十七回·詞牌〈鷓鴣天〉） 記得書齋乍會時，雲踪雨跡少人知。 晚來鸞鳳栖雙枕，剔盡銀燈半吐輝。 思往事，夢魂迷，今宵喜得效于飛。 顛鸞倒鳳無窮樂，從此雙雙永不離。 （第八十二回·詞牌〈鷓鴣天〉）
柳底花陰壓路塵，一回遊賞一回新。 不知買盡長安笑，活得蒼生幾戶貧。 （第十五回）	柳底花陰壓路塵，一回遊賞一回新。 有緣千里來相會，無緣對面不相親。 （第九十回）

堪歎西門慮未通,惹將桃李笑春風。 滿林錦被藏賊睡,三頓珍羞養大蟲! 愛物只圖夫婦好,貪財常把丈人坑。 還有一件堪誇事,穿房入屋弄乾坤。 (第十八回)	堪笑西門識未通,惹將桃李笑春風。 滿床錦被藏賊睡,三頓珍羞養大蟲。 愛物只圖夫婦好,貪財常把丈人坑。 更有一件堪觀處,穿房入屋弄乾坤。 (第八十三回)
花開不擇貧家地,月照山河處處明。 世間只有人心歹,百事還教天養人, 痴聾瘖啞家豪富,伶俐聰明却受貧! 年月日時該載定,算來由命不由人。 (第十九回)	高貴青春遭夭喪,伶俐惺然却受貧。 年月日時該定載,算來由命不由人。 (第六十一回) 花開不擇貧家地,月照山河到處明。 世間只有人心歹,萬事還教天養人。 癡聾瘖痖家豪富,伶俐聰明卻受貧; 年月日時該載定,箅來由命不由人。 (第九十四回)
在世為人保七旬,何勞日夜弄精神? 世事到頭終有悔,浮華過眼恐非真。 貧窮富貴天之命,得失榮華隙裡塵。 不如且放開懷樂,莫使蒼然兩鬢侵。 (第二十回)	在世為人保七旬,何勞日夜弄精神。 世事到頭終有盡,浮華過眼恐非真。 貧窮富貴天之命,得失榮枯隙裡塵。 不如且放開懷樂,莫待無常鬼使侵。 (第九十七回)
淡畫眉兒斜插梳,不忺拈弄倩工夫。 雲窗霧閣深深許,蕙性蘭心款款呼。 相憐愛,情人扶,神仙標格世間無。 從今罷却相思調,美滿恩情錦不如。 (第二十回·詞牌〈鷓鴣天〉)	淡畫眉兒斜插梳,不欣拈弄繡工夫。 雲窗霧閣深深許,靜拂雲箋學草書。 多豔麗,更清姝,神仙標格世間無。 當初只說梅花似,細看梅花卻不如。 (第八十三回·詞牌〈鷓鴣天〉)
巧厭多勞拙厭閒,善嫌懦弱惡嫌頑; 富遭嫉妒貧遭辱,勤怕貪圖儉怕慳。 觸事不分皆笑拙,見機而作又疑奸; 思量那件合人意,為人難做做人難! (第二十二回)	巧厭多勞拙厭閒,善言懦弱惡嫌頑; 富遭嫉妒貧遭辱,勤又貪圖儉又慳; 觸目不分皆笑拙,見機而作又疑奸。 思量那件合人意,為人難做做人難! (第七十三回)
閑居慎勿說無妨,纔說無妨便有妨。 爭先徑路機關惡,近後語言滋味長; 爽口物多終作疾,快心事過必為殃! 與其病後能求藥,不若病前能自防。 (第二十六回)	仁者難逢思有常,閑居慎勿恃無傷。 爭先徑路機關惡,近後語言滋味長。 爽口物多終作病,快心事過必為殃。 與其病後能求藥,不若病前能自防。 (第七十九回)
朝隨金谷宴,暮伴綺樓娃; 休道歡娛處,流光逐暮霞。 (第二十七回)	朝赴金谷宴,暮伴綺樓娃, 休道歡娛處,流光逐落霞。 (第五十八回) 朝陪金谷宴,暮伴綺樓娃; 休道歡娛處,流光逐落霞。 (第九十七回)

萬井人烟錦繡圍，香車駿馬鬧如雷； 鰲山聳出青雲上，何處遊人不看來。 （第四十二回）	大平時序好風催，羅綺爭馳鬪錦迴。 鰲山高聳青雲上，何處遊人不看來。 （第七十九回）
得失榮枯命裡該，皆因年月日時栽。 胸中有志終須到，囊內無財莫論才。 （第四十八回）	得失榮枯命裡該，皆因年月日時栽。 胸中有志應須至，囊裡無財莫論才。 （第九十五回）
彌勒和尚到神州，布袋橫拖拄杖頭。 饒你化身千百億，一身還有一身愁。 （第四十九回）	布袋和尚到明州，策杖芒鞋任意遊。 饒你化身千百億，一身還有一身愁。 （第九十回）
帶雨籠烟匝樹奇，妖嬈身勢似難支。 紅推西國無雙色，春占河陽第一枝。 濃豔正宜吟鄭子，功夫何用寫王維。 含情欲把芳心束，留住東風不放歸。 （第五十九回）	帶雨籠烟世所稀，妖嬈身勢似難支。 終宵故把芳心訴，留在東風不放歸。 （第七十二回）
襄王臺下水悠悠，一種相思兩地愁。 月色不知人事改，夜深還到粉墻頭。 （第六十五回）	襄王臺下水悠悠，一種相思兩地愁。 月色不知人事改，夜深還到粉墻頭。 （第八十回）
誰道天台訪玉真，三山不見海沉沉。 侯門一入深如海，從此蕭郎是路人。 （第六十九回）	幾向天台訪玉真，三山不見海沉沉。 侯門一日深如海，從此蕭郎是路人。 （第八十三回） 趕到嚴州訪玉人，人心難忖似石沉。 侯門一旦深如海，從此蕭郎落陷坑。 （第九十二回）
風拂烟籠錦旆揚，太平時節日初長。 多添壯士英雄胆，善解佳人愁悶腸。 三尺繞垂楊柳岸，一竿斜插杏花旁。 男兒未遂平生志，且樂高歌入醉鄉。 （第八十九回）	風拂烟籠錦旆揚，太平時節日初長。 能添壯士英雄膽，善解佳人愁悶腸。 三尺曉垂楊柳岸，一竿斜插杏花旁。 男兒未遂平生志，且樂高歌入醉鄉。 （第九十八回）

國家圖書館出版品預行編目資料

《金瓶梅詞話》之詩詞研究

傅想容著. – 初版. – 臺北市：臺灣學生，2014.09
面；公分（金學叢書第1輯；第8冊）

ISBN 978-957-15-1623-3 (精裝)

1. 金瓶梅 2. 研究考訂

857.48   103011444

《金瓶梅詞話》之詩詞研究

著　作　者：傅　　　想　　　容
主　　　編：吳　敬　、　胡　衍　南　、　霍　現　俊
出　版　者：臺　灣　學　生　書　局　有　限　公　司
發　行　人：楊　　　雲　　　龍
發　行　所：臺　灣　學　生　書　局　有　限　公　司
　　　　　　臺北市和平東路一段七十五巷十一號
　　　　　　郵 政 劃 撥 帳 號：00024668
　　　　　　電　話：（02）23928185
　　　　　　傳　眞：（02）23928105
　　　　　　E-mail：student.book@msa.hinet.net
　　　　　　http://www.studentbook.com.tw

定價：精裝 16 冊不分售
　　　新臺幣 20000 元

二 〇 一 四 年 九 月 初 版

ISBN 978-957-15-1623-3 (本冊)
ISBN 978-957-15-1615-8 (全套)

金學叢書 第一輯